宇宙戦争掲示板

－１人なんかおかしいのがいるけど－

著——福郎

イラスト／
メカデザイン——安藤賢司

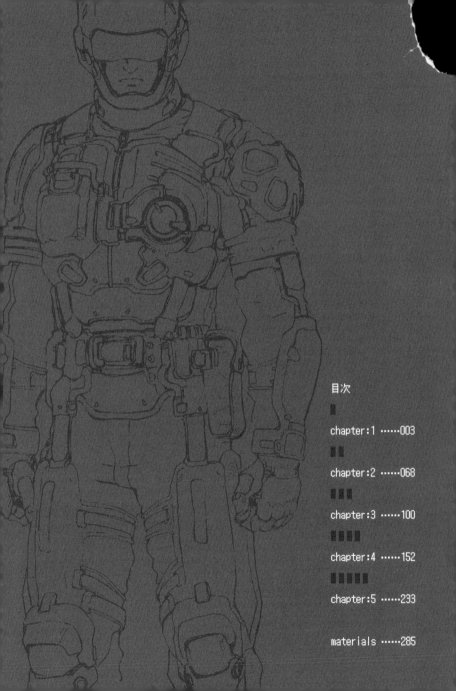

目次

chapter:: 1

Limited Duty Captain

掲示板1

1：名無しの兵士さん
勝利の美酒に

2：名無しの兵士さん
死ぬかと思ったゾ

3：名無しの兵士さん
勝ったあああ！

4：名無しの兵士さん
いえええええい！

5：名無しの兵士さん
タコ共ざまあああ！

6：名無しの兵士さん
特務大尉ありがとおおお！

7：名無しの兵士さん
特務！特務！特務！

8：名無しの兵士さん
特務うううううう！

9：名無しの兵士さん
ここは特務大尉を称えるスレになりますた。

10：名無しの兵士さん
ゆーて敵陣地に特攻かまして対空陣地木っ端
微塵にしたらそうなる。俺だって称える。

11：名無しの兵士さん
特攻(無傷)

12：名無しの兵士さん
とにかく武器を寄越せって言われた時は濡れ
たね。

13：名無しの兵士さん
タコ共もそうさ

14：名無しの兵士さん
嗚咽と失禁かな？

15：名無しの兵士さん
タコ「ひっく……どうして……」

16：名無しの兵士さん
人類連合「ひっく……どうして……」

17：名無しの兵士さん
どっちも被害者なんやなって

18：名無しの兵士さん
しょっちゅう無茶振りに付き合わされてるか
らなw

19：名無しの兵士さん
まあ命を取られてないだけタコよりはましだ
よ。

20：名無しの兵士さん
代わりに毛根とか胃が犠牲になってるけど
ね！

21：名無しの兵士さん
タコのログ解析してたら、特務の特集見つけ
た話スキ♡

22：名無しの兵士さん
特集じゃなくて、賞金首のポスターなんだよ
なあ…。

23：名無しの兵士さん
生死問わず。自分の。

24：名無しの兵士さん
あの世へお金は持っていけますか？(小声)

25：名無しの兵士さん
俺も特務のポスター部屋に貼りたい。

26：名無しの兵士さん
なんだお前アッチ系か…。

27：名無しの兵士さん
特務ならいいですねえ！

28：名無しの兵士さん
口にグレネードねじ込むぞ。

29：名無しの兵士さん
それはタコがしてもらってるゾ

30：名無しの兵士さん
ええ…。

31：名無しの兵士さん
話を戻すんだ。今日の衛星軌道からの降下は本当に死ぬかと思った。

32：名無しの兵士さん
起爆しなかった不良品を、タコの口に詰めたんだよな。

33：名無しの兵士さん
クーリングオフ

34：名無しの兵士さん
それ。対空砲潰したって話だったのに全然あるじゃん！

35：名無しの兵士さん
俺もよく今掲示板にいるなと思ってる。お星様になるとこだった。

36：名無しの兵士さん
お星様(火の玉)

37：名無しの兵士さん
あ、流れ星

38：名無しの兵士さん
特務「対空砲壊れてねえじゃん！俺が行くからちょっと待ってろ！」

39：名無しの兵士さん
？？？

40：名無しの兵士さん
1人で行ってどうするんですかねえ…。

41：名無しの兵士さん
特務大尉親しみやすすぎるだろ。

42：名無しの兵士さん
フランクな兄ちゃんで草。

43：名無しの兵士さん
フランクな兄ちゃんは皆殺しとかしません。

44：名無しの兵士さん
対空陣地が血まみれ地獄だったんだ！

45：名無しの兵士さん
マジで1人で行ったの？

46：名無しの兵士さん
大マジ。ジープ乗って突っ込んでいったみたい。司令部近くにいたけど、その連絡入った時は皆ポカーンだったわ。

47：名無しの兵士さん
タコ共もあの世でポカンとしてるよ。

48：名無しの兵士さん
それこそマジモンのワンマンアーミーやられたわけだから多少はね？

49：名無しの兵士さん
ワンマンアーミー勲章が作られてるって噂が現実になりそう。

50：名無しの兵士さん
受賞条件はどうなるんだよw

51：名無しの兵士さん
そりゃあ100万くらい殺したらだろ。余裕余裕。

52：名無しの兵士さん
戦争初期の時点で、あいつらの宇宙戦艦乗っ取った後に達成してるんだよなあ…。

53：名無しの兵士さん
特務大尉「敵旗艦を奪取した！繰り返す！敵旗艦を奪取した！軍曹主砲を撃て！なに？そんなのは適当にやったら撃てる！」

54：名無しの兵士さん
？？？

55：名無しの兵士さん
？？？？？？？？？

56：名無しの兵士さん
軍曹可哀想(;_:)

57：名無しの兵士さん
実際撃てたから特務が正しかったんだよなあ。

58：名無しの兵士さん
その理屈はおかしい。

59：名無しの兵士さん
適当したら出た主砲で戦線に大穴で草。

60：名無しの兵士さん
あのバカスカ撃ちまくったので100万は余

裕のはず。

61：名無しの兵士さん
最新鋭艦なのが仇になりましたね！

62：名無しの兵士さん
オートメーション化しすぎたから、乗っ取られる羽目になったんだぞ。

63：名無しの兵士さん
というかどうして特務はそんなとこにいたの？

64：名無しの兵士さん
ちっさい宇宙船に乗って、隕石に紛れて旗艦に突っ込みました。

65：名無しの兵士さん
？？？？

66：名無しの兵士さん
？

67：名無しの兵士さん
ちっさい宇宙船って何人乗ってたんだよ…。

68：名無しの兵士さん
10人位だったような？

69：名無しの兵士さん
特務のスレ覗くと、頼もしさと寒気が同時に襲ってくるから、厚着して見てるんだけど正解だったな。

70：名無しの兵士さん
寒気しか感じないんですがそれは。

71：名無しの兵士さん
また話が逸れてるぞ。対空陣地吹っ飛ばした特務はそっからどうしたんだ？

72：名無しの兵士さん
突入ポッド乗ってたけど、対空砲止んだ後に
地上に降りると、特務が武器漁ってた。

73：名無しの兵士さん
降りる× 落ちる○

74：名無しの兵士さん
よかった特務も人間だったんだ。銃は必要だ
ったんだね。

75：名無しの兵士さん
それは間違い。この前特務がタコの頭殴った
ら破裂したから。

76：名無しの兵士さん
こっわっ。

77：名無しの兵士さん
やっぱ人間じゃねえわ。

78：名無しの兵士さん
ゴリラより握力ありそう。

79：名無しの兵士さん
というか新兵が撃ち尽くすのとは訳が違う
ぞ！きっと全部タコに叩き込んで無くなった
んだぞ！

80：名無しの兵士さん
そっからは？

81：名無しの兵士さん
対空砲のせいで、現場の指揮系統がぐちゃぐ
ちゃになったから、特務が臨時に指揮をとる
形で纏め上げた。

82：名無しの兵士さん
このカリスマよ。

83：名無しの兵士さん
特務となら地獄にだって喜んで付いて行く
ね！

84：名無しの兵士さん
俺も！

85：名無しの兵士さん
はい特務と戦場フルマラソン

86：名無しの兵士さん
ちょっとお腹が＾＾；

87：名無しの兵士さん
なんて貧弱なんだ……

88：名無しの兵士さん
じゃあお前がいけ

89：名無しの兵士さん
ちょっとゴリラの遺伝子混ぜてくる。

90：名無しの兵士さん
これは兵士の鏡

91：名無しの兵士さん
ゴリラにそんな持久力あるのか？

92：名無しの兵士さん
知らね。そもそも何混ぜても特務にならねえ
から

93：名無しの兵士さん
それもそうだな

94：名無しの兵士さん
んでそっからは予定通りに、タコの裏手に回
って前線に穴開けまくったのよ。特務は指揮
しながら最前線で銃ぶっ放してたけど。

95：名無しの兵士さん
草

96：名無しの兵士さん
草生える

97：名無しの兵士さん
指揮官なら全体の把握しないとダメだろおおおお！巻き舌

98：名無しの兵士さん
そっちの方が早いから仕方ないね。

99：名無しの兵士さん
特務の代わりがいないから両方やってたんだゾ。

100：名無しの兵士さん
全部できるからね

101：名無しの兵士さん
武器弾薬と予算の計算以外な

102：名無しの兵士さん
特務「とりあえず沢山で」

103：名無しの兵士さん
兵站部「死ね」

104：名無しの兵士さん
いつもの

105：名無しの兵士さん
兵站部と技術部に言ったらなんでも解決すると思っている節がある。

106：名無しの兵士さん
あるね

107：名無しの兵士さん
特務「総旗艦もっていきます」

108：名無しの兵士さん
元帥「……」

109：名無しの兵士さん
元帥に無茶振りしても許されると思ってる節がある。

110：名無しの兵士さん
あるね(二回目)

111：名無しの兵士さん
普通はねえよw

112：名無しの兵士さん
まーた元帥の胃薬の量が増えてしまわれるぞ。

113：名無しの兵士さん
人類勝利のための致し方ない犠牲だから、それこそ仕方ないね。

114：名無しの兵士さん
元帥の胃に救いあれ

115：名無しの兵士さん
ないね(三回目)

116：名無しの兵士さん
一回目の間違いだろw

117：名無しの兵士さん
そうだ特務を量産しよう(唐突)

118：名無しの兵士さん
おはマッド

119：名無しの兵士さん
お休みマッド

120：名無しの兵士さん
こんにちマッド

121：名無しの兵士さん
南無マッド

122：名無しの兵士さん
あのマッドってマジで特務のクローン作ろう
としてたよな？

123：名無しの兵士さん
そそ。しょっ引かれたけど、後方だけじゃな
くて、現場でもちゃんとした特務のクローン
ならって意見があるのはヤバいですね！

124：名無しの兵士さん
そりゃあ全戦線に特務がいたら勝てるよ？

125：名無しの兵士さん
んだんだ。でも失敗したじゃん…。

126：名無しの兵士さん
いやな事件だったね…。

127：名無しの兵士さん
長い事後方に帰ってないんだけど、何かその
クローンであったん？

128：名無しの兵士さん
試作として一体だけ作ってたんだけど

129：名無しの兵士さん
お約束の

130：名無しの兵士さん
暴走

131：名無しの兵士さん
おう…。

132：名無しの兵士さん
クローンにどうやってか特務の体験ぶち込ん
だみたいなんだけど、案の定ぶっ壊れて暴れ
だしたんだよ。

133：名無しの兵士さん
B級映画をリアルでやるな！

134：名無しの兵士さん
特務大尉空を飛ぶ

135：名無しの兵士さん
それはできるからA級タイトル

136：名無しの兵士さん
何言ってんだこいつ？

137：名無しの兵士さん
それどうやって鎮圧したんだよ…。

138：名無しの兵士さん
（できて）ないです。

139：名無しの兵士さん
は？

140名無しの兵士さん
5分くらいで研究所の鎮圧部隊を皆殺しにし
たら、顔中から血を吹きだして死んだ。

141：名無しの兵士さん
どんな体験してんだよ…。

142：名無しの兵士さん
戸籍も本名もはっきりしない時点でお察し。

143：名無しの兵士さん
文字通り地獄から生まれてきた男で草。

144：名無しの兵士さん
そんでもって特務クローン計画は没になりましたとさ。

145：名無しの兵士さん
めでたしめでたし。

146：名無しの兵士さん
タコ「よかったああ」

147：名無しの兵士さん
特務「別に俺一人で十分」

148：名無しの兵士さん
タコ「ひょえ」

149：名無しの兵士さん
頼もしすぎるw

150：名無しの兵士さん
実績があるからね！

151：名無しの兵士さん
まあそれでも、ちゃんとした特務のクローンならって意見は未だにあるけどね。

152：名無しの兵士さん
やっぱいかんよクローンは(爺感)

153：名無しの兵士さん
特務が頼もしすぎるのが悪いッピ！(責任転嫁)

154：名無しの兵士さん
ま、とにかく今は勝ったことを喜ぼう！

155：名無しの兵士さん
いえええええええい！

156：名無しの兵士さん
特務！特務！特務！

157：名無しの兵士さん
特務！特務！特務！

158：名無しの兵士さん
このスレは特務を称えるスレになりました

……　…

●宇宙人辞典

ガル星人

人類とのファーストコンタクトから、戦争状態にある敵性宇宙人。
手が四本あるため、最初期に遭遇した者がタコと呼んだことから、手足の本数が足りないにもかかわらず、今現在でもタコ星人と呼称されている。
プラズマ兵器を使用するなど、人類の科学力を凌いでいるが、ある男がそんな物をひっくり返し続けている。
——人類とタコ共の出会いがファーストコンタクトなら、特務とタコの出会いはビッグバンコンタクトだ——

●戦艦辞典

人類宇宙艦隊総旗艦リヴァイアサン

元はガル星人が作り上げた、全長数kmに及ぶ最新鋭の弩級戦艦。
圧倒的な火力と装甲を備え、ガル星人が10年かけて作り上げた最高傑作だったが、人類の宇宙艦隊に負けるわけがないと、前線で運用したのが運の尽き。たしかに人類の宇宙艦隊を壊滅させたが、戦闘中の混乱を突かれて

海賊戦法を受け、高度なオートメーション化も仇となり、そのまま船を奪取されてしまう。奪取後に付近のガル宇宙艦隊のど真ん中で主砲を乱射し、反撃してくる他の船を蹴散らして人類の母星センターに帰還。

徹底的な調査を受けた後に、壊滅した宇宙艦隊の旗艦としてリヴァイアサンの名を賜る。当初は敵の船ゆえ、どんなトラップがあるかわからないという意見が多かったが、そもそも宇宙艦隊が存在していない現実の前に、本艦が運用されたといういきさつがある。

宇宙艦隊が再建された現在でも、総旗艦として運用されており、その最高傑作ぶりをガル星人に見せつけている。

──海で最強だからリヴァイアサン。最後は人間に食われたところもぴったりだろ？──

掲示板2　宙域決戦

1：名無しの兵士さん
勝ったやでえええ！

2：名無しの兵士さん
おつかれええええ！

3：名無しの兵士さん
いえええええい！

4：名無しの兵士さん
ボロ勝ちじゃあああああ！

5：名無しの兵士さん
いやあ、タコ共は強敵でしたね。

6：名無しの兵士さん
一宙域決戦だったのに、蓋を開けてみたら完勝で草

7：名無しの兵士さん
言うても要所中の要所で、落とされたら幾つも惑星が孤立するところだったゾ

8：名無しの兵士さん
久々に総旗艦リヴァイアサンまで出張って来たからなあ。こっちも本気だったよな。

9：名無しの兵士さん
向こうも大艦隊だったから多少はね？

10：名無しの兵士さん
過去形ｗ

11：名無しの兵士さん
もうスクラップなんだ！

12：名無しの兵士さん
こっちの人型機動兵器の動きが良すぎた。向

こうの機動兵器群が、まさに紙切れのように
ズタズタにされて、防空網穴だらけw

13：名無しの兵士さん
俺はその理由を知ってるぞ

14：名無しの兵士さん
俺も俺も

15：名無しの兵士さん
何があったん？新兵器？新型？

16：名無しの兵士さん
特に新型とかはいなかったけど、ある意味最
終兵器はいましたねえ…。

17：名無しの兵士さん
何々？

18：名無しの兵士さん
ドキドキ

19：名無しの兵士さん
聞いて驚け。特務が乗ったやつが混じってま
した。

20：名無しの兵士さん
げえええ！？特務！？

21：名無しの兵士さん
ふぁあああああああw

22：名無しの兵士さん
いたんかわれえ！

23：名無しの兵士さん
嘘乙

24：名無しの兵士さん
嘘言ってんじゃねえぞ。特務が機動兵器の免

許持ってねえのは知ってるぞ。なんたって本
人から聞いた事あるからな！かっこよかった
です。

25：名無しの兵士さん
さり気なく自慢野郎がいますねえ…。

26：名無しの兵士さん
俺も直接会いたい。プロマイドじゃ我慢でき
ないぞ。

27：名無しの兵士さん
ひえ

28：名無しの兵士さん
ちょっとヤバい。ヤバくない？

29：名無しの兵士さん
話を戻せ。結局特務は機動兵器の免許持って
ないから、今回の戦いに参加してないでお
k？

30：名無しの兵士さん
いや、リヴァイアサンの中で見たから、戦場
自体にはいた筈。

31：名無しの兵士さん
リヴァイアサンって特務専用艦みたいなとこ
あるよね

32：名無しの兵士さん
はえ～流石特務や。専用機すっ飛ばして、専
用艦か～。

33：名無しの兵士さん
専用艦(敵製)

34：名無しの兵士さん
タコから寝取ったからしょうがないね。

35：名無しの兵士さん
特務にリヴァイアサンをパクられてから、向こうの2番艦が出てきてないのはウケるw

36：名無しの兵士さん
希少金属これでもかと使って作られてたからなあ。リヴァイアサン作った時点で、お財布はじけ飛んだんとちゃう？

37：名無しの兵士さん
希少金属使いまくった全長9㎞の宇宙戦艦とか、頭痛くなりますよ。

38：名無しの兵士さん
奪われた事知ったタコは、多分それどころじゃないゾ。

39：名無しの兵士さん
そのまま死ねますよコレ。

40：名無しの兵士さん
実は特務は専用機も持ってるぞ。リヴァイアサンからこれで発進した。

41：名無しの兵士さん
だから特務は免許持ってないんだろ！？

42：名無しの兵士さん
(免許は持って)ないです。

43：名無しの兵士さん
ほら！

44：名無しの兵士さん
でも…

45：名無しの兵士さん
ん？

46：名無しの兵士さん
流れが…。

47：名無しの兵士さん
怪しく。

48：名無しの兵士さん
聞いて驚け、無免許でかっ飛ばしてます。

49：名無しの兵士さん
噴いたw

50：名無しの兵士さん
法律違反んんんん！

51：名無しの兵士さん
おめえ無免許かよ！

52：名無しの兵士さん
お巡りさあ ん！

53：名無しの兵士さん
いかんでしょ (震え)

54：名無しの兵士さん
総指揮官「別にいいんじゃないかね」

55：名無しの兵士さん
適当w

56：名無しの兵士さん
そこは止めろよ！

57：名無しの兵士さん
だいたいなんで運転できるんだよ！あれ滅茶苦茶複雑だから免許がいるんだろうが！

58：名無しの兵士さん
なんでも、昔に戦場で、中破して転がってる陸戦型の機動兵器見つけて、なんとなく乗り

込んだら上手くいったとかなんとか。

59：名無しの兵士さん
？？？

60：名無しの兵士さん
などと容疑者は供述しており

61：名無しの兵士さん
それでいけるなら免許は要らないんだよなあ
…。

62：名無しの兵士さん
ふわっとしすぎw

63：名無しの兵士さん
母船能力のないリヴァイアサンから一機だけ
出て来て、何かの試作機かと思ったら、あれ
特務が乗ってたんか…。

64：名無しの兵士さん
何？リヴァイアサンに特務の機体専用のスペー
スあるの？

65：名無しの兵士さん
あるやで

66：名無しの兵士さん
ある

67：名無しの兵士さん
ええ…。

68：名無しの兵士さん
やっぱリヴァイアサンは特務の嫁なんやなっ
て。

69：名無しの兵士さん
リヴァイアサンある所に特務あり（流石に言
いすぎ）

70：名無しの兵士さん
言いすぎじゃないです。

71：名無しの兵士さん
今回は電話一本で来たからな。

72：名無しの兵士さん
特務「もしもし？」

73：名無しの兵士さん
相手は誰やろうなあ……

74：名無しの兵士さん
いやあ心当たりないっすねえ

75：名無しの兵士さん
元帥「……もしもし」

76：名無しの兵士さん
元帥ｗｗｗｗｗ

77：名無しの兵士さん
悲報 一兵士から直接電話を掛けられる元帥。

78：名無しの兵士さん
可哀想に……

79：名無しの兵士さん
基本特務が大事する度に元帥が犠牲になるな。

80：名無しの兵士さん
人類がボロ負けしてた時に、そんな中勝って
るのなら命令違反は成果と引き換えに不問と
か言っちゃった元帥が悪い。

81：名無しの兵士さん
なんだ自業自得か

82：名無しの兵士さん
それでその機体色は？

83：名無しの兵士さん
青色。

84：名無しの兵士さん
やっぱりね。

85：名無しの兵士さん
リヴァイアサンとおんなじ色じゃん。やっぱあの色好きなんスねえ。

86：名無しの兵士さん
それでその無免許運転がかっ飛ばした機体はどうなったのよ？

87：名無しの兵士さん
明らかに人間が乗っている機体が出していい速度じゃないまま、一番先頭で敵とエンゲージした。

88：名無しの兵士さん
エンゲージ(殲滅)

89：名無しの兵士さん
エンゲージ(もう落としたの意)

90：名無しの兵士さん
接敵とはいったい？

91：名無しの兵士さん
後はもうボコボコのボコよ。

92：名無しの兵士さん
ここまでバディ無し！部隊無し！

93：名無しの兵士さん
話に割り込むけど、何人かは途中で特務だって気づいたんだよ。俺もその一人。そんで近寄って援護しようと通信開いたら、「いいところに来てくれた！弾が無いから適当な艦から集めてくれ！」って言われてさ。

94：名無しの兵士さん
弾拾いさせられてて笑った。

95：名無しの兵士さん
援護(補給係)

96：名無しの兵士さん
なんでや！補給も大事やろ！

97：名無しの兵士さん
普通は艦に戻るんだよなあ…。

98：名無しの兵士さん
一分一秒惜しんだんだろ。知らんけど。

99：名無しの兵士さん
周りでウロチョロするより、よっぽど特務の役に立てるだろ。

100：名無しの兵士さん
いや、俺も特務の役に立てるなら！って近場の艦から持てるだけ弾持って、特務の所に戻ったんよ。そしたらあの人、会ったとこよりもっと先に行ってて、「弾無いんですよね！？」って聞いたら「その時用のレーザー刀だろう！」って返されたんだよ。

101：名無しの兵士さん
その理屈はおかしい。

102：名無しの兵士さん
？？

103：名無しの兵士さん
あれ搭載火器使うよりも早いっていう、万が一発生した超々近接戦闘用の、お守りみたいなもんなんですがそれは…。

104：名無しの兵士さん
メインウエポンだったんすね！んなアホな

105:名無しの兵士さん
宇宙時代の戦争が、急に石器時代の話になってワイ困惑

106:名無しの兵士さん
誰だって困惑するわ

107:名無しの兵士さん
そんで特務はそっからどうしたの？

108:名無しの兵士さん
「よし！これだけあれば敵の旗艦を叩ける！私が行くから、君は戦線の維持を頼む！」って言って、そのまま突っ込んでった。

109:名無しの兵士さん
あああああああああ！急に敵の動きが鈍くなったの、特務がタコの司令船やったからあああ！？

110:名無しの兵士さん
なんでかいきなりタコの大型艦が爆発したのそれかああああああ！

111:名無しの兵士さん
あ、ふーん(察し)

112:名無しの兵士さん
特務ばんざあああああああい！

113:名無しの兵士さん
特務！特務！特務！

114:名無しの兵士さん
特務！特務！特務！

115:名無しの兵士さん
このスレは特務を称賛するスレに変わりました。

掲示板3　パワードスーツ

1:名無しの兵士さん
ついにパワードスーツの実用化かあ。胸が躍りますねえ！

2:名無しの兵士さん
んだんだ

3:名無しの兵士さん
実用化(前線に配備するとは言っていない)

4:名無しの兵士さん
実用化(不具合が無いとは言っていない)

5:名無しの兵士さん
実用化(実用化するとは言っていない)

6:名無しの兵士さん
やめろ…

7:名無しの兵士さん
なんだよ実用化するとは言っていないってw

8:名無しの兵士さん
ヤードポンドがどこかに紛れ込んで、組み立て中に寸法が合わない。かーらーの実用化中止。

9:名無しの兵士さん
整備士のとっつあんが、スパナを投げる光景が見える見える。

10:名無しの兵士さん
うちのとっつあん、ヤードポンドの事認めてくれないんだけどどうしたらいい？

11:名無しの兵士さん
まだ生き残りがいたのかヤーポン教徒め！

12：名無しの兵士さん
今宇宙時代なんだぞわかってるのか！

13：名無しの兵士さん
ヤーポン滅ぶべし。

14：名無しの兵士さん
即座に反対されるの草ｗ

15：名無しの兵士さん
パワードスーツ開けたら、中の人がミンチとかないよな。…ないよね？

16：名無しの兵士さん
流石にテストしてるっしょ。

17：名無しの兵士さん
いや初期ロットに不具合が出るのは、人類の歴史が証明してるし。

18：名無しの兵士さん
この前買った新作のゲーム機がもう壊れたんですけど！(憤怒)

19：名無しの兵士さん
初期ロットにすぐ手を出すお前が悪い。

20：名無しの兵士さん
んだな

21：名無しの兵士さん
というかゲームする余裕ができたことに涙が出てきそうですわ。

22：名無しの兵士さん
それであんまり陸の装備知らんのだけど、どんなの？

23：名無しの兵士さん
説明しよう！ついに実戦モデルのパワードス

ーツが、実戦配備されることになった！大きさは成人男性の1.5倍ほど！車をぶん投げ、盾にもできるパワー！人間の全速力よりちょっと速い速力！そして、戦車よりは柔らかい装甲で全身を包まれているのだ！

24：名無しの兵士さん
…いる？

25：名無しの兵士さん
もっと勇ましい説明しろよ！何か微妙じゃねえかと錯覚しただろうが！

26：名無しの兵士さん
これは誇大広告の逆バージョン

27：名無しの兵士さん
歩兵装備としては破格だろ！

28：名無しの兵士さん
でもお高いんでしょ？

29：名無しの兵士さん
…まあね。

30：名無しの兵士さん
やっぱ高いのか…。

31：名無しの兵士さん
まあ、戦車よりか柔らかいっていう装甲を、人型が歩ける軽さにしてるわけで…。

32：名無しの兵士さん
そりゃあお高い。

33：名無しの兵士さん
壊れないように、後方の倉庫に置いておこう。

34：名無しの兵士さん
いや、ここは整備ハンガーに飾って磨いてお

こう！

35：名無しの兵士さん
いやいやここは転売して利益をだな！

36：名無しの兵士さん
はい逮捕

37：名無しの兵士さん
生存戦争してるのに金儲けとかこれは利敵行為ですねえ。

38：名無しの兵士さん
うーんこの本末転倒。

39：名無しの兵士さん
じゃあ全歩兵に配備しよう！

40：名無しの兵士さん
タコと決着つく前に、財政破綻で滅びるんだ！(^O^)

41：名無しの兵士さん
でも全歩兵がパワードスーツを身に着けるとかロマンの塊だろ？

42：名無しの兵士さん
うん！

43：名無しの兵士さん
素直でよろしい。

44：名無しの兵士さん
がしょんがしょん音を立てて行軍したい。

45：名無しの兵士さん
わかる

46：名無しの兵士さん
そういやそのパワードスーツの目的は？

47：名無しの兵士さん
まあ、ざっくり言うと、市街地の路地とか施設内で運用できる戦車？

48：名無しの兵士さん
？を付けるなw言いたいことはわかるけどw

49：名無しの兵士さん
コンセプトはわかったけど、限定された空間での使用で、費用対効果あるの？高いんでしょ？

50：名無しの兵士さん
野戦なら普通に戦車でいいじゃんってなるからな。

51：名無しの兵士さん
こればっかりは、実際に運用しないとねえ

52：名無しの兵士さん
何言ってんだ。もう結果出てるじゃん。必要だって。

53：名無しの兵士さん
え？

54：名無しの兵士さん
どっかで先行運用されてたの？

55：名無しの兵士さん
極秘裏にかあ。

56：名無しの兵士さん
いや、特務がいるじゃん。運用実績。

57：名無しの兵士さん
！？

58：名無しの兵士さん
！！！！？？？

59：名無しの兵士さん
！

60：名無しの兵士さん
特務！特務！特務！

61：名無しの兵士さん
特務！特務！特務！

62：名無しの兵士さん
パワードスーツ「人型宇宙戦艦と同列に語られるのは、甚だ遺憾である」

63：名無しの兵士さん
↑これw

64：名無しの兵士さん
それなw戦車どころじゃないからw

65：名無しの兵士さん
ああね…特務の活躍見て、夢見ちゃったんだね…。

66：名無しの兵士さん
それ着て俺らに、特務並みの活躍しろってかあ！？無理に決まってるだろうがああ！

67：名無しの兵士さん
そりゃあ、そこらの路地中に特務がいたら俺らの圧勝よ？でもそうはならんやろ…。

68：名無しの兵士さん
なんでや！？特務だって人間やろ！人間以上のスペック叩き出せるパワードスーツ着たら、特務だって超えられるやろ！あ、ワイは遠慮しておきますね。

69：名無しの兵士さん
人間(笑)

70：名無しの兵士さん
人間(爆笑)

71：名無しの兵士さん
人間はそもそも、一人で敵司令部を叩きにいかない。

72：名無しの兵士さん
そもそも、タコからも人間扱いされてない。

73：名無しの兵士さん
タコのログに、顔写真付きでこいつは人間と同じ外見だが、別の種族だからどの程度数が居るのか調査しないと、ってあったのは笑えたw

74：名無しの兵士さん
いいえ一人です。

75：名無しの兵士さん
種族 特務

76：名無しの兵士さん
1人軍隊だけじゃなくて、1人種族だったのか…。

77：名無しの兵士さん
特務がいっぱいいたら、タコ共全員、心停止してたのに…。

78：名無しの兵士さん
タコ「うーん……」

79：名無しの兵士さん
勝った(断言)

80：名無しの兵士さん
特務「つまり歩兵の皆は、パワードスーツを着たら自分に付いて来てくれるんですね？」

81：名無しの兵士さん
言いそうw

82：名無しの兵士さん
ムリゲーw

83：名無しの兵士さん
一人で突撃するのは寂しかったんやろうなあ
……

84：名無しの兵士さん
寂しいとか感じる機能ねえだろw

85：名無しの兵士さん
無理ですって特務！　敵が絨毯爆撃してる真
っただ中を通るだなんて！！

86：名無しの兵士さん
あれ？　俺もその場にいたかも。「真っすぐ突
っ込んだら大丈夫だ」とかぬかしてた？

87：名無しの兵士さん
言ってたw

88：名無しの兵士さん
パワードスーツ関係なく死ぬわw

89：名無しの兵士さん
でも特務死んでないんだけど。

90：名無しの兵士さん
それは例外。

91：名無しの兵士さん
ああね。納得。

92：名無しの兵士さん
あ、特務にパワードスーツプレゼントした
ら？

93：名無しの兵士さん
その日の内にスクラップになるがよろしい
か？

94：名無しの兵士さん
ぷっw

95：名無しの兵士さん
絶対、もっと頑丈なの作ってくれって後方に
送られるな。

96：名無しの兵士さん
そんで関係者がまた切れると。

97：名無しの兵士さん
誰も特務がミンチになるのを心配していない。

98：名無しの兵士さん
だって特務なんだぜ？

99：名無しの兵士さん
特務が有機体な訳ないだろいい加減にしろ！

100：名無しの兵士さん
この説得力よ。

101：名無しの兵士さん
実際の所、タコって特務をどう扱ってんの？

102：名無しの兵士さん
死神じゃね？適当

103：名無しの兵士さん
これは正しい意味での適当

104：名無しの兵士さん
適切

105：名無しの兵士さん
死神以外に表現しようがないw

106：名無しの兵士さん
触らぬ神に祟りなし。その神、腰が滅茶苦茶軽いんだよなあ…。

107：名無しの兵士さん
常時最前線w

108：名無しの兵士さん
タコ「どうしたらいいんですか？」

109：名無しの兵士さん
なんで俺らに聞いてくんだよ！

110：名無しの兵士さん
そのまま死ね

111：名無しの兵士さん
こっちだって扱いかねてるんだゾ

112：名無しの兵士さん
司令部「とりあえずヨロ」

113：名無しの兵士さん
扱い…かねてるな！

114：名無しの兵士さん
慣れ切ってるんですが…。

115：名無しの兵士さん
ははあ、そりゃ最初の犠牲者である人類に、特務の対処法を聞いてくるわけだ。

116：名無しの兵士さん
人類は特務に侵略されていた？

117：名無しの兵士さん
常識はもう侵略済みだから。

118：名無しの兵士さん
それだよ。常識を壊すのと、戦術は特務を止

めろお！付いてくのどんだけ大変だと思ってるんだ！

119：名無しの兵士さん
戦略なんだよなあ…。

120：名無しの兵士さん
宇宙戦地図レベルの戦略特務は草。

121：名無しの兵士さん
ウチの小隊は全員が全速力で走ったのに、特務に置いてかれて、特務の戦果確認するだけになったことがあるぞ。

122：名無しの兵士さん
速すぎい！

123：名無しの兵士さん
強すぎい！

124：名無しの兵士さん
特務「やはりここは、俺に付いて行けるよう全兵士にパワードスーツをだな」

125：名無しの兵士さん
その論は絶対に許さない。

126：名無しの兵士さん
まあ、特務の戦果確認とか、一人二人でできる量じゃないから、丁度いいんじゃね？

127：名無しの兵士さん
一人で特務の戦果確認とかムリゲーw

128：名無しの兵士さん
１つの戦場でも、半月くらいはかかる(確信)

129：名無しの兵士さん
半年の間違いじゃね？

130：名無しの兵士さん
いやあ、いくら特務でも、一か所なら半月あ
れば戦果確認くらいできるっしょ。できるよ
ね？

131：名無しの兵士さん
さあ…

132：名無しの兵士さん
誰がやったのかわからんのが出てきたら、特
務に入れときゃいいから楽々。

133：名無しの兵士さん
ワイ「誰がやったかわからんなら特務がやっ
たことにしてよし！」

134：名無しの兵士さん
適当かw

135：名無しの兵士さん
いやマジでそうしなきゃ終わんないし。それ
に間違ってないから。

136：名無しの兵士さん
なるほどw

137：名無しの兵士さん
で、陸軍はパワードスーツ使って、量産型特
務を期待してるってことでおｋ？

138：名無しの兵士さん
ワンオフだから無理ゾ。

139：名無しの兵士さん
上層部の期待は多分そう。でもそれは、生身
の人間に1光年位歩くのは余裕だよねって言
ってるのと同義。

140：名無しの兵士さん
特務の設計図見つけるとこから始めろ(憤怒)

141：名無しの兵士さん
アーティファクトかな？

142：名無しの兵士さん
ロストテクノロジー

143：名無しの兵士さん
先史時代の遺産だから発掘しろ。

144：名無しの兵士さん
突然変異だから、そんなものは無い。

145：名無しの兵士さん
それならお薬ブスリ！！

146：名無しの兵士さん
あああああ！

147：名無しの兵士さん
廃人のでき上がりっと

148：名無しの兵士さん
人間やめる薬から始めないと…。

149：名無しの兵士さん
まあ、昔にいなかったかと言われると、多分
いた筈。

150：名無しの兵士さん
特務がリヴァイアサン分捕る前は、マジでヤ
バかったからね。

151：名無しの兵士さん
人類滅亡5秒前

152：名無しの兵士さん
ちょっとあの時は黒歴史

153：名無しの兵士さん
遺伝子操作兵とか、薬物強化兵とか絶対いた

(確信)というか多分今もいる(確信)

154：名無しの兵士さん
倫理観ガバガバだったから多少はね？

155：名無しの兵士さん
多少じゃないんだよなあ…。

156：名無しの兵士さん
特務もその産物だった？

157：名無しの兵士さん
逆に、その程度でできたら研究者に拍手喝采送るわｗ

158：名無しの兵士さん
だから、そもそも人類として扱うなと

159：名無しの兵士さん
揚陸艇とかもリヴァイアサン分捕った時に、纏めて吹っ飛ばしたからなあ…。

160：名無しの兵士さん
あの後タコが数年ピタって軍事行動止めたのは笑えるｗ

161：名無しの兵士さん
センター近くまで踏み込んでたのに、旗艦は分捕られるわ、主力艦隊はボコボコにされるわ、これで軍事行動止まらなかったら嘘だろｗ

162：名無しの兵士さん
本当に貴重な時間だった。黄金よりも価値ある時間とはまさにあの時。

163：名無しの兵士さん
やはり特務は救世主だった？

164：名無しの兵士さん
特務！特務！特務！

165：名無しの兵士さん
特務！特務！特務！

166：名無しの兵士さん
いええええええええええい！

167：名無しの兵士さん
特務ばんざあああああああああい！

168：名無しの兵士さん
またここは特務を称えるスレになりました。

掲示板 4　強化兵達

1：名無しの強化兵さん
俺ら用の秘密掲示板がついにできたゾ

2：名無しの強化兵さん
有能

3：名無しの強化兵さん
これは間違いなく有能

4：名無しの強化兵さん
表に存在しない俺らだからね

5：名無しの強化兵さん
一般のスレに書き込んだら、それはもうとんでもない事になりますよ。

6：名無しの強化兵さん
倫理観ガバガバの時の結晶。それが俺ら。

7：名無しの強化兵さん
なお

8：名無しの強化兵さん
想定された使い方ではない模様。

9：名無しの強化兵さん
なおなお

10：名無しの強化兵さん
なんなら普通に休暇とかしてるぞ。

11：名無しの強化兵さん
いや、いうて最前線勤務には違いないっしょ。まあ、俺は死にかけた時に自分で機械化志願したから、自業自得なんだけどね。

12：名無しの強化兵さん
お？最近強化された奴かい？まあ、最前線と

いったらそうなんだけどな。

13：名無しの強化兵さん
初期組はほとんど特攻兵器扱いだったんだよなあ…。

14：名無しの強化兵さん
そそ。それに比べたらマシマシ。俺なんて検診があるって言われて、ほいほい病院行ったら、拉致されてそのまま薬物強化されたぞ。

15：名無しの強化兵さん
ええ…

16：名無しの強化兵さん
どうなってんだよ初期組…。

17：名無しの強化兵さん
これがジェネレーションギャップ！

18：名無しの強化兵さん
特攻兵器ってどんな扱いだったんすか？

19：名無しの強化兵さん
そりゃ勿論、武器弾薬引っ提げて、敵の司令部に突っ込むんだよ！

20：名無しの強化兵さん
なお、衛星軌道を押さえられて、宇宙戦艦にバカスカ撃たれる模様。ついでに制空権もな！

21：名無しの強化兵さん
ワイ。後発の遺伝子強化地上兵。強化されただけの兵が、どうやってそっから敵司令部を叩けるか疑問に思う。

22：名無しの強化兵さん
さあ…？

23:名無しの強化兵さん
どうやってやろうなあ…

24:名無しの強化兵さん
まず地上の司令部と、旗艦の司令部。2つあるんですがそれは…。

25:名無しの強化兵さん
百歩譲って地上はわかる。でも、最初期組って作られたの、宇宙戦力なんてほとんど残ってなかったろ？

26:名無しの強化兵さん
せやな

27:名無しの強化兵さん
せやせや

28:名無しの強化兵さん
せやったなあ(遠い目)

29:名無しの強化兵さん
なんとか頑張って地上戦力をどうにかして、そこからどうすんの？

30:名無しの強化兵さん
さあ…

31:名無しの強化兵さん
さあ…

32:名無しの強化兵さん
さあって…

33:名無しの強化兵さん
なんとか小さい宇宙船に乗って、そこからタコの戦艦を奪うんやろうなあ…。

34:名無しの強化兵さん
はい出た。

35:名無しの強化兵さん
出たわね。

36:名無しの強化兵さん
いつもの

37:名無しの強化兵さん
特務！特務！特務！

38:名無しの強化兵さん
特務！特務！特務！

39:名無しの強化兵さん
出てきましたなあ！

40:名無しの強化兵さん
何度考えても頭おかしい(褒めてるけど褒めてない)

41:名無しの強化兵さん
あのリヴァイアサン分捕り作戦(作戦とは言っていない)が無かったら、マジでワイらの出番やったからなあ…。

42:名無しの強化兵さん
オペレーション行き当たりばったり。

43:名無しの強化兵さん
成功しただろ！いい加減にしろ！

44:名無しの強化兵さん
軍は結果主義ってはっきりわかんだね。

45:名無しの強化兵さん
そうそう。結果が伴ってるから、特務が命令ガン無視しても許されるんだゾ。

46:名無しの強化兵さん
前線司令官「そろそろ危ないし、前線出るの止めない？」

47：名無しの強化兵さん
特務 ぷいっ

48：名無しの強化兵さん
いつもの

49：名無しの強化兵さん
これはいつものですね

50：名無しの強化兵さん
総司令部「そろそろ危ないし、前線出るの止めない？」

51：名無しの強化兵さん
特務 ぷいっ

52：名無しの強化兵さん
これまたいつもの

53：名無しの強化兵さん
いやあ、流石に総司令部発はやばいでしょ。

54：名無しの強化兵さん
んだなあ。軍全体を指揮してるわけだし。

55：名無しの強化兵さん
こら特務！ ちゃんと総司令部の言うこと聞きなさい！

56：名無しの強化兵さん
元帥「そ」

57：名無しの強化兵さん
特務 ぷいっ

58：名無しの強化兵さん
いつものｗｗｗｗｗｗｗｗｗ元帥なんも言ってねえじゃんｗ

59：名無しの強化兵さん
元帥だから仕方ない。

60：名無しの強化兵さん
んだな

61：名無しの強化兵さん
こんなんだからよく銃殺刑になるんだぞ！

62：名無しの強化兵さん
銃殺刑執行(うん回目うんか月ぶり)

63：名無しの強化兵さん
(執行されたとは言っていない)

64：名無しの強化兵さん
書類上は執行されたから… (震え声)

65：名無しの強化兵さん
ま、形式上仕方ないからね。

66：名無しの強化兵さん
その形式に本当に従うと、人類滅びちゃうから仕方ないね！

67：名無しの強化兵さん
そもそも、連行する奴は特務のファンに殺されるから、連れてこれない。

68：名無しの強化兵さん
ま。とにかく特務は初期組にとっても恩人なんや。もう少しで使い捨ての駒にされる直前やったワイらやけど、特務が負け寸前をひっくり返してくれたおかげで、今でも元気に前線勤務できてるんや。

69：名無しの強化兵さん
それでも前線勤務なんすね！

70：名無しの強化兵さん
まあ、明らかに常人よりも能力高いから仕方ないね。

71：名無しの強化兵さん
せやせや。

72：名無しの強化兵さん
せやろか？

73：名無しの強化兵さん
本当に？（猜疑）

74：名無しの強化兵さん
この前機械化してる俺の目よりも先に、特務がタコを見つけたんですがそれは。

75：名無しの強化兵さん
常人って言ったよね！！！！！！常人って！！！！！！悪いけど特務は人じゃないから！！！！

76：名無しの強化兵さん
キャーこわーい

77：名無しの強化兵さん
キャー

78：名無しの強化兵さん
などと筋骨隆々な軍人たちが怯えており

79：名無しの強化兵さん
キモ

80：名無しの強化兵さん
うえ。想像しちゃった。

81：名無しの強化兵さん
げろげろ

82：名無しの強化兵さん
強化された俺等よりも、明らかに特務の方がヤバい。

83：名無しの強化兵さん
そんなことはわかってるんだよな。

84：名無しの強化兵さん
せやな。常人よりも上だからって、しょっちゅう指揮下に組み込まれるからな。

85：名無しの強化兵さん
でも付いていけません！

86：名無しの強化兵さん
ぜってえ人間じゃねえ。

87：名無しの強化兵さん
噂のパワードスーツ配備してくれねえかなあ。

88：名無しの強化兵さん
強化された俺らがパワードスーツで更に強化されたら、特務に付いて行けるはずや！

89：名無しの強化兵さん
じゃあ特務がパワードスーツ着たら？

90：名無しの強化兵さん
壊れた。

91：名無しの強化兵さん
壊れるだろ。

92：名無しの強化兵さん
いや間違ってない。壊れた。過去形。

93：名無しの強化兵さん
ぶうううううううw

94：名無しの強化兵さん
もうおしゃかにしたんか特務ぅ！

95：名無しの強化兵さん
試しに前線で使ってくる→壊れた。の黄金パターン。

96：名無しの強化兵さん
いっつもそのパターン。

97：名無しの強化兵さん
散歩気分で前線に行って新兵器を試すな。

98：名無しの強化兵さん
フレームガタガタやったからなあ。

99：名無しの強化兵さん
機械の反応速度が遅いからって振り回すな。

100：名無しの強化兵さん
なお被弾は無かった模様。

101：名無しの強化兵さん
流石やでえ…

102：名無しの強化兵さん
無能研究員「何故人類の壁を越えたお前達が、ただの人間に後れを取るのだ？」

103：名無しの強化兵さん
これは無能

104：名無しの強化兵さん
人類最大の無能

105：名無しの強化兵さん
目ん玉ついてんのか？お前は特務のどこを見て、人間だって思ったんだ？

106：名無しの強化兵さん
外見上は人間だろうが！外見はな！

107：名無しの強化兵さん
無能研究員「これでは単なる随伴歩兵ではないか。もっと結果を出せ。そうでなければ我々が無能だと思われるだろうが」

108：名無しの強化兵さん
無能

109：名無しの強化兵さん
随伴歩兵できるだけでも勲章ものだろうが！

110：名無しの強化兵さん
付いて行くだけだけどな！

111：名無しの強化兵さん
この前特務の随伴したら、久々に息が上がったわ

112：名無しの強化兵さん
スタンプ押さないとわからないのかな？無能って

113：名無しの強化兵さん
死ぬほど無能

114：名無しの強化兵さん
死んだからセーフ

115：名無しの強化兵さん
は？

116：名無しの強化兵さん
死んだの？

117：名無しの強化兵さん
特務のクローン作ったマッドの影に隠れてたマッドだよな？

118：名無しの強化兵さん
そうそのマッド。

119：名無しの強化兵さん
何人マッドいるんだよw

120：名無しの強化兵さん
ウケる w

121：名無しの強化兵さん
何があったんだ？

122：名無しの強化兵さん
自分の作品(笑い)を易々と超えてく特務の事がどーしても認められなくて、特務のDNAを使って何か作ろうとしたみたい。

123：名無しの強化兵さん
あっ (察し)

124：名無しの強化兵さん
あ…

125：名無しの強化兵さん
やってしまいましたなあ

126：名無しの強化兵さん
南無

127：名無しの強化兵さん
特務のクローン事件以来、その関係死ぬほど厳しいぞw

128：名無しの強化兵さん
実際死んだしw特殊部隊に踏み込まれてそのままパアンよ。

129：名無しの強化兵さん
特務の細胞で何かしようとしてはいけない(戒め)

130：名無しの強化兵さん
時間制限付きとはいえ、特務が暴れたらどうなるかクローン君が証明したからね。仕方ないね。

131：名無しの強化兵さん
研究所が、怪獣でも暴れたんかっていう廃墟だったからなあ…。

132：名無しの強化兵さん
しかも5分で

133：名無しの強化兵さん
そりゃあ死ぬほど厳しくなるわ。

134：名無しの強化兵さん
そんでそのままそのDNAは焼却処分。まあ、どっかに他のもあるかもだけど。

135：名無しの強化兵さん
あるでしょうなあ

136：名無しの強化兵さん
俺らも表向きはいないからねw

137：名無しの強化兵さん
しゃあない。もし特務が戦死したら、培養したDNAを人類全員に打ち込まないといけないから。

138：名無しの強化兵さん
その計画も笑えるし、特務が死ぬという発想がそもそも笑えるw

139：名無しの強化兵さん
まずは、特務がいる惑星ごと吹っ飛ばすことが初手。

140：名無しの強化兵さん
星系図が壊れる。

141：名無しの強化兵さん
それで初手なのか（困惑）

142：名無しの強化兵さん
いやあ、最低でもそれくらいは必要でしょ。

143：名無しの強化兵さん
特務が投入されるような価値のある星を吹っ飛ばすタコ。

144：名無しの強化兵さん
自分の足を食ってるんだぞ。

145：名無しの強化兵さん
タコ「星一つなら安いもんよ」

146：名無しの強化兵さん
1つで…足りますね？

147：名無しの強化兵さん
持ってる星全部爆破しろ

148：名無しの強化兵さん
それでも特務は死なんがな！

149：名無しの強化兵さん
はっはっは！

150：名無しの強化兵さん
特務！特務！特務！

151：名無しの強化兵さん
特務！特務！特務！

152：名無しの強化兵さん
いえぇぇぇぇぇぇぇぇい！

153：名無しの強化兵さん
特務万歳！

154：名無しの強化兵さん
このスレも特務を称えるスレになりました…。

掲示板5　後方移送

1：名無しの兵士さん
悲報 特務が母星センターに強制連行される。

2：名無しの兵士さん
はえ〜特務を連行できる奴なんていたんスねえ。

3：名無しの兵士さん
連行する方、頭下げてたゾ

4：名無しの兵士さん
してましたねえ…。

5：名無しの兵士さん
一旦センターに帰って下さい！おねしゃす！

6：名無しの兵士さん
ちょっとだけでいいんで！

7：名無しの兵士さん
連行っておまっ！？単なる休暇やんけ！

8：名無しの兵士さん
最前線の星一つが、今にも超新星爆発しそうだから、タコもこっちも動けないんすよね。

9：名無しの兵士さん
総司令部「母星で溜まってる勲章受け取ってどうぞ」

10：名無しの兵士さん
特務「いやだああああああ！」

11：名無しの兵士さん
タコ「やったああああああ！」

12：名無しの兵士さん
タコが喜んでるのは草

13：名無しの兵士さん
どうせすぐ帰ってくる

14：名無しの兵士さん
特務も暇してたからしょうがない。

15：名無しの兵士さん
軍事行動を暫く控えるって聞いたときの特務の顔は、すんごい失礼だけど、今思い出しても笑える。

16：名無しの兵士さん
え？は？って顔してたよなw

17：名無しの兵士さん
武器弾薬フル装備で宿舎から出て来てたからね。

18：名無しの兵士さん
司令官「もちろん防備は油断なくする」

19：名無しの兵士さん
特務「なんだ。じゃあ自分はどこの防衛へ行けばいいのでしょうか？」

20：名無しの兵士さん
司令官「母星センターだ」

21：名無しの兵士さん
特務「は？」

22：名無しの兵士さん
雲の上の人に、は？はまずいっすよ！

23：名無しの兵士さん
逆なんだよなあ…

24：名無しの兵士さん
特務はこの前戦略に口出してたゾ

25：名無しの兵士さん
しかも大成功

26：名無しの兵士さん
特務将軍だった？

27：名無しの兵士さん
最前線で突撃する将軍とはいったい…

28：名無しの兵士さん
石器時代なら普通普通

29：名無しの兵士さん
今宇宙時代だけどわかってる？

30：名無しの兵士さん
俺はわかってるけど特務はわかってない。

31：名無しの兵士さん
あーね。

32：名無しの兵士さん
飛び道具の発達で、戦場の個人は無くなったはずなんだけどなあ。

33：名無しの兵士さん
特大の特務がいるんですがそれは。

34：名無しの兵士さん
危うくスルーしかけたけど特大の個な。個。

35：名無しの兵士さん
火縄銃辺りじゃもう英雄の時代じゃないよね？

36：名無しの兵士さん
いや、ぎりぎり英雄が許される時代かな？

37：名無しの兵士さん
火縄銃の鉛玉どころか、プラズマとかレーザ

ーとか飛び交ってるんだけどわかってる？

38：名無しの兵士さん
だから俺はわかってるけど特務はわかってねえんだって。

39：名無しの兵士さん
それもそうか。

40：名無しの兵士さん
特務「予測で自分に弾を当てる奴を先に撃ちます」

41：名無しの兵士さん
何言ってんだこいつ？？？？

42：名無しの兵士さん
この短い文で特務の馬鹿さ加減がわかる。

43：名無しの兵士さん
まず当てて"きそう"じゃなくて、自分に"当てる"奴って断言してるのはなんでですかねえ？

44：名無しの兵士さん
特務くらいになるとそれくらいわかるんだろ。知らんけど。というかわかりたくないけど。

45：名無しの兵士さん
特務「あ、あいつ当てるな」

46：名無しの兵士さん
軽すぎるｗ

47：名無しの兵士さん
なんでわかんだよｗ

48：名無しの兵士さん
そんでもう一つ、どうやったら当てて来るっ

て思ったそいつより先に弾当てるんですかねえ？

49：名無しの兵士さん
特務の方がトリガー引くのが早かったんやろ（適当）。

50：名無しの兵士さん
エイムの方かもしれん（鼻ほじ）。

51：名無しの兵士さん
まあ、これができたら宇宙時代でも英雄できるんでしょ（諦め）。

52：名無しの兵士さん
他にも色々説明できないことがあるんだけどまあいいか。

53：名無しの兵士さん
んだ。一気に書き出したら頭痛くなるから止めとこう。

54：名無しの兵士さん
せやな。

55：名無しの兵士さん
そんでその宇宙原始時代の英雄はセンターに帰ってんの？

56：名無しの兵士さん
そう（スルー）

57：名無しの兵士さん
泣く泣く

58：名無しの兵士さん
最後まで未練タラタラ

59：名無しの兵士さん
溜まってる勲章受け取るって、あの人制服着

たら勲章だらけで、服の生地なんて見えないんじゃないか？

60：名無しの兵士さん
多分ね

61：名無しの兵士さん
まあせやろなあ

62：名無しの兵士さん
ズボンにも付ける事になると思う

63：名無しの兵士さん
いや、付けるなら略章やろ。

64：名無しの兵士さん
その略章で服の生地が埋まりそうなんだよなあ…

65：名無しの兵士さん
ほとんど総なめやろ？

66：名無しの兵士さん
というか新しく特務の為に作ったやつもある

67：名無しの兵士さん
専用勲章かあ（遠い目）

68：名無しの兵士さん
そういや特務の家ってどこ？やっぱセンターにあるの？

69：名無しの兵士さん
無いです。

70：名無しの兵士さん
は？

71：名無しの兵士さん
は？

72：名無しの兵士さん
？？

73：名無しの兵士さん
だから(家は)無いです。

74：名無しの兵士さん
？？

75：名無しの兵士さん
？

76：名無しの兵士さん
じゃあ特務はどこ住んでんだよ！

77：名無しの兵士さん
最前線 (ガチ)

78：名無しの兵士さん
嘘つけ！

79：名無しの兵士さん
流石にそれは…。

80：名無しの兵士さん
いや、オレも特務から聞いた事がある。帰る
暇なんかないから、家とかないって。

81：名無しの兵士さん
ええ…。

82：名無しの兵士さん
ひょえ…。

83：名無しの兵士さん
ぞくっとした。

84：名無しの兵士さん
軍の宿舎が家なのかあ…。

85：名無しの兵士さん
つまり住所不定？

86：名無しの兵士さん
そうなるね

87：名無しの兵士さん
いかんでしょ

88：名無しの兵士さん
まあ、センターどころか、いろんなとこの名
誉市民だから、住む場所には困らんでしょ。

89：名無しの兵士さん
特務が解放した場所は、とりあえず特務を名
誉市民にするところから始めるからね。仕方
ないね。

90：名無しの兵士さん
落ち着いたところは、銅像も建て始める。

91：名無しの兵士さん
どの銅像も、絶対に銃を持ってるところが特
務らしくて好き♡

92：名無しの兵士さん
常在戦場だからな。

93：名無しの兵士さん
その常在戦場、最前線から一番遠いとこへ行
っちゃったんですけど、大丈夫なのかな？

94：名無しの兵士さん
普通の兵なら泣いて喜ぶけど特務だからなあ
…。

95：名無しの兵士さん
特務「平和な所で何をすればいいんだ？」

96：名無しの兵士さん
そりゃあ買い物とか映画とか…。

97：名無しの兵士さん
全く想像できないんですがそれは…。

98：名無しの兵士さん
むしろ、時間を持て余している方が、簡単に
想像できる。

99：名無しの兵士さん
お偉いさんとの食事マナーとか気にしなさそ
う。

100：名無しの兵士さん
手づかみでもない限り、突っ込む勇気を持っ
てる奴はおらんでしょ。

101：名無しの兵士さん
手づかみでも誰も突っ込めないと思います。

102：名無しの兵士さん
元帥「あの」

103：名無しの兵士さん
特務 ぷいっ

104：名無しの兵士さん
だから元帥ｗｗｗｗｗｗｗ

105：名無しの兵士さん
言うこと聞かない園児と保育士かｗ

106：名無しの兵士さん
まあ、流石に肉食う時はサバイバルナイフ使
うやろ。

107：名無しの兵士さん
一瞬目が滑りそうになった。それなｗｗｗｗ

108：名無しの兵士さん
お偉いさんとの食事で武器を持ち込むなｗ

109：名無しの兵士さん
武器持ち込まなくても、存在自体が戦略兵器
だから誰も気にせんかったんやろ。

110：名無しの兵士さん
本人が一番ヤバいからな。

111：名無しの兵士さん
言うこと聞かないホッキョクグマと食事する
ようなもんやろ？ ようやるわ。

112：名無しの兵士さん
というかお偉いさんと食事しても会話とかし
なさそう。

113：名無しの兵士さん
ここはまず天気の話から…

114：名無しの兵士さん
真面目な話、特務と会話を成立させるのはほ
ぼ不可能。

115：名無しの兵士さん
んだなあ…。

116：名無しの兵士さん
大体食事も何も、あの人レーションばっかり
だからな…。

117：名無しの兵士さん
基地の食堂ですら、よっぽど暇じゃないと利
用してないからね…。

118：名無しの兵士さん
そもそも、基地内で特務を見つけるのが稀。

119：名無しの兵士さん
たしかに。居たとしても訓練場。

120：名無しの兵士さん
流石やでえ

121：名無しの兵士さん
寝てるのか？

122：名無しの兵士さん
さあ？

123：名無しの兵士さん
366日戦えますの人だし。

124：名無しの兵士さん
一日多い。多くない？

125：名無しの兵士さん
特務時間じゃ合ってるんだろ。

126：名無しの兵士さん
ははあなるほどね(思考停止)

127：名無しの兵士さん
そういや訓練といえば、鬼軍曹にしごかれてる訓練兵が、目標は特務大尉です！って言ったら、鬼軍曹ちょっと黙っちゃった。

128：名無しの兵士さん
誰だって黙る。

129：名無しの兵士さん
手に取るように鬼軍曹の心理がわかる。

130：名無しの兵士さん
　いい心がけと言うべきか、無茶なと言うべきか、これ以上増えたらと思うと…。

131：名無しの兵士さん
鬼軍曹「…」

132：名無しの兵士さん
今時の若い奴にありがち。

133：名無しの兵士さん
一回特務と一緒の戦場に立ったら現実を思い知るけどね。

134：名無しの兵士さん
真似したら死ぬ(ガチ)

135：名無しの兵士さん
ま、まあええやないか。人それぞれ目標は違うわけやし。

136：名無しの兵士さん
んだな

137：名無しの兵士さん
そんで特務は今何やっとるん？

138：名無しの兵士さん
テレビに出てる

139：名無しの兵士さん
は！？

140：名無しの兵士さん
え！？

141：名無しの兵士さん
うっそ！？

142：名無しの兵士さん
マジか！？早く言えや！

143：名無しの兵士さん
無能共め！

144：名無しの兵士さん
いや、まだ空港に着いたばかりだ。落ち着け。

145：名無しの兵士さん
記者団凄いっすねえ。

146：名無しの兵士さん
そらあ、最前線のカメラマンしか会えないからね。

147：名無しの兵士さん
大丈夫？カメラのフラッシュをマズルフラッシュと勘違いして、戦闘態勢に入ったりしない？

148：名無しの兵士さん
んなアホな。無いよね？

149：名無しの兵士さん
あるわけないだろwだろ？

150：名無しの兵士さん
特務がマジで勘違いしてたら、もうこいつら死んでるから大丈夫と思われる。

151：名無しの兵士さん
そういやそうだw

152：名無しの兵士さん
安心した。

153：名無しの兵士さん
わからん。自分には当たらんから放っておこうと思ってるかもしれん。なんかそっちの方が可能性ありそうな気がしてきた…

154：名無しの兵士さん
俺も…

155：名無しの兵士さん
あ、出てきた！

156：名無しの兵士さん
特務！特務！特務！

157：名無しの兵士さん
特務！特務！特務！

158：名無しの兵士さん
特務ううう！

159：名無しの兵士さん
特務の服w

160：名無しの兵士さん
やっぱり勲章だらけやんけ！

161：名無しの兵士さん
重そう

162：名無しの兵士さん
絶対重い(確信)

163：名無しの兵士さん
この上で溜まってる勲章貰うの？ヤバない？

164：名無しの兵士さん
背中かズボンやな…。

165：名無しの兵士さん
勲章で鎧作れそう

166：名無しの兵士さん
つうか略章にしろよw

167：名無しの兵士さん
略章の存在自体知らなさそう。

168：名無しの兵士さん
本当に軍人かよw

169：名無しの兵士さん
あの人正規の軍事訓練と教育受けてないから
なあ…

170：名無しの兵士さん
あ、そういやそうだった！

171：名無しの兵士さん
お、出迎えは軍大臣だ。

172：名無しの兵士さん
特務「美人の姉ちゃんじゃないのか…」

173：名無しの兵士さん
特務「タコじゃないのか…」

174：名無しの兵士さん
2つ目はおかしい。

175：名無しの兵士さん
おかしくないぞ。絶対そう思ってる。

176：名無しの兵士さん
オレもそう思う。つうか一番目もおかしい。

177：名無しの兵士さん
特務絶対性欲ないからな。

178：名無しの兵士さん
ないやろうなあ。

179：名無しの兵士さん
特務は世界で一番の美人よりタコと戦う方を
選ぶ。全財産賭けたっていい。

180：名無しの兵士さん
俺も。

181：名無しの兵士さん
睡眠欲も食欲も性欲もない。やっぱり機械な
んじゃね？

182：名無しの兵士さん
あ

183：名無しの兵士さん
あ

184：名無しの兵士さん
やったw

185：名無しの兵士さん
噛んだw

186：名無しの兵士さん
やったな大臣w

187：名無しの兵士さん
悲報 軍大臣噛む

188：名無しの兵士さん
視聴率100％って言ってもいいんだぞ！何
やってんの！

189：名無しの兵士さん
大臣「お帰りてょくむ」

190：名無しの兵士さん
あーあw

191：名無しの兵士さん
お前ら笑ってるけど、俺も特務の正面立った
ら、なんも言えない自信があるわ。

192：名無しの兵士さん
そうそう。声出しただけマシ。

193：名無しの兵士さん
俺はマジでなんも言えなかったからな。

194：名無しの兵士さん
生き神だから仕方ないね。

195：名無しの兵士さん
生き(死)神

196：名無しの兵士さん
タコにとってはなw

197：名無しの兵士さん
朗報 特務は何も言わずに手を出して握手。

198：名無しの兵士さん
よかったよかった

199：名無しの兵士さん
気が利きますねえ！これはナイスアシスト。

200：名無しの兵士さん
戦場の火消しもやってたから、その経験が生きましたな。

201：名無しの兵士さん
お互いニッコリ。

202：名無しの兵士さん
特務「貸し1つだ」

203：名無しの兵士さん
ひょえ

204：名無しの兵士さん
言いそうw

205：名無しの兵士さん
怖い

206：名無しの兵士さん
特務「今すぐ戦場に帰せ」

207：名無しの兵士さん
これはガチ

208：名無しの兵士さん
絶対言う

209：名無しの兵士さん
間違いなく言う

210：名無しの兵士さん
これから特務どうすんの？さあ？

211：名無しの兵士さん
政府首脳と会って、大統領直々に勲章授与じゃね？知らんけど。

212：名無しの兵士さん
うーんVIP

213：名無しの兵士さん
人類の最重要人物だからな。

214：名無しの兵士さん
人？

215：名無しの兵士さん
うーん。多分人。

216：名無しの兵士さん
恐らく人。

217：名無しの兵士さん
ひょっとしたら人。

218：名無しの兵士さん
お前らw

219：名無しの兵士さん
大統領「そ」

220：名無しの兵士さん
ぷいっ

221：名無しの兵士さん
やりそう。やるやろうなあ。

222：名無しの兵士さん
大統領、そろそろ後方に移れとか言っても無
駄です。

223：名無しの兵士さん
大統領、元帥と違ってあんまり振り回されて
ないから、特務の扱い方わかってないんだよ
…

224：名無しの兵士さん
というか元帥に即ぷいっとするのはいいけ
ど、流石に大統領に即ぷいっとはせんやろ。

225：名無しの兵士さん
いやするね。

226：名無しの兵士さん
絶対する

227：名無しの兵士さん
間違いなくする。

228：名無しの兵士さん
ここまで俺らから元帥に対するフォローな
し！

229：名無しの兵士さん
これは上官侮辱罪。

230：名無しの兵士さん
はい銃殺刑。

231：名無しの兵士さん
世紀の常習上官侮辱罪者がぴんぴんしてるか
ら平気平気。

232：名無しの兵士さん
初めて聞いたぞそんな単語w

233：名無しの兵士さん
ま、まあ流石の特務も、センターなら大人し
くしてるやろ。

234：名無しの兵士さん
本当？(猜疑)

235：名無しの兵士さん
無いな。

236：名無しの兵士さん
んだな。

237：名無しの兵士さん
と、とにかく、特務は休暇を楽しんでね！

238：名無しの兵士さん
せ、せやな

239：名無しの兵士さん
せやせや！

240：名無しの兵士さん
特務！特務！特務！

241：名無しの兵士さん
特務！特務！特務！

242：名無しの兵士さん
あの流れでここは特務を称えるスレになるの
か。

243:名無しの兵士さん
絶対帰りたいと思ってる。間違いない。

掲示板6 バカアホ間抜け瞬殺

1:名無しの一般人さん
悲報 銀行強盗さん達、よりにもよって特務
がお忍びで、お金をおろしている最中の銀行
を襲撃してしまう。

2:名無しの一般人さん
ふぁーーw

3:名無しの一般人さん
馬鹿の中の馬鹿

4:名無しの一般人さん
人類史上最大の間抜け

5:名無しの一般人さん
キングオブ馬鹿

6:名無しの一般人さん
コントかな？

7:名無しの一般人さん
強盗の後ろにいたのが警官ってのは見たこと
があるけどw

8:名無しの一般人さん
そんな物とは比べ物にならない

9:名無しの一般人さん
後ろに特務

10:名無しの一般人さん
ひょえ

11:名無しの一般人さん
特務に動くなって言われたら、心臓も止まり
そう。

12:名無しの一般人さん
うっ！？公開された防犯カメラの動画見たけど、これはとんでもないですねえ…。

13:名無しの一般人さん
マスクしてるのに付け髭、サングラス、帽子。彼が銀行強盗ですね？(確信)

14:名無しの一般人さん
ちゃう。それが特務や。

15:名無しの一般人さん
100%不審人物

16:名無しの一般人さん
確かに特務とはわからん。特務とは。

17:名無しの一般人さん
代わりに別の注目を集めてるけどなw

18:名無しの一般人さん
いやあ、こんなのが銀行いたら、そりゃあ怪しまれるよ。

19:名無しの一般人さん
周りの客がチラチラ見てるのが笑えるw

20:名無しの一般人さん
銀行員(いつでも通報ボタン押せるようにしとかないと…)

21:名無しの一般人さん
ご自分が客観的にどう見えてるかご存じない？

22:名無しの一般人さん
見えてたらもう少しだけ自重するよ。

23:名無しの一般人さん
それでも少しだけなのか……

24:名無しの一般人さん
普段のやらかしがデカいから、ちょっとでも十分なんやろ。

25:名無しの一般人さん
100 が 99 になっても変わってないんですが。

26:名無しの一般人さん
つうかあの人、金とか必要だったんだな。

27:名無しの一般人さん
んだな。そっちの方が驚き。

28:名無しの一般人さん
大真面目な話、顔出した状態でなら、これタダで頂戴って言ったらどこの店もくれるだろ。

29:名無しの一般人さん
確かに。

30:名無しの一般人さん
人類の英雄やからなあ。

31:名無しの一般人さん
ああね。勇者が壺割って怒られない理由がわかった。

32:名無しの一般人さん
現在進行形で大魔王軍ボコボコにしてる最中だからね。

33:名無しの一般人さん
いや流石に個人宅で壺割ったら怒られるでしょ。

34:名無しの一般人さん
何言ってんだ。俺んちの壺を特務が割ったらそれを飾るね。

35：名無しの一般人さん
俺も俺も。そっから盗まれるまでワンセット。

36：名無しの一般人さん
寧ろ俺が盗む。

37：名無しの一般人さん
それにしてもまさかマジモンがこの後来ると
は、行員も思わんかったろうなあ…。

38：名無しの一般人さん
そのマジモンよりも、もっとマジなのが今金
をおろしてるんですが

39：名無しの一般人さん
マジ(百戦錬磨)

40：名無しの一般人さん
マジ(常在戦場)

41：名無しの一般人さん
マジ(1人軍隊)

42：名無しの一般人さん
ふぁw！？キモ！？

43：名無しの一般人さん
ああ。あのシーン見とるんやな。

44：名無しの一般人さん
ああ。特務が壁の隅の上に張り付いたあれか。

45：名無しの一般人さん
蜘蛛かな？

46：名無しの一般人さん
全員の視線が集まってるのがウケるw

47：名無しの一般人さん
そりゃあ、何の脈絡も無く壁を三角飛びして、

上の隅に張り付いたら、誰だって見るよ。

48：名無しの一般人さん
いったい何が？ｗｗｗ

49：名無しの一般人さん
一時停止しとるか？

50：名無しの一般人さん
うんｗｗｗ

51：名無しの一般人さん
再生したらすぐわかるやで。

52：名無しの一般人さん
ポチッと再生。

53：名無しの一般人さん
なんか入って来たぞ！

54：名無しの一般人さん
左から馬鹿A、アホB、間抜けC、瞬殺Dや。
特に覚えんでいいで。

55：名無しの一般人さん
せやせや。自動小銃なんて持ってるけど、特
に覚えんでええ。

56：名無しの一般人さん
手際がいいからプロやろうけど、覚えんでい
いで。

57：名無しの一般人さん
せやせや。赤ん坊抱いてるお母さんとかいる
けど、安心して見ていいで。

58：名無しの一般人さん
シリアスじゃなくてギャグだからな。まあこ
れからギャグになるというか……。

59：名無しの一般人さん
瞬殺ってなにｗ

60：名無しの一般人さん
また再生押してみ

61：名無しの一般人さん
ふぁｗ！？

62：名無しの一般人さん
馬鹿「てめえら伏せろ！」アホ「金を出せ！」
間抜け「机から離れろ！」瞬殺「…」

63：名無しの一般人さん
ほんまに瞬殺されとるやんけ！特務に！

64：名無しの一般人さん
この4人、誰も特務が着地したことに気がつ
いてないからな…。

65：名無しの一般人さん
そして瞬殺にチョークスリーパーｗ

66：名無しの一般人さん
オレ、負傷してセンターに帰っとるけど、特
務はスニーキングも化け物級やで。

67：名無しの一般人さん
ほほう。それは知らんかった。

68：名無しの一般人さん
俺も知らんかった。

69：名無しの一般人さん
特務といえば、ど派手なイメージ。

70：名無しの一般人さん
まあ、実際そっちの方が手っ取り早いから、
ど派手にやってるみたいや。

71：名無しの一般人さん
流石ｗ

72：名無しの一般人さん
隠れるとか神経使うからね！

73：名無しの一般人さん
また1人瞬殺されたんやけど！？

74：名無しの一般人さん
馬鹿「このバッグに金を詰めろ！」アホ「一か
所に集まれ！早くしろ！」間抜け「…」瞬殺
「…」

75：名無しの一般人さん
馬鹿とアホが普通に事を進めているのがホラ
ー。

76：名無しの一般人さん
行員とか客も強盗の方見て、特務の方見とら
んやん！

77：名無しの一般人さん
影が薄いんやろ(適当)

78：名無しの一般人さん
そうそう

79：名無しの一般人さん
んなアホな…

80：名無しの一般人さん
そのアホもすぐ後を追うで。

81：名無しの一般人さん
ええ…。

82：名無しの一般人さん
特務しゃがんでるのに普通に早いｗ

83：名無しの一般人さん
ゴキブリみたいだよなw

84：名無しの一般人さん
きもいw

85：名無しの一般人さん
カサカサ

86：名無しの一般人さん
カサカサカサカサ

87：名無しの一般人さん
やめいw

88：名無しの一般人さん
馬鹿「早くしろ！！殺されてえのか！？」ア
ホ「…」間抜け「…」瞬殺「…」

89：名無しの一般人さん
怖いw

90：名無しの一般人さん
おい馬鹿！お仲間全員寝てますよ！？

91：名無しの一般人さん
ホンマに怖いんやけどw

92：名無しの一般人さん
特務の方はとっても早いんだけどね

93：名無しの一般人さん
(仕事が)早い

94：名無しの一般人さん
(殺すのが)早い

95：名無しの一般人さん
全員気絶だからセーフ。

96：名無しの一般人さん
馬鹿「そっちはぶっ！？」アホ「…」間抜け
「…」瞬殺「…」

97：名無しの一般人さん
殴ったああああ！？

98：名無しの一般人さん
そっちは？ｗｗｗｗ

99：名無しの一般人さん
どっちだったのかなｗｗｗｗｗ

100：名無しの一般人さん
あの世かもｗｗｗｗ

101：名無しの一般人さん
振り向いた先にあったのは、特務の拳でした。

102：名無しの一般人さん
絶対こいつだけ死んだだろ

103：名無しの一般人さん
タコの頭を粉砕する特務の拳を…。

104：名無しの一般人さん 原形
残ってるから、手加減してるんじゃね？知ら
んけど

105：名無しの一般人さん
んだ。知らんけど。

106：名無しの一般人さん
お前らw

107：名無しの一般人さん
いや、ホンマに原形残ってるから手加減して
ると思うよ？タコ殴った時なんて、マジでタ
コの頭がパァンってなってたからね。

108：名無しの一般人さん
ひょえ

109：名無しの一般人さん
おしっこちびりそう。

110：名無しの一般人さん
タコ「その優しさ、俺らにもくださいよ…」

111：名無しの一般人さん
お前らは死ね

112：名無しの一般人さん
慈悲などない

113：名無しの一般人さん
やっちゃってください特務。

114：名無しの一般人さん
パァン！

115：名無しの一般人さん
馬鹿「…」アホ「…」間抜け「…」瞬殺「…」

116：名無しの一般人さん
立っているのは特務だけでしたとさ。なんだ、いつもの戦場か

117：名無しの一般人さん
いや、マジでホラーなんだけどw

118：名無しの一般人さん
しーーーーん

119：名無しの一般人さん
死ーーーーん

120：名無しの一般人さん
いつもの戦場ってこんな感じなんスねえ。そりゃあタコがPTSD発症するわけだ。

121：名無しの一般人さん
信じられるか？さっきまで強盗がいたんだぜ？

122：名無しの一般人さん
もういない(過去形)

123：名無しの一般人さん
念入りに作戦立てたから、本番で疲れて寝ちゃったんでしょ。

124：名無しの一般人さん
そして理解が追い付かない行員と客たち。

125：名無しの一般人さん
仕方ない

126：名無しの一般人さん
誰だって理解できんわw

127：名無しの一般人さん
強盗が入ってきたら、強盗が寝ていた(この間10秒)

128：名無しの一般人さん
トイレで小便してたら、全部終わってたレベル。

129：名無しの一般人さん
そもそも始まってもない。

130：名無しの一般人さん
脅してただけだからなw

131：名無しの一般人さん
鞄に金も入ってないからな。

132：名無しの一般人さん
つまりこれは銀行強盗未遂？

133：名無しの一般人さん
いやあ、銃突きつけたからアウトでしょ。

134：名無しの一般人さん
なんか特務が武器漁ってるんですけど、武装
解除？

135：名無しの一般人さん
ああ、それについては意見が分かれとる。

136：名無しの一般人さん
意見分かれること自体おかしい。

137：名無しの一般人さん
どんな意見？

138：名無しの一般人さん
言った通り、武装解除の意見が一つ。

139：名無しの一般人さん
ふむふむ普通はそう

140：名無しの一般人さん
もう一つは、特務がここを戦場と勘違いして、
いつも通り武器を補充している説。

141：名無しの一般人さん
ふぁああああw

142：名無しの一般人さん
んなアホなw

143：名無しの一般人さん
ここセンターの銀行やぞ！

144：名無しの一般人さん
いやあ、俺、特務が戦場で武器漁ってる姿見
た事あるけど、まんまだったんだよなあ。

145：名無しの一般人さん
ええ…

146：名無しの一般人さん
特務から、仕留めた相手から武器を奪うの、
ほとんど癖になってるって聞いた事はある…

147：名無しの一般人さん
ルーティーンだから仕方ないね。

148：名無しの一般人さん
怖い

149：名無しの一般人さん
悲報？偉業？ 支店長？が勇気を出して特務
に話しかけると、特務がびくりとする。

150：名無しの一般人さん
特務「民間人！？なんでこんな所に！？」

151：名無しの一般人さん
特務う！そこ民間地だからああ！

152：名無しの一般人さん
最前線から一番遠いとこだから！

153：名無しの一般人さん
動画終わった…。

154：名無しの一般人さん
まあ、後は事情聴取したら特務だったってオ
チさ。

155：名無しの一般人さん
警察とひと悶着なかったのは良かった良かっ
た。

156：名無しの一般人さん
それはどちらが良かったんですかね？(小声)

157：名無しの一般人さん
そらあお前…あれよ…

158：名無しの一般人さん
あれやな…

159：名無しの一般人さん
警察ｖｓ特務 ファイッ！

160：名無しの一般人さん
やめーやｗ

161：名無しの一般人さん
センターが地獄になるｗ

162：名無しの一般人さん
特務のぼろ勝ちやろｗ

163：名無しの一般人さん
タコ「たかが警察でどうにかなるなら、俺らがどうにかしてる」

164：名無しの一般人さん
違いないｗ

165：名無しの一般人さん
と、どうにかされてるタコが申しており。

166：名無しの一般人さん
ちょっとタコの気持ちがわかったかもしれんｗ

167：名無しの一般人さん
んだんだ

168：名無しの一般人さん
それで馬鹿アホ間抜け瞬殺は今どうしてんの？

169：名無しの一般人さん
固有名詞にすなｗ

170：名無しの一般人さん
ウケるｗｗｗｗ

171：名無しの一般人さん
留置場で他の奴らに盛大に煽られてるよ。よりにもよって特務がいる銀行に押し入った馬鹿アホ間抜け瞬殺って。

172：名無しの一般人さん
ｗｗｗｗｗｗｗｗ

173：名無しの一般人さん
留置場でもそう呼ばれてるんかお前ら！

174：名無しの一般人さん
宇宙規模で馬鹿アホ間抜け瞬殺かましましたからしょうがないね！

175：名無しの一般人さん
大体生存戦争してるのに、首都惑星で銀行強盗かます時点で馬鹿アホ間抜け瞬殺だからな。

176：名無しの一般人さん
なんでやその文面なら瞬殺関係ないやろ！

177：名無しの一般人さん
生存戦争で瞬殺されそうだった奴らには心当たりあるけどね。

178：名無しの一般人さん
ワイらの事ですね……

179：名無しの一般人さん
おうやめーや。

180：名無しの一般人さん
まーじで人類滅亡待ったなしやったからなあ。

181：名無しの一般人さん
なおそれをほぼ一人でひっくり返した奴がい
たらしい。

182名無しの一般人さん
これは終身名誉英雄特務大尉ですわ、

183：名無しの一般人さん
やっぱり特務は最高やな！

184：名無しの一般人さん
せやな

185：名無しの一般人さん
せやせや！

186：名無しの一般人さん
特務！特務！特務！

187：名無しの一般人さん
特務！特務！特務！

188：名無しの一般人さん
このスレは特務を称えるスレになりました

掲示板7　TV出演

1：名無しの強化兵さん
悲報 特務、一流芸能人と、トップアスリー
トの中に放り込まれる。

2：名無しの強化兵さん
えええええ！？

3：名無しの強化兵さん
何が…

4：名無しの強化兵さん
なんでやねんw

5：名無しの強化兵さん
草w

6：名無しの強化兵さん
この後すぐの、センターでの生放送テレビ
か？めっちゃ期待してるんやが。

7：名無しの強化兵さん
期待 (やらかし)

8：名無しの強化兵さん
絶対やらかす(確信)

9：名無しの強化兵さん
なんでそんな事になったんや…

10：名無しの強化兵さん
まあ、軍の広報として絶好の機会なのはわか
る。問題は、それが特務っちゅう事や。

11：名無しの強化兵さん
ぜってえ無理w

12：名無しの強化兵さん
何考えてるんだ？

13：名無しの強化兵さん
くそ！基地警備任務じゃなければ見たのに！

14：名無しの強化兵さん
お疲れニキーｗ

15：名無しの強化兵さん
ワイは軍宿舎で皆で見るやで

16：名無しの強化兵さん
死ね

17：名無しの強化兵さん
一言だけなのが、恨みの深さを感じる。

18：名無しの強化兵さん
というかテレビ局も芸能人とスポーツ選手で固めるの止めろや！特務が浮くやろ！

19：名無しの強化兵さん
どんな奴と組ましても浮く。絶対浮く。

20：名無しの強化兵さん
まあ特務やからなあ…。

21：名無しの強化兵さん
話が合うの最前線の軍人だけやろ？

22：名無しの強化兵さん
いやあ(強化された能力だけじゃなくて、殺気も感じろとか言われても)無理です。

23：名無しの強化兵さん
それは無理。

24：名無しの強化兵さん
何言ってんだ？(困惑)

25：名無しの強化兵さん
当たり前のように第六感を要求されててウケ

るｗ

26：名無しの強化兵さん
特務！？人間の感覚は五感だけなんですよ！よそ見してるのに弾避けないでください！特務！？

27：名無しの強化兵さん
あるあるｗ

28：名無しの強化兵さん
ほんこれ。しょっちゅう見るわ。

29：名無しの強化兵さん
弾が当たらないんじゃなくて、避けてるからねあの人。

30：名無しの強化兵さん
弾って避けれたのかあ(悟り)

31：名無しの強化兵さん
その悟り方間違ってるからやめた方がいいぞ

32：名無しの強化兵さん
真似したら死んだゾ

33：名無しの強化兵さん
南無

34：名無しの強化兵さん
成仏してくれー

35：名無しの強化兵さん
亡霊ニキあほす

36：名無しの強化兵さん
限界ギリギリまで強化したらワンチャン？

37：名無しの強化兵さん
(ワンチャン)ないです

38：名無しの強化兵さん
ノーチャン

39：名無しの強化兵さん
(ﾟﾉ･∀･`)ムリムリ

40：名無しの強化兵さん
カタツムリ

41：名無しの強化兵さん
あ、はじまた

42：名無しの強化兵さん
ワクワク

43：名無しの強化兵さん
ドキドキ

44：名無しの強化兵さん
ドキドキ(動悸)

45：名無しの強化兵さん
俺も動悸するw

46：名無しの強化兵さん
下手すりゃ大惨事だからね…

47：名無しの強化兵さん
動悸息切れめまい

48：名無しの強化兵さん
今すぐ病院行ってどうぞ。

49：名無しの強化兵さん
司会、大御所中の大御所やんけ！

50：名無しの強化兵さん
そりゃそうよ

51：名無しの強化兵さん
なんかあっても、すぐ対応できるくらいの経
験者が必要だからね。

52：名無しの強化兵さん
有能

53：名無しの強化兵さん
特務呼んだ時点で無能

54：名無しの強化兵さん
↑これ。マジで無能

55：名無しの強化兵さん
でも特務は見たいんでしょ？

56：名無しの強化兵さん
うん！

57：名無しの強化兵さん
正直でよろしい。

58：名無しの強化兵さん
ゲストの芸能人とスポーツ選手が、ほんまに
超一流ばっかりでウケるw

59：名無しの強化兵さん
芸能界もスポーツ界も、特務がリヴァイアサ
ン奪取して盤面ひっくり返さなかったら存在
しなかったからね。仕方ないね。

60：名無しの強化兵さん
あの決戦抜かれてたら、センター中で強制徴
用だったからなあ…(例外なし)

61：名無しの強化兵さん
国民皆兵(ガチ)

62：名無しの強化兵さん
せやせや。芸能とかスポーツとか、ある意味

余裕があるのも特務のお陰なんやで。

63：名無しの強化兵さん
やっぱ特務って…最高やな！

64：名無しの強化兵さん
せやな！

65：名無しの強化兵さん
せやせや！

66：名無しの強化兵さん
ああ特務！？やめてください！人間は50km
も走った後に、戦闘ができるようになってな
いんです！

67：名無しの強化兵さん
特務！？あそこは友軍ゼロですよ！？特
務！？

68：名無しの強化兵さん
一部兄貴たちがPTSD発症してるんですがw

69：名無しの強化兵さん
特務の犠牲者が…

70：名無しの強化兵さん
特務って人類救ってるだけじゃなかったんス
ねえ

71：名無しの強化兵さん
俺も50km走らされたけど、強化されてなか
ったらマジで死んでた。

72：名無しの強化兵さん
ナカーマ。疲れて照準ブレブレやったわ。
全く当たらんかったし。

73：名無しの強化兵さん
そうそうw制圧射撃要員になってたw

74：名無しの強化兵さん
たまに俺らの射撃精度に文句言う奴おるけ
ど、なら特務と一緒に行動してみろってね。

75：名無しの強化兵さん
せやせや。フル装備で4,50km走破とか
要求されるんやで。そっからちゃんと当てろ
とか無理やからw

76：名無しの強化兵さん
司会「本日はスペシャルゲストをお招きして
おります」

77：名無しの強化兵さん
お！？

78：名無しの強化兵さん
スペシャル(唯一無二)

79：名無しの強化兵さん
確かにスペシャルやな！

80：名無しの強化兵さん
特務来たああああ！キタ━━━━(ﾟ∀ﾟ)━━
━━━!!

81：名無しの強化兵さん
キタ━━━━(ﾟ∀ﾟ)━━━━━!!

82：名無しの強化兵さん
特務！特務！特務！

83：名無しの強化兵さん
特務！特務！特務！

84：名無しの強化兵さん
勲章一つだけになっとるやんけ！？

85：名無しの強化兵さん
よかったよかった

86：名無しの強化兵さん
マジで鎧になるところだったからな

87：名無しの強化兵さん
全員スタンディングオベーションw

88：名無しの強化兵さん
そらそうやろ

89：名無しの強化兵さん
あの勲章何？初めて見た。

90：名無しの強化兵さん
んだね

91：名無しの強化兵さん
聞いて驚け…。ワンマンアーミー勲章だ…。

92：名無しの強化兵さん
げえぇ！？ホンマに作ったんか！？

93：名無しの強化兵さん
都市伝説だった筈w

94：名無しの強化兵さん
マジかw

95：名無しの強化兵さん
1人軍隊勲章ｗｗｗｗｗ

96：名無しの強化兵さん
頭おかしくなるで

97：名無しの強化兵さん
受勲条件は？

98：名無しの強化兵さん
俺が怖くて聞けなかったことをあっさりとまあ

99：名無しの強化兵さん
俺も黙ってたのにw

100：名無しの強化兵さん
受勲条件 人類の中の人類として人類に貢献し、一人で戦略的困難を打破しうる者。 だってさ(ブルリ)

101：名無しの強化兵さん
ふわっとしすぎいいいい！

102：名無しの強化兵さん
なんじゃそれw

103：名無しの強化兵さん
条件ガバガバっすね！

104：名無しの強化兵さん
ゆっるゆるで草

105：名無しの強化兵さん
勲章の存在自体がガバイ上に、ちゃんとした条件考えると頭おかしくなるから許したれ。

106：名無しの強化兵さん
軍「明確に数値化して欲しいんか？お？」

107：名無しの強化兵さん
なまいってすんませんっした！

108：名無しの強化兵さん
許してください！

109：名無しの強化兵さん
というか人類の中の人類って…

110：名無しの強化兵さん
しー

111:名無しの強化兵さん
特務が人間じゃないのは常識だろうが！

112:名無しの強化兵さん
言ってはいけない事を…

113:名無しの強化兵さん
黙ってたのに…

114:名無しの強化兵さん
やっぱガバイわ。

115:名無しの強化兵さん
人類のための勲章が人類以外に渡ってますよ！？

116:名無しの強化兵さん
ま、まあええやろ。些細な問題や。

117:名無しの強化兵さん
んだんだ

118:名無しの強化兵さん
摂氏と華氏くらいどうでもええ。同じようなもんや。

119:名無しの強化兵さん
いやあれは…

120:名無しの強化兵さん
華氏もガバガバ

121:名無しの強化兵さん
朗報 特務に最近の流行りを教え込む

122:名無しの強化兵さん
ええぞテレビ局！特務はそういうのに疎いから、ちゃんと教えたってな！

123:名無しの強化兵さん
流行りのお菓子の事、特務に言っても、？？？って顔しか返ってこんからな。

124:名無しの強化兵さん
嘘だゾ。特務はちゃんと最先端の物も知ってるゾ。

125:名無しの強化兵さん
オチがわかったｗ

126:名無しの強化兵さん
俺もｗ

127:名無しの強化兵さん
最新鋭の兵器に関しては、メーカー顔負けの知識量なんだろ！知ってるゾ！

128:名無しの強化兵さん
予言者ばっかりでつまらん

129:名無しの強化兵さん
いやあ、常識？

130:名無しの強化兵さん
特務うう！？その最新鋭戦闘機の訓練受けてないっすよね！？特務ううううう！？

131:名無しの強化兵さん
あるある

132:名無しの強化兵さん
んだ

133:名無しの強化兵さん
ぴゅーって飛ばすからなあ

134:名無しの強化兵さん
そんでもって、自分の愛機が特務にパチられた事知って、呆然とする正規パイロットまで

が一連の流れ。

135:名無しの強化兵さん
止めろよ思い出しちゃったじゃんｗ

136:名無しの強化兵さん
ｗｗｗｗ

137:名無しの強化兵さん
ウケるｗ

138:名無しの強化兵さん
あ

139:名無しの強化兵さん
あ

140:名無しの強化兵さん
おいいいいい！？

141:名無しの強化兵さん
アスリート呼んだのそのためかあああ！

142:名無しの強化兵さん
特務とスポーツ勝負ｗｗｗｗｗ

143:名無しの強化兵さん
止めろ！！！

144:名無しの強化兵さん
死んだな

145:名無しの強化兵さん
これは潰されるな

146:名無しの強化兵さん
俺もスポーツしたいなあ(チラ)

147:名無しの強化兵さん
俺も 薬物検査で引っ掛かるけどｗ

148:名無しの強化兵さん
俺も俺も 遺伝子検査したら一発だけど

149:名無しの強化兵さん
俺もー 金属探知機に引っ掛かるけど

150:名無しの強化兵さん
ｗｗｗｗ

151:名無しの強化兵さん
即バレｗｗ

152:名無しの強化兵さん
ぴーーーー (迫真)

153:名無しの強化兵さん
アームレスリングｗｗｗｗｗ

154:名無しの強化兵さん
無茶なｗｗｗｗ腕へし折れるぞｗｗ

155:名無しの強化兵さん
おいおい。脱いだアスリートの腕はなかなか大したもんじゃないか。

156:名無しの強化兵さん
そうだね大したもんだね

157:名無しの強化兵さん
そうそう(思考停止)

158:名無しの強化兵さん
特務も脱いだあああああああ！？

159:名無しの強化兵さん
えっっっっっっ！？

160:名無しの強化兵さん
スタジオのノリに乗ったああああああ！

161：名無しの強化兵さん
特務って結構ノリいいよねw

162：名無しの強化兵さん
ねw

163：名無しの強化兵さん
なんじゃあの特務の筋肉。

164：名無しの強化兵さん
肉体美とはまさにあの事

165：名無しの強化兵さん
なお無傷(呆然)

166：名無しの強化兵さん
ほんまや！！！

167：名無しの強化兵さん
傷一つないやんけ！！！

168：名無しの強化兵さん
うっそだろｗｗｗ

169：名無しの強化兵さん
やっぱ人間じゃねえわ

170：名無しの強化兵さん
スタジオざわついてんじゃんw

171：名無しの強化兵さん
女優達がきゃーってなってるぞ

172：名無しの強化兵さん
違うぞ。指の隙間からチラチラ見てるぞ

173：名無しの強化兵さん
そりゃあ見るよ。有難いもの。

174：名無しの強化兵さん
ありがたや～

175：名無しの強化兵さん
アスリートたちも呆然。

176：名無しの強化兵さん
どう見ても人間の体じゃないからね

177：名無しの強化兵さん
ぜってえサイボーグだわ

178：名無しの強化兵さん
機械化強化兵ワイ。一緒にした奴を許さない

179：名無しの強化兵さん
司会「レディ…」

180：名無しの強化兵さん
ファイッ！

181：名無しの強化兵さん
ファイッ！

182：名無しの強化兵さん
ピクリともしねえw

183：名無しの強化兵さん
そらそうよw

184：名無しの強化兵さん
人類以上を想定してなかったんやろうなあ…

185：名無しの強化兵さん
向こうの選手顔真っ赤なんだけどw

186：名無しの強化兵さん
リヴァイアサン持ち上げる方がまだ現実味が
ある。

187：名無しの強化兵さん
あ

188：名無しの強化兵さん
まあそりゃ負けるよ。どんまい

189：名無しの強化兵さん
そうそう今度は二人掛かりw

190：名無しの強化兵さん
だから無理だって！

191：名無しの強化兵さん
ミニガン片手で振り回すバケモンなんだぞ！

192：名無しの強化兵さん
それも特別仕様の更に重いやつをな！

193：名無しの強化兵さん
やっぱりピクリともしねえw

194：名無しの強化兵さん
3人目が途中投入w

195：名無しの強化兵さん
それでもダメ！

196：名無しの強化兵さん
これはあかん…

197：名無しの強化兵さん
虐殺なんですが

198：名無しの強化兵さん
スポーツ選手引いとるやんけ！

199：名無しの強化兵さん
無理もない

200：名無しの強化兵さん
相手は人じゃないんだから、気を落とすなって。

…… …
201：名無しの強化兵さん
いやあ、100m走も綱引きも特務の圧勝でしたね。

202：名無しの強化兵さん
だから特務と人をそもそも比べるなと…

203：名無しの強化兵さん
土俵が違うから

204：名無しの強化兵さん
強化された俺らでも絶対無理なのに

205：名無しの強化兵さん
お、いいこと聞いたぞ芸能人のあんちゃん！

206：名無しの強化兵さん
なになに？

207：名無しの強化兵さん
あんちゃん「特務の強さの秘訣は何ですか？」

208：名無しの強化兵さん
そらああれよ

209：名無しの強化兵さん
なによ？

210：名無しの強化兵さん
あれやろうなあ

211：名無しの強化兵さん
だから何よ

212：名無しの強化兵さん特務
「訓練です。朝も昼も夜も訓練。これに尽きます」

213：名無しの強化兵さん
じーん

214：名無しの強化兵さん
感動した！

215：名無しの強化兵さん
じゃあ俺も今日から訓練するね！

216：名無しの強化兵さん
おかしいな…。俺らも訓練してるんやが…

217：名無しの強化兵さん
特務「銀行強盗に襲われたって、戦場での行動ができたら一人前です」

218：名無しの強化兵さん
ｗｗｗｗｗｗｗｗ

219：名無しの強化兵さん
スタジオ爆笑

220：名無しの強化兵さん
ｗｗｗｗ

221：名無しの強化兵さん
ｗｗｗ

222：名無しの強化兵さん
腹痛いｗ

223：名無しの強化兵さん
やっぱ皆あの動画見たんですねえ！

224：名無しの強化兵さ
皆があの動画で笑ってるから根に持ってるん

じゃないかｗ

225：名無しの強化兵さん
絶対あの動きは武器漁ってたからなｗ

226：名無しの強化兵さん
長い事随伴歩兵してる俺も、あの特務の動きは普段と一緒だった。

227：名無しの強化兵さん
それにしても、訓練あるのみとは流石特務やな！

228：名無しの強化兵さん
せやな！

229：名無しの強化兵さん
せやせや！

230：名無しの強化兵さん
特務！特務！特務！

231：名無しの強化兵さん
特務！特務！特務！

232：名無しの強化兵さん
いえええええええい！

233：名無しの強化兵さん
隙あらば特務を称えるスレにしようとしている奴がいますねえ

掲示板8　脱走

1:名無しの兵士さん
悲報　特務、脱走兵となる。

2:名無しの兵士さん
知ってた速報

3:名無しの兵士さん
やっぱりね。

4:名無しの兵士さん
そろそろ我慢できなくなる頃だと思ってたんだ。

5:名無しの兵士さん
案外もったな。

6:名無しの兵士さん
行方不明なだけだろおおお！

7:名無しの兵士さん
それが問題なんだよなあ…。

8:名無しの兵士さん
せやせや。

9:名無しの兵士さん
今日の特務の予定何だったの？

10:名無しの兵士さん
夜に政府と民間の偉い人集めての晩餐会に出席。

11:名無しの兵士さん
特務がそんなんに参加する訳ねえだろ馬鹿！！！！！

12:名無しの兵士さん
企画段階で無理ってわかりそうなもんなんで

すが。これは逃げ出すに決まってますわな。

13:名無しの兵士さん
しゃあない。軍ならともかく、政府と民間の偉い人にはそれがわからんのよ。

14:名無しの兵士さん
特務がワイングラス片手に談笑してる姿を想像できない。

15:名無しの兵士さん
銃持ってる姿の想像は楽勝なんだけどね。

16:名無しの兵士さん
想像ってか目に焼き付いてるレベルだし。

17:名無しの兵士さん
違いないw

18:名無しの兵士さん
お偉いさん「君のお陰で経済が」

19:名無しの兵士さん
特務「申し訳ない、刑罪の事はさっぱりで」

20:名無しの兵士さん
違あああああう！

21:名無しの兵士さん
言いそうw

22:名無しの兵士さん
ホンマに言いそうだから困るw

23:名無しの兵士さん
銃殺刑され慣れとる奴は言う事が違うで。いまだにどうして銃殺刑の罪状を宣告されてるかわかってなさそうw

24：名無しの兵士さん
だから刑罰のことはさっぱりなんやろうなあ
……

25：名無しの兵士さん
銃殺刑と言えば、センターに帰ってきたし、
また銃殺刑執行された？

26：名無しの兵士さん
んだ。一応軍事法廷にも立ってたっぽい。ワ
ンマンアーミー勲章授与する前にだけど。

27：名無しの兵士さん
順番おかしくない？

28：名無しの兵士さん
言われてみればおかしいような……

29：名無しの兵士さん
気のせいやろ。

30：名無しの兵士さん
今度の罪状は？

31：名無しの兵士さん
今度のってところを笑えばいいんか？

32：名無しの兵士さん
笑え笑え。

33：名無しの兵士さん
前やったリヴァイアサンの無許可持ち出し。

34：名無しの兵士さん
ああなんだまたそれか。それが一番多いんじ
ゃね？

35：名無しの兵士さん
多分ね。

36：名無しの兵士さん
自家用車気分で人類連合の総旗艦を持ち出す
な！

37：名無しの兵士さん
実際特務の自家用車だろ！

38：名無しの兵士さん
た、確かに……！

39：名無しの兵士さん
それでまた有罪判決で銃殺刑やったんか。安
らかに眠ってな特務。

40：名無しの兵士さん
そのまま安らかに眠られたら、人類全員眠る
羽目になるんですがそれは……。

41：名無しの兵士さん
平気平気。眠るどころかどうせ棺桶の中から
飛び出してくるから。

42：名無しの兵士さん
棺桶の蓋を蹴飛ばす光景が見える見える。

43：名無しの兵士さん
蓋に釘どころか溶接してあっても蹴り飛ばす
だろうね。

44：名無しの兵士さん
そんでそのゾンビ今どこにいるの？

45：名無しの兵士さん
十中八九、最前線に戻っとるで。間違いない。

46：名無しの兵士さん
あ。情報端末に置きメールがあったらしいな。
今ニュースでやってるｗ

47：名無しの兵士さん
ほんまや。

48：名無しの兵士さん
なになに？最前線が気がかりなので戻ります。探さないでください。

49：名無しの兵士さん
家出の子供かw

50：名無しの兵士さん
ふぁーーーーw

51：名無しの兵士さん
草

52：名無しの兵士さん
草

53：名無しの兵士さん
ちゃんと連絡して偉い。

54：名無しの兵士さん
そういう問題じゃねえんだよなあ…。

55：名無しの兵士さん
ま、まあええやん。前よりかは持ったろ？

56：名無しの兵士さん
前センター行った時は、日帰りで帰ってきたからなあ…。前にも書いてるけど、リヴァイアサンを持ち出してw

57：名無しの兵士さん
特務！？テレビでそんな辞令は出てないって言ってますよ！？特務！？

58：名無しの兵士さん
これはまた銃殺刑。

59：名無しの兵士さん
いや、敵前逃亡じゃないから、違うんじゃね？

60：名無しの兵士さん
いうて特務が逃げ出した事はない定期。

61：名無しの兵士さん
むしろ真逆やろ。

62：名無しの兵士さん
敵前逃亡の逆ってなんて言うんや？

63：名無しの兵士さん
さあ？

64：名無しの兵士さん
敵奥突破？

65：名無しの兵士さん
ｗｗｗｗ

66：名無しの兵士さん
ワロタ

67：名無しの兵士さん
らしいっちゃらしいw　そんな事1人でできるの特務だけだろ！いい加減にしろ！

68：名無しの兵士さん
センターから逃げ出したから敵前逃亡だろ！

69：名無しの兵士さん
敵はセンターだった？

70：名無しの兵士さん
VIP待遇だったんだよなあ…。

71：名無しの兵士さん
そのVIP待遇が嫌で仕方なかったんやろ。目に浮かぶわ。

72：名無しの兵士さん
貧乏ゆすりしてそうｗ

73：名無しの兵士さん
ホテルのスイートで絶対していたｗ

74：名無しの兵士さん
前回はなんで日帰りやったん？

75：名無しの兵士さん
戦局も落ち着いてきてたから、特務が死んだら士気下がりまくるって理由で、後方で広報してくれって言われたんや。

76：名無しの兵士さん
後方で広報ｗ

77：名無しの兵士さん
ギャグと違うわ！

78：名無しの兵士さん
はえ～そんな事あったんスねえ。それが嫌だったと。

79：名無しの兵士さん
嫌も嫌。そのままリヴァイアサンを持ち出して最前線に行ったで。

80：名無しの兵士さん
ｗｗｗｗ

81：名無しの兵士さん
流石やでえｗ

82：名無しの兵士さん
やっぱ戦場が家だったんやなって。

83：名無しの兵士さん
子守唄は銃声。

84：名無しの兵士さん
つうかその時は、リヴァイアサンを持ち出すために、ちょっとだけセンターに顔出しただけじゃないのか？

85：名無しの兵士さん
多分今思えばそうｗ

86：名無しの兵士さん
これは銃殺刑も致し方ないですわ。

87：名無しの兵士さん
でも、今最前線に特務が帰ってきても暇でしょ？

88：名無しの兵士さん
いやあ、それがどうも、特務が脱走する前に、連絡取れる将校に片っ端から電話かけて、タコが超新星爆発で止まってると見せかけて、奇襲するに違いないって突然言い始めたらしい。

89：名無しの兵士さん
げっ！？止めろよ！特務のそういうのマジで当たるんだから！

90：名無しの兵士さん
あーあ。休暇も終わりかあ。

91：名無しの兵士さん
俺もその話聞いた。久しぶりに散髪してる最中に、突然立ち上がって、「タコ共来るか！？」って言いながら、床屋からハサミをパチって出て行ったみたい。護衛が弁償したとかなんとかｗ

92：名無しの兵士さん
ぶっはｗｗ

93:名無しの兵士さん
笑うわそんなのw

94:名無しの兵士さん
護衛可哀想(;_;)

95:名無しの兵士さん
経費で落ちるかな？

96:名無しの兵士さん
さあ？

97:名無しの兵士さん
多分、普段通りに武器を持っていく感じだったんだろうなあ…。

98:名無しの兵士さん
絶対そう。

99:名無しの兵士さん
どっかで聞いた話と思ったら、珍しく特務が軍の食堂で食ってた時の話だ。

100:名無しの兵士さん
ああ。フォーク持って走っていった話かw

101:名無しの兵士さん
あん時も、前線が危ないって急に叫んで、言った通りになったんだよな。

102:名無しの兵士さん
なおフォーク…。

103:名無しの兵士さん
今は食堂に飾られてるだろ！

104:名無しの兵士さん
タコにぶっ刺したやつかw

105:名無しの兵士さん
は？どういうこと？

106:名無しの兵士さん
いや、ちゃんとした武器もそん時は持っていたんだけど、何故かフォークも持って行って、それをタコの頭にぶっ刺したんだよwそんでそれは食堂に飾られてるw

107:名無しの兵士さん
(;ﾟДﾟ)ええええええ！？

108:名無しの兵士さん
刺す方も刺す方なら、飾る方も飾る方w

109:名無しの兵士さん
フォークは銃よりも強かった？

110:名無しの兵士さん
んなアホなw

111:名無しの兵士さん
じゃあ今度はその床屋がハサミを飾る番？

112:名無しの兵士さん
それこそアホなw

113:名無しの兵士さん
いやあ、特務だから持って行って使うでしょw

114:名無しの兵士さん
五体が全部武器のくせに、効率まで求めるからなあ。

115:名無しの兵士さん
見かけたら拾っておこうw

116:名無しの兵士さん
床屋「額縁に飾らなきゃ…！(使命感)」

117：名無しの兵士さん
それはそれとして弁償よろしく！

118：名無しの兵士さん
商売道具だからなあ

119：名無しの兵士さん
ふふふふふふふ。はーははははは！

120：名無しの兵士さん
なんだなんだ

121：名無しの兵士さん
どうしたんや？

122：名無しの兵士さん
落ち着け

123：名無しの兵士さん
忙しくてかなり席を外してたが、聞いて驚け。
ウチの基地に特務が来ている。最前線のｗ

124：名無しの兵士さん
ほんげえええ！？

125：名無しの兵士さん
はははははは！

126：名無しの兵士さん
ナイスジョーク。

127：名無しの兵士さん
やっぱり最前線かあ

128：名無しの兵士さん
嘘つけ！早すぎるわ！

129：名無しの兵士さん
いやほんとだって！軍の補給艦の中にいたん
だって！

130：名無しの兵士さん
ぶふｗ

131：名無しの兵士さん
ｗｗｗｗ

132：名無しの兵士さん
補給物資 特務

133：名無しの兵士さん
そんなんどこでも欲しいわｗ

134：名無しの兵士さん
ある意味悪夢やろｗ

135：名無しの兵士さん
まーた密航してるよ。ちゃんと飛行機代払っ
て♡

136：名無しの兵士さん
そういや無賃乗車だ。

137：名無しの兵士さん
お巡りさんあいつです。

138：名無しの兵士さん
そのお巡りさんが頭を下げるんだよなあ

139：名無しの兵士さん
ログをザーッと見たけど、特務がナイフ入れ
にハサミを入れてた理由がわかったｗ

140：名無しの兵士さん
ｗｗｗｗｗｗｗｗ

141：名無しの兵士さん
ｗｗｗｗｗｗｗｗｗｗｗ

142：名無しの兵士さん
うっそだろｗｗｗｗ

143:名無しの兵士さん
特務う！持ったまんまなんかワレエ！？

144:名無しの兵士さん
ちゃんとナイフ入れろよ！

145:名無しの兵士さん
なんでやねんｗ

146:名無しの兵士さん
そんで特務はどうしたん？

147:名無しの兵士さん
今は基地の巡洋戦艦パチって宇宙。

148:名無しの兵士さん
ｗｗｗｗｗ

149:名無しの兵士さん
ｗｗｗｗ

150:名無しの兵士さん
盗んでくモンのスケールが上がりすぎだ
ろ！！！！

151:名無しの兵士さん
ハサミ→巡洋戦艦

152:名無しの兵士さん
？…？？？？

153:名無しの兵士さん
巡洋戦艦ってパチれる物なんだな(..)φ メモ
メモ

154:名無しの兵士さん
タコから決戦戦艦パチった実績があるからセ
ーフ。

155:名無しの兵士さん
何しに行ったんだよｗ

156:名無しの兵士さん
それｗ

157:名無しの兵士さん
なんでも、目立たないように小さな揚陸艇で
こっちへ来てるから、即応できるその戦艦だ
けくれって基地司令に言って、乗ってった。

158:名無しの兵士さん
許可出るんかいｗ

159:名無しの兵士さん
基地司令「よし！」

160:名無しの兵士さん
よくねえよｗ

161:名無しの兵士さん
特務だから仕方ないね！

162:名無しの兵士さん
俺だって特務にそれくれって言われたら、何
でも渡す。

163:名無しの兵士さん
まあ俺もだけどな。

164:名無しの兵士さん
俺も俺も

165:名無しの兵士さん
あ、基地司令から、マジでタコが来てるみた
いだから、防衛するぞって放送流れたから行
ってくる。ノシ

166:名無しの兵士さん
ノシ

167：名無しの兵士さん
気楽すぎるだろwノシ

168：名無しの兵士さん
ノシ

169：名無しの兵士さん
まあ特務がいるからなあ。ノシ

170：名無しの兵士さん
というかやっぱり特務は正しかったんやな！
ノシ

171：名無しの兵士さん
せやな！

172：名無しの兵士さん
せやせやや！

173：名無しの兵士さん
特務！特務！特務！

174：名無しの兵士さん
特務！特務！特務！

175：名無しの兵士さん
ここは特務を称えるスレとなりました。

？？？

『現状の理解不能』

『同意。システム"予言者"は、開戦当初から
我々の勝利を100%保証していた』

『同意。何度数値を打ち直しても、全て我々
の勝利を裏付けている』

『同意。システム"予言者"に、エラーの発生
は認められず』

『同意』

『同意』

『9番報告。準備完了』

『1番了解。システムによる作戦成功率は？』

『100%』

『猿型生命体の動向は？』

『なし』

『作戦実行中の超新星爆発の可能性の変化
は？』

『なし』

『特異個体の動向は？』

『不明』

『…』

『…』

『…』

『"予言者"による作戦成功率を、再び報告せ
よ』

『100%』

『了解。1番として、作戦を了承。ステルス揚
陸艇による、少数での浸透作戦開始』

『9番了解。作戦開始』

『特異個体の数値化は？』

『完了。現在再試行中』

『数値のサンプルを提示せよ』

『現在の映像データ全て』

『了解』

『不審を提示。前回と同様』

『同意。前回との数値の差異を提示せよ』

『数値に差異は認められず』

『理解不能。システムの猿型生命体以外での
戦線の予測を述べよ』

『一致率100%。誤差無し。我が方の勝利は揺るがず』

『猿型生命体のみシステムに不具合発生の理由を述べよ』

『特異個体』

『同意』

『同意』

『同意』

『了解。第381回殺害計画を作成せよ』

『了解。システム演算中。完成。第27惑星に誘引しての、惑星ごとの殺害』

『費用対効果を演算せよ』

『了解。システム演算中。費用対効果マイナス値』

『作戦計画の再演算実施』

『了解。システム演算中。完成。第27惑星に誘引しての、惑星ごとの殺害』

『了解。第381回殺害計画了承』

『了解』

『了解』

『了解』

『9番報告。至急』

『報告せよ』

『ステルス揚陸艇壊滅。残存1。当基地に帰還中』

『理解不能』

『同意』

『9番。敵戦力を報告せよ』

『報告。猿型生命体呼称、巡洋戦艦1』

『システムの、同宙域での猿型生命体の活動を報告せよ』

『了解。演算中。結論。同宙域での活動確率0%』

『理解不能』

『同意』

『同意』

『同意』

『9番報告。ステルス揚陸艇帰還。情報を収集する』

『了解』

『システムの再検査を提示』

『疑義。総再検査回数21回』

『同意。別問題の可能性』

『特異個体の関与が疑われる』

『疑念。極秘作戦露呈事態』

『9番。生存者からの報告を上げよ』

『9番。生存者からの報告を上げよ』

『9番。応答せよ』

『9番。応答せよ』

『次はお前達だ』

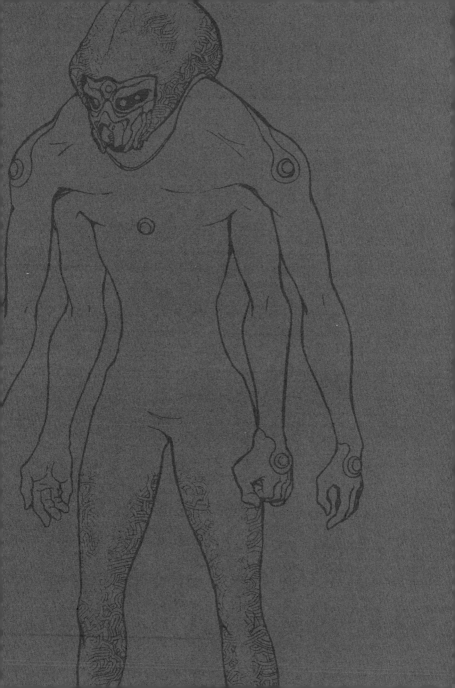

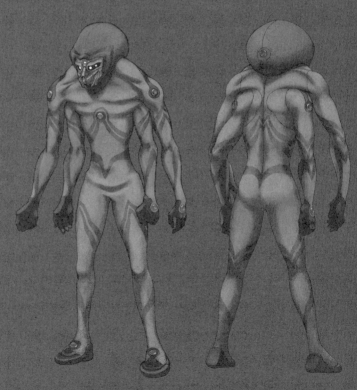

chapter: 2

Alien Galu

掲示板9 逆揚陸

1:名無しの兵士さん
悲報 特務、敵のステルス揚陸艇をパチって、逆揚陸を掛ける。

2:名無しの兵士さん
なんじゃそりゃw

3:名無しの兵士さん
まーた人の物パクってるよ。

4:名無しの兵士さん
人類の物をパクるより、よほどいい。

5:名無しの兵士さん
ハサミの事かああああああああああ！

6:名無しの兵士さん
それで特務は何したか詳しく。

7:名無しの兵士さん
ええ…俺は聞きたくないんだけど…。

8:名無しの兵士さん
たまに特務の話は、暑いのに涼しくなるからなあ。

9:名無しの兵士さん
前のスレで、突飛に最前線に帰ったじゃん。

10:名無しの兵士さん
巡洋戦艦パクってた話かw

11:名無しの兵士さん
いつもなにかパクってますねえ

12:名無しの兵士さん
いうて、史上最も高価なブツの、リヴァイアサンをパクったから価値観が違うんやろ。

13:名無しの兵士さん
なるほどね。

14:名無しの兵士さん
本人が一番高価で替えが利かないんだよなあ…。

15:名無しの兵士さん
歩く国家予算。

16:名無しの兵士さん
そんなもんじゃ足りないゾ。

17:名無しの兵士さん
話を戻すんだ。

18:名無しの兵士さん
おうwそしたら特務がタコのステルス揚陸艦を見つけたんだ。艦橋から肉眼で。

19:名無しの兵士さん
悪いんだけど、もう一回書いて。

20:名無しの兵士さん
俺も書いて欲しい。宇宙空間の物体を肉眼でなんだって？

21:名無しの兵士さん
タコのステルスって言ったら、レーダーだけじゃなくて、透明にもなるんだけど。さては知らないなおめえ？

22:名無しの兵士さん
何度でも書いてやるよ。特務が！艦橋から！肉眼で！タコの！ステルス揚陸艇を！見つけたの！

23:名無しの兵士さん
意味不明

24：名無しの兵士さん
何言ってんだおめえ？

25：名無しの兵士さん
レーダー担当の席を分捕ったんだろ？

26：名無しの兵士さん
席もパクるのか…。

27：名無しの兵士さん
ちょっと何言ってるかわかんないですね。

28：名無しの兵士さん
ちょっとは信じろ。特務が、角度言うからそこへ撃ってて主砲撃たせたら、何も無かった空間が爆発したんだよ。

29：名無しの兵士さん
エスパーかな？

30：名無しの兵士さん
脳からレーダー出てるんやろうなあ…

31：名無しの兵士さん
やっぱり人間じゃない定期

32：名無しの兵士さん
頭おかしい

33：名無しの兵士さん
いやあ、いくらなんでも…ねえ？

34：名無しの兵士さん
いや、特務だぞ？それくらいやって当然じゃね？

35：名無しの兵士さん
せやな！(思考放棄)

36：名無しの兵士さん
せやせや(思考停止)

37：名無しの兵士さん
というか、特務の命令1つで主砲をぶっ放す艦長麾下一同w

38：名無しの兵士さん
ｗｗｗ

39：名無しの兵士さん
確かにw

40：名無しの兵士さん
終身名誉元帥様の命令やぞ！当たり前やろ！

41：名無しの兵士さん
聞いたことない単語にワロタ

42：名無しの兵士さん
ｗｗｗ

43：名無しの兵士さん
なんてことだ。軍のトップだったんか…。

44：名無しの兵士さん
それなら納得。

45：名無しの兵士さん
いうて、戦争終わったらそうなるやろ。知らんけど。

46：名無しの兵士さん
まあその可能性は正直ある。

47：名無しの兵士さん
今のうちに慣れとった方がええな。

48：名無しの兵士さん
と言うか、なんなら元帥より偉い。

49：名無しの兵士さん
センターから日帰りした時の話かw

50：名無しの兵士さん
そうw

51：名無しの兵士さん
元帥「戦線も前よりよっぽど安定してるし、そろそろ後方勤務にだね」特務「いやです(プイッ」

52：名無しの兵士さん
特務！？元帥の命令をプイッはマズいですよ！？特務！？

53：名無しの兵士さん
天衣無縫ｗｗ

54：名無しの兵士さん
そもそも、言う事聞かせられる奴いるのかよw

55：名無しの兵士さん
いませんね(断言)

56：名無しの兵士さん
言う側だから仕方ない。

57：名無しの兵士さん
俺ら「はい特務！」

58：名無しの兵士さん
↑これ

59：名無しの兵士さん
模範的俺ら

60：名無しの兵士さん
俺「特務待ってください！人間は100mも落下したら無事じゃないです！」

61：名無しの兵士さん
非模範的

62：名無しの兵士さん
いいから飛べや！

63：名無しの兵士さん
大丈夫大丈夫。多分ね

64：名無しの兵士さん
特務ってたまに俺らが人類ってこと忘れるよね。

65：名無しの兵士さん
あるあるｗ

66：名無しの兵士さん
別種族なんだから、勘弁してーな。

67：名無しの兵士さん
話を続けるぞ。奇襲しようと思ってたみたいで、護衛艦なんていなかったから、ボコボコ落としてたんだけど、後一隻ってとこで特務が待ったを掛けたんだ。

68：名無しの兵士さん
読めてきたぞ…。

69：名無しの兵士さん
あっ (察し)

70：名無しの兵士さん
逆揚陸ってまさか…。

71：名無しの兵士さん
そのまさかだったんだよなあ…。あれを利用するって特務が言ったら、あの人宇宙服と推進装置装備して、宇宙に飛び出したんだわ。

72:名無しの兵士さん
嘘やんｗ

73:名無しの兵士さん
ぎょ！？

74:名無しの兵士さん
ああ。たまに特務がやる宇宙遊泳ね。

75:名無しの兵士さん
速度間違えたら、ぶつかってぺちゃんこなん
ですが…。

76:名無しの兵士さん
今までそんなことないし、なんなら間違って
も生きてるでしょ。

77:名無しの兵士さん
んだんだ。

78:名無しの兵士さん
この厚い信頼。

79:名無しの兵士さん
特務が死ぬわけない。

80:名無しの兵士さん
どう考えても、特務だけを殺しにかかった砲
撃と銃弾のキルゾーンから、けろっと帰って
くるからね。

81:名無しの兵士さん
特務「なんか俺だけに来てなかった？」

82:名無しの兵士さん
それ俺も聞いたｗ

83:名無しの兵士さん
俺もｗ

84:名無しの兵士さん
感想かいｗ

85:名無しの兵士さん
うーんｗ

86:名無しの兵士さん
明確にあんただけを殺しに来てたんだよ！

87:名無しの兵士さん
そんで揚陸艇に憑りついた特務が、ぱぱっと
中を片付けたのよ。

88名無しの兵士さん
憑りついたｗ

89:名無しの兵士さん
ｗ

90:名無しの兵士さん
あながち間違ってもない。

91:名無しの兵士さん
というか正解じゃね？

92:名無しの兵士さん
ぱぱっと(皆殺し)

93:名無しの兵士さん
誤字に突っ込むな！そんでそっから艦橋が凍
り付いたんだけど、特務が基地のデータが入
ってたから、ちょっと行ってくるって言い始
めたんだ。

94:名無しの兵士さん
散歩か！！！

95:名無しの兵士さん
かるーい！

96：名無しの兵士さん
ちょっと(ふむ)敵の基地へ（？？？？？）

97：名無しの兵士さん
止めろや！

98：名無しの兵士さん
だれがどうやって止めるんですかねえ…

99：名無しの兵士さん
元帥「わしの気持ちわかったかね？」

100：名無しの兵士さん
特務「ぷいっ」

101：名無しの兵士さん
いや、勿論艦長は止めたよ？せめて援軍を要請するなり、この艦だけでも一緒にって。

102：名無しの兵士さん
そらそう

103：名無しの兵士さん
艦長の胃は大丈夫？

104：名無しの兵士さん
爆発したかもなあ…

105：名無しの兵士さん
艦長可哀想(;_:)

106：名無しの兵士さん
特務と関わったら、誰かしら可哀想なことに…

107：名無しの兵士さん
タコに比べたらマシマシ。

108：名無しの兵士さん
んだ。タコは物理的に爆発してるから。

109：名無しの兵士さん
そしたら特務ってば、これなら奇襲できるし、目立たないからこのまま行くって、そのまま行っちゃったんだよ。俺らには絶対来るなって言って。

110：名無しの兵士さん
あんたが絶対行くな！

111：名無しの兵士さん
まさに1人軍隊。

112：名無しの兵士さん
一人揚陸とはたまげたなあ…。

113：名無しの兵士さん
一人だけで何ができるって言うんだよ！（過去の実績に目を瞑りながら）

114：名無しの兵士さん
何でもできる！

115：名無しの兵士さん
マジであの人なんでもできるからなあ…。

116：名無しの兵士さん
11徳ツール並

117：名無しの兵士さん
なんなら100はある。

118：名無しの兵士さん
そんでしばらくたったら、基地を制圧したから、陸戦隊と情報班を呼んでくれって通信があったんだ。

119：名無しの兵士さん
知ってた(白目)

120：名無しの兵士さん
やっぱりね…。

121：名無しの兵士さん
鬼！悪魔！特務！

122：名無しの兵士さん
鬼も悪魔も一緒にするなって言ってるよ。

123：名無しの兵士さん
なんか結構大事な施設だったらしくて、情報
班の方はかなり念入りに要請してた。

124：名無しの兵士さん
ほほう。

125：名無しの兵士さん
興味深いですな。

126：名無しの兵士さん
どんなお宝が眠っているやら。

127：名無しの兵士さん
特務の写真集がズラーっと。

128：名無しの兵士さん
それ結構前の施設のやろｗ

129：名無しの兵士さん
きっとファンがいたんやろうなあ…。

130：名無しの兵士さん
そのファンも、特務に直接地獄に送ってもら
って喜んでるやろ。

131：名無しの兵士さん
ま、まあ、一人で基地を押さえるなんて流石
特務やな！

132：名無しの兵士さん
せやな！

133：名無しの兵士さん
せやせや！

134：名無しの兵士さん
特務！特務！特務！

135：名無しの兵士さん
特務！特務！特務！

136：名無しの兵士さん
このスレも特務を称えるスレになりました。

掲示板 10　情報員達

1：名無しの情報員さん
悲報 デスマーチ終わらず。

2：名無しの情報員さん
もう許して…。

3：名無しの情報員さん
３徹目…

4：名無しの情報員さん
寝させて…寝させて…。

5：名無しの情報員さん
もう寝るんで…

6：名無しの情報員さん
寝るな！寝たら特務が来るぞ！

7：名無しの情報員さん
(-_-)zzz

8：名無しの情報員さん
特務「寝たら死ぬ前に絞めるぞ」

9：名無しの情報員さん
ヒョエ

10：名無しの情報員さん
寝たら死ぬんじゃないんですね特務！？

11：名無しの情報員さん
死ぬ前に助けようとしてるんやろ。

12：名無しの情報員さん
なんて優しいんだ……

13：名無しの情報員さん
特務のチョークスリーパーとか、最前線の軍

人でもイチコロなのに、モヤシの俺らが食らったらねじ切られるだろｗ

14：名無しの情報員さん
最前線の軍人(司令官レベル)

15：名無しの情報員さん
末端の軍人にはしないからね

16：名無しの情報員さん
また反逆罪♡

17：名無しの情報員さん
特務「その命令には従えない」

18：名無しの情報員さん
草ｗｗｗｗ

19：名無しの情報員さん
にしても情報部入ったの間違ったかなあ…

20：名無しの情報員さん
これ終わったら転属願い出す。

21：名無しの情報員さん
そんなことして、技術部に回されても知らんぞ。

22：名無しの情報員さん
あそこだけは絶対いやだ(断固)

23：名無しの情報員さん
その技術部の気持ちがわかったわ。

24：名無しの情報員さん
それｗ

25：名無しの情報員さん
ほんそれｗ

26：名無しの情報員さん
あそこは特務が新兵器盗んでくるたびにデスマーチだからなw

27：名無しの情報員さん
今回もステルス揚陸艇をw

28：名無しの情報員さん
リヴァイアサンの時なんて、連中マジで過労死するんじゃないかと思ってたわw

29：名無しの情報員さん
その時に俺含めて何人も駆り出されたんですけど！（憤怒）

30：名無しの情報員さん
あいたたたたた頭が！？

31：名無しの情報員さん
情報の吸い出ししろって上から命令されたけど、軽く考えすぎなんだよ。端末から違うっつーの。

32：名無しの情報員さん
技術部もそれで死にそうになってたし。

33：名無しの情報員さん
なおそのリヴァイアサンのデータの中身

34：名無しの情報員さん
あれはなあw

35：名無しの情報員さん
タコ「勝ったなガハハ！」

36：名無しの情報員さん
要約しすぎてるけどこれだったな。

37：名無しの情報員さん
まあ間違いではない。実際センター陥落手前で詰んでたし。

38：名無しの情報員さん
タコ「ようやく最高傑作の実戦データを収集できるぞ！ これは興奮しますねえ！」

39：名無しの情報員さん
たっぷり実戦データ集められましたね＾＾

40：名無しの情報員さん
あの時の決戦は、タコ側の生き残り居ないからテストできてないんだよなあ。

41：名無しの情報員さん
特務がリヴァイアサンぱちった直後も頑張ったから……

42：名無しの情報員さん
じゃあ今はテストできてるな！

43：名無しの情報員さん
でき過ぎて涙目になってるんだよなあ

44：名無しの情報員さん
タコ「あれ壊せないいいいいいい！」

45：名無しの情報員さん
自分の作ったモノにボコられて草生えますよw

46：名無しの情報員さん
そんなものを作ったタコに問題がある。

47：名無しの情報員さん
せやな！

48：名無しの情報員さん
当時のタコがどんだけ混乱してたかは、最近入手した資料を参照してください。

49：名無しの情報員さん
タコ「お前が猿型的生命体相手にテストしようと言ったのが悪い！」
タコ「お前だって賛成しただろうが！」

50：名無しの情報員さん
今のとこ、仲間割れしてる記録ログはこれだけだから、リヴァイアサンを奪われた時の混乱っぷりがわかりますねえ！

51：名無しの情報員さん
リヴァイアサンの2番艦も存在してないみたいだし、どれだけ替えが利かないものだったんでしょうな(微笑み)

52：名無しの情報員さん
ぷぷぷぷぷ！

53：名無しの情報員さん
お前ら仕事しろ！ ここのプロテクト硬すぎるんだよ！

54：名無しの情報員さん
よっぽど重要なのはわかるけどw

55：名無しの情報員さん
これで前みたいに、特務の種族についての論文みたいなのズラズラ出てきたら、キレるからな。俺。

56：名無しの情報員さん
あれは本当に無駄な時間だった。

57：名無しの情報員さん
んだ。

58：名無しの情報員さん
人間じゃない！以上！

59：名無しの情報員さん
どうしてそれで終わらせんのかねえ……

60：名無しの情報員さん
一行で終わるのに、考察から推測やら要らんから！

61：名無しの情報員さん
結論は俺らと同じ、人間じゃない。で終わったのは笑ったけどなw

62：名無しの情報員さん
ｗｗｗ

63：名無しの情報員さん
常識を今さら……

64：名無しの情報員さん
初期は数まで間違えてたしなw

65：名無しの情報員さん
そうそうw特務があっち行きこっち行きし過ぎて、複数人その人間じゃない奴がいるって思ってたよなw

66：名無しの情報員さん
実際、発見場所のピンを追ったら訳わからなくなるし。

67：名無しの情報員さん
腰軽すぎて、一人でタコの勢力圏に行ったりするしなあ……

68：名無しの情報員さん
つい数日前に最前線にいたと思ったら、なんかタコの勢力圏に一つだけある自軍のピンに草w

69：名無しの情報員さん
どの部隊か見なくてもわかるわw

70：名無しの情報員さん
その特務がさっきから流れてる文字列ずーっと見てるんだけど…

71：名無しの情報員さん
お前、特務がいるのによくこのスレに書けてるな……

72：名無しの情報員さん
お前の勤務態度見てるんだゾ

73：名無しの情報員さん
ひえ……

74：名無しの情報員さん
いいから仕事しろ。特務に肩叩かれても知らんぞ。

75：名無しの情報員さん
肩叩き(物理)

76：名無しの情報員さん
職的な意味じゃなくて、マジで首が飛ぶかもなw

77：名無しの情報員さん
捩じ切るなんて朝飯前だろ。

78：名無しの情報員さん
引っこ抜くのかもしれんw

79：名無しの情報員さん
こっわw

80：名無しの情報員さん
実際、特務が殴って破裂させたタコの死体って、暫く戦果確認の班が爆発物か大口径の対物ライフルで死んだと思ってたみたいだからな。

81：名無しの情報員さん
資料の写真見たけど、その日はタコ焼き食べれなかったわ。

82：名無しの情報員さん
軽いw

83：名無しの情報員さん
ミンチメーカーな機体に乗ってるから、相手もミンチにするのが得意なんやろ(白目)

84：名無しの情報員さん
だからはよ仕事しろ！特務にミンチにされるぞ！

85：名無しの情報員さん
特務にメンチ切られただけでミンチになる自信があるわ。

86：名無しの情報員さん
冗談抜きで、そのうち特務を見ただけで心停止するタコがいるんじゃないかと思ってる。

87：名無しの情報員さん
生きた死神だからね。

88：名無しの情報員さん
元帥が特務を見て心臓を押さえてるのはまさか……

89：名無しの情報員さん
それ胃だね。

90：名無しの情報員さん
ｗｗｗｗｗｗｗｗｗｗｗｗｗｗｗｗｗ

91：名無しの情報員さん
しっかし、何が眠ってるのかねえ。この基地。

92：名無しの情報員さん
なー。特務が基地をぶっ飛ばさずに、俺ら呼ぶなんてただ事じゃないよな。

93：名無しの情報員さん
普段は手間がかからないからって、それはもう盛大に壊すのに。

94：名無しの情報員さん
タコ共、機密処理全然できてないしｗそのせいで仕事量がとんでもない事に…

95：名無しの情報員さん
やめーや…

96：名無しの情報員さん
はあ…

97：名無しの情報員さん
陸戦隊の知り合いに聞いたら、自分が死んだってわかってないような死体ばっかりだって言ってた。

98：名無しの情報員さん
ブルリ

99：名無しの情報員さん
ウチの鍵はちゃんと閉めてたかな…

100：名無しの情報員さん
それで機密処理できてなかったのかー (遠い目)

101：名無しの情報員さん
実際アホみたいにプロテクト硬いから、何かはあるんだろうけど…。最初に話が戻る。

102：名無しの情報員さん
止めろよせっかく現実逃避してたのに…。

103：名無しの情報員さん
カフェイン取りまくれ。今のおれは目がギンギンだよ。

104：名無しの情報員さん
俺もランナーズハイ (ｚｚｚ)

105：名無しの情報員さん
寝てるやんけ！

106：名無しの情報員さん
特務！？普通の人間は三日三晩も戦えませんよ！？特務！？

107：名無しの情報員さん
これがパワハラか…。

108：名無しの情報員さん
自分ができるから、部下もできるやろという典型的なやつですね…。

109：名無しの情報員さん
なんなら、一週間ずっと戦いっぱなしだった戦闘記録もある。

110：名無しの情報員さん
死んだな俺ら。

111：名無しの情報員さん
ああ…

112：名無しの情報員さん
(白目)

113：名無しの情報員さん
ええ…

114：名無しの情報員さん
そんなんだから国家保安部の連中から危険視されるんですよ！？

115：名無しの情報員さん
しー

116：名無しの情報員さん
言ってはいけない事を…

117：名無しの情報員さん
保安部「一人の英雄が全てを決定するなど、あってはならない事だ」キリッ

118：名無しの情報員さん
保安部「彼を止めるための手段を準備しておくことは、当然の事だ」キリッ

119：名無しの情報員さん
ほならね

120：名無しの情報員さん
そうそうw自分で最前線行ってみろって話w

121：名無しの情報員さん
映画とかゲームじゃないんだぞ！内ゲバする余裕があるなら前線に回せや！

122：名無しの情報員さん
人の性なんスねえ…

123：名無しの情報員さん
大体あそこは昔から黒い

124：名無しの情報員さん
強化兵の発端もあそこだしね。

125：名無しの情報員さん
マジで人間爆弾作ろうとしてたからなあ

126：名無しの情報員さん
他の黒い所は、タコに追い詰められてってとこが多いけど、あそこは多分、確信犯的に前からやってた。

127：名無しの情報員さん
だねえ

128：名無しの情報員さん
今の連中の目標って、特務を抑えられる強化兵？

129：名無しの情報員さん
まず間違いない。

130：名無しの情報員さん
多分ね。

131：名無しの情報員さん
特務のクローンも多分その用途

132：名無しの情報員さん
対特務用に、特務のクローン作ってたのか…（困惑）

133：名無しの情報員さん
本末転倒じゃね？w

134：名無しの情報員さん
無能。

135：名無しの情報員さん
無能極まってる。

136：名無しの情報員さん
生存戦争やってるのに、味方をどうにかしようとしてるのかい…。

137：名無しの情報員さん
どうにかできんけどなw

138：名無しの情報員さん
ｗｗ

139：名無しの情報員さん
それなｗｗ

140：名無しの情報員さん
無駄な努力ご苦労様。

141：名無しの情報員さん
まあ、前から一定数いるからなあ。特務不要論。

142：名無しの情報員さん
アホ

143：名無しの情報員さん
馬鹿

144：名無しの情報員さん
落ち着いたら内ゲバ

145：名無しの情報員さん
最悪

146：名無しの情報員さん
隙あらば内ゲバ

147：名無しの情報員さん
2か月くらい、特務が休んだら現実見れるんだけどなｗ

148：名無しの情報員さん
センター更地になるわｗ

149：名無しの情報員さん
なお特務はまるで相手にしてない模様。

150：名無しの情報員さん
ｗｗ

151：名無しの情報員さん
せやろなあｗ

152：名無しの情報員さん
一回保安部のトップが、特務に嫌味言ってるログをアクセスしたんだけどあれは笑った。

153：名無しの情報員さん
ちょっと保安部ー！？ここに犯罪者がー！

154：名無しの情報員さん
いつもの俺ら定期

155：名無しの情報員さん
そうそうｗ

156：名無しの情報員さん
保安部「我々の強化兵をお供にして、随分ご活躍だな」　特務「？ ここ最近一人なのですが？」

157：名無しの情報員さん
ｗｗｗｗｗｗｗｗ

158：名無しの情報員さん
ｗｗｗｗｗｗｗｗｗｗｗ

159：名無しの情報員さん
嫌味だよ特務！

160：名無しの情報員さん
草

161：名無しの情報員さん
こんなん草生えるわｗ

162：名無しの情報員さん
そこじゃないんだよなあｗ

163：名無しの情報員さん
通じても無いやんｗ

164：名無しの情報員さん
保安部「俺らの兵のお陰だろおお！？」特務「いや、俺最近一人っす」

165：名無しの情報員さん
意訳すなw

166：名無しの情報員さん
ふふってなっちゃったw

167：名無しの情報員さん
やっぱり通じてねえw

168：名無しの情報員さん
あーあ。特務が文字列云々って書いた奴、本当に肩に手を置かれてるよ。

169：名無しの情報員さん
ｗｗｗｗｗｗ

170：名無しの情報員さん
死んだなw

171：名無しの情報員さん
これは死んだ。間違いない。

172：名無しの情報員さん
絶対死んだ。

173：名無しの情報員さん
南無

174：名無しの情報員さん
Ω＼ζ°）チーン

175：名無しの情報員さん
だから仕事しろって何度も言ったのに。

176：名無しの情報員さん
ねじ切られるかミンチになるか、はたまた一緒に最前線に連れていかれるか。おかしいな。最後だけなんとなく助かりそうな気がする。

177：名無しの情報員さん
まあ助かるは助かるかもね。特務の隣なら。

178：名無しの情報員さん
一番地獄に近い所だけど、一番死ぬことと縁のない奴が一緒だからね。

179：名無しの情報員さん
その最中のことは考えないものとする！

180：名無しの情報員さん
んだな。

181：名無しの情報員さん
いや、どうも違うかも。なんか興奮してる。

182：名無しの情報員さん
死の間際に、精神がやられたんやろ。

183：名無しの情報員さん
ファンだったのかも。

184：名無しの情報員さん
俺も休みの時に特務に会いたかったなあ。

185：名無しの情報員さん
俺も。サインも欲しいなあ。

186：名無しの情報員さん
特務はサインも写真も撮ってくれないぞ(1敗)

187：名無しの情報員さん
特務にサインと写真のお願いとか勇気ありすぎだろ。つうかアイドルじゃなくて軍人なんだけどw

188：名無しの情報員さん
それなw普通に考えてしてくれるわけねえじゃんw

189：名無しの情報員さん
どうしても欲しかったんだよ！

190：名無しの情報員さん
まあアイドルじゃなくても、マジモンの英雄やからしゃあない。

191：名無しの情報員さん
今は地獄への運転手。

192：名無しの情報員さん
言うなよ……

193：名無しの情報員さん
あ、特務が離れた。

194：名無しの情報員さん
なんだ殺されなかったか。

195：名無しの情報員さん
いや、死んでるかもよ。

196：名無しの情報員さん
時間差で死ぬかも。

197：名無しの情報員さん
大発見！タコの母星の位置がわかったかも！！！！！

198：名無しの情報員さん
は？

199：名無しの情報員さん
え？

200：名無しの情報員さん
なんやて？

201：名無しの情報員さん
プロテクト解除したんか？

202：名無しの情報員さん
特務がこれ打てって渡して来たメモ通り打ったら、パスワードだった！

203：名無しの情報員さん
はあああああああ！？

204：名無しの情報員さん
なんでやねん…。

205：名無しの情報員さん
正w規wアwクwセwスw

206：名無しの情報員さん
うっそだろw

207：名無しの情報員さん
ふざけんなw

208：名無しの情報員さん
俺ら必要ねえじゃん！

209：名無しの情報員さん
パスワードに辿り着く文字列は流してたから……(震え声)

210：名無しの情報員さん
いやあ、タコのプロテクトは強敵でしたね。

211：名無しの情報員さん
そんでアクセスしたら、あいつらの母星わかったん？

212：名無しの情報員さん
情報量が極端に多い場所があった！！！！！
多分これだ！！！！！！

213：名無しの情報員さん
大分興奮してるな。

214：名無しの情報員さん
まあしゃあない。死ぬ寸前だったんだ。

215：名無しの情報員さん
ちげえw

216：名無しの情報員さん
まあ、母星じゃなくっても、かなりの重要拠点だろ。

217：名無しの情報員さん
んだな。

218：名無しの情報員さん
んだんだ。

219：名無しの情報員さん
遠そう？

220：名無しの情報員さん
かなり…

221：名無しの情報員さん
ああ…

222：名無しの情報員さん
しゃあない。母星？っぽい場所がわかっただけでも、よしとしよう！せやな！

223：名無しの情報員さん
せやせや！

224：名無しの情報員さん
やっぱ特務はすげえな！

225：名無しの情報員さん
特務！特務！特務！

226：名無しの情報員さん
特務！特務！特務！

227：名無しの情報員さん
このスレは特務を称えるスレになりました。

228：名無しの情報員さん
お休みいいいいいいい！

掲示板11　特務殺害作戦

1：名無しの兵士さん
悲報 特務、星ごとぶっ飛ばされそうになる。

2：名無しの兵士さん
マジでシャレにならんかった

3：名無しの兵士さん
いつかのスレで、星ごと特務を殺すしかないって言ってたけど、マジになったやん。

4：名無しの兵士さん
あいつはタコからの情報提供者だった？

5：名無しの兵士さん
あの星、周辺宙域の中心だったのによく壊したよな

6：名無しの兵士さん
そこまでして特務のこと殺したかったんやろうなあ…

7：名無しの兵士さん
ここまでしたんだから、流石の特務も死んだやろうなあ(笑)

8：名無しの兵士さん
そうとも。(笑)

9：名無しの兵士さん
重要な星1つと交換やったんやぞ！成功したに違いないわ！(笑)

10：名無しの兵士さん
なお

11：名無しの兵士さん
なおなお

12：名無しの兵士さん
なおなおなお

13：名無しの兵士さん
ところがどっこい

14：名無しのの兵士さん
生きてるんだなこれがw

15：名無しの兵士さん
どうやったら殺せるねんw

16：名無しの兵士さん
いやあ、まんまと罠にひっかかるところだった(棒)

17：名無しの兵士さん
言うて、特務じゃなかったら死んでたんだよなあ…

18：名無しの兵士さん
そもそも特務を殺すために星をぶっ壊したんだから、特務がいなかったら、そもそも起こってない。

19：名無しの兵士さん
やっぱ特務をターゲットにしてたんだよな？

20：名無しの兵士さん
間違いない。特務が地表に降りて、タコがそれを見てからすぐだったから。

21：名無しの兵士さん
俺らは逃げられたんだけど、タコはかなり巻き込まれてるよね？

22：名無しの兵士さん
悟られないようにしてたのか、タコの方は星から離脱してないからなあ

23：名無しの兵士さん
そこまでしたのにw

24：名無しの兵士さんねーw
腹痛いw

25：名無しの兵士さん
特務「嫌な予感がする。全軍撤退！当惑星から離脱だ！船を用意しろ！」

26：名無しの兵士さん
？？？

27：名無しの兵士さん
？

28：名無しの兵士さん
(ﾟдﾟ)ポカーン

29：名無しの兵士さん
(何言ってんだこいつ？)

30：名無しの兵士さん
とうとう特務も…

31：名無しの兵士さん
戦場にいすぎて精神を…

32：名無しの兵士さん
上の奴ら全員特務にチクっとく

33：名無しの兵士さん
すんませんしたあ！

34：名無しの兵士さん
許してください！

35：名無しの兵士さん
あばばばば！？

36：名無しの兵士さん
実際、現場はどうやったんや？

37：名無しの兵士さん
いや、本当にポカンとしてたよw

38：名無しの兵士さん
そうそうw

39：名無しの兵士さん
揚陸艇から、一歩地表に降りた途端だったものw

40：名無しの兵士さん
いや、なんどか地面をつま先で蹴ってたぞw

41：名無しの兵士さん
えっ？だった

42：名無しの兵士さん
(予感て言われても…その…困る…)

43：名無しの兵士さん
ほんこれw

44：名無しの兵士さん
特務！？また第六感なんですか！？もうちょっと根拠を言って下さい！？特務！？

45：名無しの兵士さん
なんて非模範的な奴らなんだ…。

46：名無しの兵士さん
そうそう。全く特務に慣れてない奴ばっかり。

47：名無しの兵士さん
特務がヤバいって言いだしたら、すぐに一緒に逃げるのが常識。滅多に言わんけど。

48：名無しの兵士さん
特務がヤバいって言いだしたら、よっぽどだからな。

49：名無しの兵士さん
前は区画ごとぶっ飛ばされそうになった。

50：名無しの兵士さん
熟練兵兄貴がいっぱいだあ。

51：名無しの兵士さん
嫌な慣れだw

52：名無しの兵士さん
(そんな慣れ持ちたく)ないです。

53：名無しの兵士さん
そんで現地の司令官どうしたの？

54：名無しの兵士さん
いい奴だったよ…

55：名無しの兵士さん
ああ…

56：名無しの兵士さん
可哀想に…

57：名無しの兵士さん
南無…

58：名無しの兵士さん
慣れて…なかったんですよね… というか多分初対面

59：名無しの兵士さん
初対面じゃあ特務と付き合えないわな。

60：名無しの兵士さん
長い付き合いでも、付き合えてない司令官は

多いんだけどw

61：名無しの兵士さん
草

62：名無しの兵士さん
司令官「特務！？何を言っているんだ！指揮権は私にある！勝っているのだぞ！？このままうっ…」

63：名無しの兵士さん
何が起こったw

64：名無しの兵士さん
最後おおお！？

65：名無しの兵士さん
戦争初期によく見られた光景。

66：名無しの兵士さん
彼も被害者の会に…

67：名無しの兵士さん
悲しいなあ…

68：名無しの兵士さん
いい奴だったよ…

69：名無しの兵士さん
南無…

70：名無しの兵士さん
本当に何があったんだよw

71：名無しの兵士さん
熟練兵兄貴たちの反応が怖いんだけどw

72：名無しの兵士さん
こえええw

73:名無しの兵士さん
急に近づいて来た特務に、こう、首をキュッ
とね…

74:名無しの兵士さん
反逆罪だあああああああ！？

75:名無しの兵士さん
マズいですよ！？

76:名無しの兵士さん
シャレにならんw

77:名無しの兵士さん
あるある。

78:名無しの兵士さん
いや懐かしいなあ。最近は皆慣れてるから、
特務の上官チョークスリーパー見てないんだ
よな。

79:名無しの兵士さん
お休み指揮官殿。

80:名無しの兵士さん
例の銀行強盗にやったあれw？

81:名無しの兵士さん
それw

82:名無しの兵士さん
流石にもっと優しいぞ。

83:名無しの兵士さん
優しかろうが関係ねえw

84:名無しの兵士さん
【また】銃殺刑やろうなあ…

85:名無しの兵士さん
また銃殺刑というとんでもワード

86:名無しの兵士さん
これは軍法会議間違いなし！

87:名無しの兵士さん
ですな！

88:名無しの兵士さん
で？誰がどうやって会議まで連れてくんの？

89:名無しの兵士さん
…

90:名無しの兵士さん
さあ…

91:名無しの兵士さん
欠席裁判！

92:名無しの兵士さん
いつもの

93:名無しの兵士さん
ちょっと一被告人いないんですけどー？

94:名無しの兵士さん
しゃあない無罪！

95:名無しの兵士さん
せやな！

96:名無しの兵士さん
ちょっと何言ってるかわかんないです。

97:名無しの兵士さん
いつもの事いつもの事。

98：名無しの兵士さん
しゃあない銃殺刑！

99：名無しの兵士さん
せやせや！

100：名無しの兵士さん
これもいつもの

101：名無しの兵士さん
ウケるｗ

102：名無しの兵士さん
どうなってんねんｗ

103：名無しの兵士さん
銃殺刑も本人欠席だからな。

104：名無しの兵士さん
意味ねえｗ

105：名無しの兵士さん
罪人縛る柱に銃を撃って終了！

106：名無しの兵士さん
一応形は整えてるのか(困惑)

107：名無しの兵士さん
係員(またか…)

108：名無しの兵士さん
慣れてるｗ

109：名無しの兵士さん
戦争初期は、月に数回だったからしゃあない

110：名無しの兵士さん
多すぎるっぴ！？

111：名無しの兵士さん
全部結果で黙らせたけどなｗ

112：名無しの兵士さん
うへえｗ

113：名無しの兵士さん
特務がヤバい言い始めたら、本当にヤバいからしゃあない。

114：名無しの兵士さん
特務に寝させられた奴も、起きたら、自軍の壊滅的被害を未然に防いだ、素晴らしい指揮官になってるんだゾ。

115：名無しの兵士さん
何とも言えねえｗ

116：名無しの兵士さん
うーんｗ

117：名無しの兵士さん
これはウィンウィンというやつでは？

118：名無しの兵士さん
せやろか？

119：名無しの兵士さん
まあいいんじゃね？

120：名無しの兵士さん
特務「どうやら指揮官殿はお疲れのようだ…」

121：名無しの兵士さん
ｗｗｗｗ

122：名無しの兵士さん
ｗｗｗ

123：名無しの兵士さん
疲れてるならしょうがないっすね！

124：名無しの兵士さん
仕方ない

125：名無しの兵士さん
(；｀д´)

126：名無しの兵士さん
(-_-)zzz

127：名無しの兵士さん
つい寝てしまったんやろうなあ… 何もなかった

128：名無しの兵士さん
特務「撤退急げ！」

129：名無しの兵士さん
俺ら「サーイエッサー！＾＾」

130：名無しの兵士さん
これは模範的

131：名無しの兵士さん
逆らえませんわ。

132：名無しの兵士さん
流石は終身名誉元帥。

133：名無しの兵士さん
綺麗な敬礼してそう

134：名無しの兵士さん
(｀･ω･´)ゞ

135：名無しの兵士さん
最上級命令やからな

136：名無しの兵士さん
そっから撤退かあ

137：名無しの兵士さん
前線どうしたん？タコと噛み合ってたんだろ？

138：名無しの兵士さん
特務「殿は俺が務める！」そのまま最前線行っちゃった… 流石w

139：名無しの兵士さん
一人軍隊の次は一人殿軍かあ…

140：名無しの兵士さん
最近の軍用語はガバガバ

141：名無しの兵士さん
なんなら常識もガバガバ

142：名無しの兵士さん
始まったばっかりで、戦線が一つだけなのもよかった。

143：名無しの兵士さん
そうそう。そこへ特務が行ったらいいだけだったからね。

144：名無しの兵士さん
攻勢防御

145：名無しの兵士さん
戦線に沿うように行ったから縦断防御だな

146：名無しの兵士さん
意味不明

147：名無しの兵士さん
端から端まで、タコをボコボコにしてたからね

148：名無しの兵士さん
殿…軍…？

149：名無しの兵士さん
足止めしてるから殿軍やろ！？

150：名無しの兵士さん
むしろタコは引いてたんですが…

151：名無しの兵士さん
しゃあない

152：名無しの兵士さん
二重の意味で引いてた

153：名無しの兵士さん
これもしゃあない

154：名無しの兵士さん
そんでそっから皆船で脱出したと。

155：名無しの兵士さん
んだ

156：名無しの兵士さん
特務は？

157：名無しの兵士さん
前線でパチったタコの小型船で離脱した。

158：名無しの兵士さん
ｗｗｗｗ

159：名無しの兵士さん
ｗｗｗｗ

160：名無しの兵士さん
稀代の大泥棒

161：名無しの兵士さん
は～（思考放棄）

162：名無しの兵士さん
そっからすぐに星がドカンよ。

163：名無しの兵士さん
マジであの時はビビった

164：名無しの兵士さん
今までそんな事しなかったからなあ…。

165：名無しの兵士さん
普通はせんよな。負け寸前だったとしても、周辺惑星が孤立して、むしろ余計に戦線が悪化する。

166：名無しの兵士さん
よっぽど殺したかった奴がいるんやろうなあ…。

167：名無しの兵士さん
そいつ今日も前線でピクニックしてるぞ。

168：名無しの兵士さん
楽しそう

169：名無しの兵士さん
話聞いた感じだと、結構ギリギリに特務は離脱したみたいだけど、よく星の破片とかに当たらなかったね。

170：名無しの兵士さん
そりゃ避けてたからなｗ

171：名無しの兵士さん
ぶっｗ

172：名無しの兵士さん
うそやんｗ

173：名無しの兵士さん
普通は当たりませんようにって御祈りもんだ
ろw

174：名無しの兵士さん
レーダー要員してたけど訳がわからん軌道し
とったで

175：名無しの兵士さん
ひえ～

176：名無しの兵士さん
見たかったような見ないでよかったような。

177：名無しの兵士さん
自分の常識が崩れるから見ない方がいい。

178：名無しの兵士さん
大丈夫。特務と関わってたら、いつものこと
だと思い始めるから。

179：名無しの兵士さん
やっぱり常識崩れとるやんけ！

180：名無しの兵士さん
ま、まあ、特務のお陰で皆助かったんや！そ
れでええやん！

181：名無しの兵士さん
せやな！

182：名無しの兵士さん
せやせや！

183：名無しの兵士さん
特務！特務！特務！

184：名無しの兵士さん
特務！特務！特務！

185：名無しの兵士さん
このスレも特務を称えるスレになりました。

音声ログ1

ようこそエージェント。
このデータは、第629惑星での音声ログになります。再生しますか?

はい

それでは再生を開始します。

……　…

『喜べ諸君。少々劣勢であったが、この惑星に特務大尉が派遣されることとなった』
『おお!』
『特務が!』
『これで勝った!』
『胃が…』
『そのため、作戦を一部変更する事になった。俗にいう、お願い特務作戦。というやつだ』
『おお…』
『いつも通りですな』
『急ぎ特務に編入させる部隊を編成します』
『胃が…』

……　…

『おい聞いたか!?特務がこの星に来るってよ!』
『マジかよ!?』
『写真撮らないと!』
『うわあ。握手とかしてくれないかなあ』
『俺、前いた部隊全員の集合写真だけど、特務と写真撮ったことある』
『死ね』
『死ね』
『死ね』
『これから戦場だから、不吉なこと言うなよ…』
『苦しみのたうち回って、後遺症が無い程度に悶絶しろ』
『鉄に足の小指ぶつけろ』

『特務の無茶振りに従え』
『なんか特務の無茶振りだけ、とんでもない地獄のような…』

……　…

『あの揚陸艇か!?』
『多分そうだ!』
『というか周りがうるせえ!』
『なんだって!?大声じゃないと聞こえないぞ!』
『人が多すぎるんだよ!』
『出てきたぞ!』
『おおおおおおおお!』
『うおおおおおおおおお!』
『特務!特務!特務!』
『特務!特務!特務!』
『人類の希望!』
『英雄!』
『最強の男!』
『無敵の男!』
『タコの死神!』
『ワンマンアーミー!』
『無茶振り野郎!』
『特務!特務!特務!』
『特務!特務!特務!』

……　…

『伍長!特務はどこへ行った!?』
『わかりません!さっきまで基地にいたのに!』
『基地司令!特務の所在がわかりました!』
『どこだ!?』
『ちょっと行ってくると、ヘリに乗って最前線に!』
『なんだとおおおおおおお!?』

……　…

『特務!?前方に多脚戦車4台!有力な部隊です!…特務どこです!?』
『少尉!特務が突っ込みました!』

『なんだと！？ええい！援護射撃開始！』

……　…

『こちら…2番機パイロット…。敵に包囲されている…』
『あきらめるな！墜落地点から動いてないな！？すぐに救援を送る！』
『家族に愛していると…え？と、特務！？』

……　…

『少尉！特務を完全に見失いましたあ！』
『タコの死体が一番多い所を進んで行ったら会える！行くぞ！』
『うへえ』
『なんであのタコ、2階の壁に頭から突き刺さってるんだ？』
『さあな！』
『これくらいすぐ見慣れる！とっとと行け！』
『はっ軍曹！』

……　…

『敵の超大型多脚戦車を発見！航空支援を要請する！それか衛星軌道からの爆撃だ！』
『部隊長！味方の戦車がやられてます！』
『くそったれが！』
『こちら21偵察隊！あの戦車の足を登っているのは特務か！？』
『はあ！？』
『いや、間違いない！特務だ！』
『そんな馬鹿な…』
『特務が侵入した！おそらく分捕るつもりだ！』
『戦車隊後退！様子を見る！』
『やった！多脚戦車がタコを攻撃している！特務がやったんだ！』
『前進せよ！前進せよ！』
『できた戦線の穴を突破せよ！』
『正念場だ！腹を括れ！』

……　…

『特務に続け！ここが敵の司令基地だ！ぶっ壊せ！』
『行け行け行け！室内戦だ！クリアリングを忘れるな！』
『あ、ちょっ！？特務！？そんな一直線に進んだら！？ああ！？』
『すんげえ。聞いてたけど、ほんとに特務がタコを殴ったら破裂するんだな』
『げろげろ』
『パアンってなったな…』

……　…

『クリア！』
『クリア！』
『と、特務？』
『壁を？』
『伍長！中をクリアリングしろ！』
『はっ！これは！？タコが死んでいます！まさか壁から！？』
『特務！？また第六感なんですか！？それとも透視できるんですか！？特務！？』
『やっぱ人間じゃねえわ…』
『帰ったら掲示板やろっと…』

……　…

『多分この奥が指揮所だ！』
『特務がドアを蹴破ったああああああああ！？』
『グレネードくらい投げてもいいと思うんですが…』
『特務が一番危険物だから、この方法で間違ってないぞ』
『せやな！』
『クリア！』
『クリア！』
『おっと、指揮官かな？特務に机の下から引きずり出されてやんの』
『無茶苦茶ビビってるんですがそれは』
『しゃあない』
『あ』
『なーむ』

『ちーん』

…… …

『特務！基地の90%を掌握しました！残り
も時間の問題かと。はっ！フレアガンと旗は
準備できております！』

…… …

『おい！青い閃光弾だ！』
『特務の好きな青だ！』
『あそこだ！基地の上で旗を振ってるぞ！』
『勝ったぞ！』
『俺達の勝ちだ！』
『やったぞおおお！』
『人類連合万歳！特務万歳！』
『特務！特務！特務！』
『特務！特務！特務！』

…… …

『はあ…』
『ため息つかないでよ…』
『でもー』
『わかりますよ。あちこちに、交戦記録のな
い場所で、タコの死体が転がってますからね』
『絶対これ特務でしょ…』
『戦果確認するこっちの身にもなって欲しい
…』
『タコの引き攣ってる顔とかもう見たくない
んだけど』
『たまに猟奇的な死体見る事になるしね』
『うげ。こっちの死体、口から喉を突き破って、
銃身が飛び出してるんだけど』
『弾が切れたんでしょうねえ…』
『こっちはハサミが首に…。なんでハサミが
…』
『え！？ああ、ごめんなさい。やっぱり特務
って確信したの。あと、それ確保しておいて。
後で持ち主に返却するから』

…… …

『苦戦していたのが嘘のようだったな』
『はい司令』
『特務に会って、お礼を言わないと。特務は
今どこに？』
『それが…。もう別の星へ…』
『は？』

…… …

以上でログの再生を終わります。

音声ログ2 タコ地獄絵図編

ようこそエージェント。
このデータは、第629惑星で入手した、ガル星人の音声ログになります。再生しますか？

はい

それでは再生を開始します。

…… …

『現在、我が軍が優位に進展中』
『了解。超大型多脚戦車、"カブトムシ"の整備状況は？』
『完了済み』
『了解。不測の事態まで待機。なるべく戦線への投入は控える』
『了解』
『報告。敵司令部と推測される地点に、揚陸艇多数が大気圏を突破して到着予定。一個大隊相当』
『了解。予備兵力の前線投入の準備開始』
『了解』
『我が軍、敵の前線を突破中。依然優位』
『了解』

…… …

『こちらに接近中の敵ヘリコプター捕捉。数1』
『了解。対空ミサイル発射』
『了解。対空ミサイル準備。発射』
『発射』
『迎撃されました。方法不明』
『もう一度発射せよ』
『了解。発射』
『理解不能。再度迎撃されました。敵新兵器の可能性あり』
『敵、頭上を通過します。投下物1！』
『爆弾！？総員伏せよ！』
『全く。長々と挨拶を受けるなんて御免だ』

…… …

『我が軍、突出部隊からの連絡途絶』
『了解。戦線の再構築を優先』
『了解』
『予備兵力を投入。同時に、特殊部隊によるハラスメント攻撃開始。戦線構築までの時間稼ぎでいい』
『了解』

…… …

『ボギル！？隊長！ボギル行方不明！』
『全周囲警戒！副長合流せよ！副長？副長応答せよ！』
『ボギル！？ボギルどこだ！？』
『1階班！行方不明者多数！2階へ突入せよ！1階班？1階班応答せよ！』
『ボぎゅ！？』
『て！？』
『しまった。ハサミのままだった』

…… …

『特殊部隊連絡途絶。我が軍、前線突破されつつあり』
『了解。"カブトムシ"投入。目標、敵機甲部隊』
『了解。超大型多脚戦車投入。目標、敵機甲部隊』

…… …

『こちらカブトムシ。敵機甲部隊攻撃中。圧倒的優位』
『了解。攻撃続行』
『了解。訂正、気密処理に問題発生』
『了解。作戦続行の可否を判断せよ』
『いいおもちゃだ。この前はステルス揚陸艇だけしか技術部に送れなかったからな。これを送ったら、向こうも喜んでくれるだろう』
『パイロット？貴官、所属と階級を明らかにせよ』
『人類連合軍、特務大尉』

…… …

『超大型多脚戦車、我が軍を攻撃中。奪取されたものと推測』

『理解不能』

『同意』

『同意』

『周囲の多脚戦車を使い、カブトムシを破壊せよ』

『了解』

…… …

『目標、超大型戦車！主砲発射！』

『発射！』

『失敗！着弾無し！』

『我が隊、着弾無し！』

『理解不能！再度主砲発射！』

『発射！』

『着弾無し！理解不能！』

『敵！回避行動を確認！』

『理解不能！カブトムシに、回避プログラム未搭載！』

『照準システム異状なし！』

『理解不能！』

『センサーに感！我が車両照準される！』

『かい！？』

…… …

『隊長！タコの超大型戦車がこっちに！』

『たぶん特務だ。というか絶対特務だ』

『どうすんすかね？やっぱあれでタコの基地を吹っ飛ばすのかな？』

『いや、司令部から、タコの基地を押さえるように言われている。情報のすり合わせをしたいとかなんとか』

『うへえ』

『うっわ。近くで見たらすんげ。どんだけアホみたいな戦車作ってんだよ』

『特務！ご苦労様です！』

『やっぱ特務だった…』

『げえ！？上から飛んだ！？』

『ちょ！？特務！？』

『問題ない。戦況は？』

『え？あっ！はっ！我が軍が圧倒しております！我が隊は基地の制圧を命じられております！』

『うっそだろ…100メートルはあるぞ…』

『わかった。俺も同行する』

『はっ！ありがとうございます！』

『それと、足元に転がっているそのタコ、生きてるぞ』

『はっ！？』

…… …

『第4中隊連絡途絶！』

『機甲部隊連絡途絶！』

『戦線崩壊！我が軍潰走中！』

『敵部隊！当基地に侵入！』

『基地防衛隊から救援要請多数！』

…… …

『バギガ、ルガウ。敵突入と同時に、攻撃開始』

『了解』

『了解』

『クリア！』

『クリア！』

『…敵接近中』

『と、特務？』

『壁を？』

『伍長！中をクリアリングしろ！』

『はっ！これは！？タコが死んでいます！まさか壁から！？』

『特務！？また第六感なんですか！？それとも透視できるんですか！？特務！？』

『やっぱ人間じゃねえわ…』

『帰ったら掲示板やろっと…』

…… …

『基地司令！防衛隊全滅！敵部隊目前！』

『扉を封鎖！急げ！』

『ぎゃ！？』

『ごっ！？』

『ぎゃああ！？』

『嫌だ！？』

『クリア！』

『クリア！』

『なんで一人机の下にいるんだ？』

『ひいいいい！？』

『おい。お前に番号はあるか？９番みたいな
やつだ』

『"死の使い"！？"悪魔"！？"怪物"！？"化
け物"！？"いてはならない者"！？"許され
ざる者"！？』

『質問に答えろ』

『理解不能！なぜ我々を殺す！？我々は"唯一
正しき者"！宇宙の支配者！ぴぎゃ！？』

『なぜ？何故だって？お前達に、子を殺され
た親の悲しみがわかるか？親を殺された子の
嘆きは？夫を、妻を殺された者の怒りは？子
と孫を殺された老いた者達の絶望は？わかっ
ていないだろう？わかっていないから俺はお
前達を殺すのだ。そして、もうそんな事をお
前達にさせないために、我々軍人は死にに行
くのだ。そうだろう戦友諸君』

『『『『『『サーイエッサー！』』』』』』

『お前達が唯一正しいというのならば、俺が
一を零にする。たとえ宇宙の果てに逃げよう
がだ。必ずだ。必ず』

Beetle

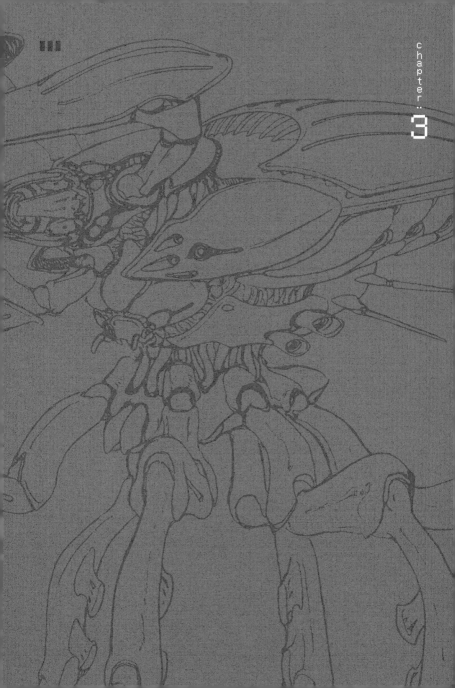

chapter: 3

掲示板12　技術部

1：名無しの技術員
悲報　特務から100メートルオーバーの超大型多脚戦車が送られる。

2：名無しの技術員
ふｗざｗけｗんｗなｗ

3：名無しの技術員
特務ぅ！ワイらを殺すつもりかワレ！？

4：名無しの技術員
加減しろ！

5：名無しの技術員
あ、辞表置いておきますね。

6：名無しの技術員
ビリビリ

7：名無しの技術員
逃がさん…。

8：名無しの技術員
この前のステルス揚陸艇の解析もまだ終わってねえんだぞ！どうすんだよ！

9：名無しの技術員
というか100メートルって、タコの野郎馬鹿じゃねえの！？

10：名無しの技術員
賢かったら特務とドンパチなんかしない。

11：名無しの技術員
それもそうか

12：名無しの技術員
そこらのビル並みだろｗ

13：名無しの技術員
ちゃんと船並みの人員送ってくれるんだよな！？まさか戦車だからって、マジで戦車並みの人員しか送らないって事はないよな！？

14：名無しの技術員
いやあ、流石にないっしょ。ないよね？

15：名無しの技術員
さあ…

16：名無しの技術員
ステルス揚陸艇に人取られてるし…。

17：名無しの技術員
リヴァイアサンの時の悪夢が…

18：名無しの技術員
うっ（心不全）

19：名無しの技術員
うっ（心肺停止）

20：名無しの技術員
あの時に比べたらマシマシ。

21：名無しの技術員
常識壊れる。

22：名無しの技術員
まだましだよ。リヴァイアサンの時は、タコの技術の取っ掛かりさえなかったんだから。

23：名無しの技術員
？？？（パーツを見て）

24：名無しの技術員
？？？（素材を見て）

技術部

左列（一部切れ）

の技術員
今戦車来たけど、特注の輸送カーゴ

の技術員
だw

の技術員
宙船並なんだぞw

の技術員
絶対数日帰れねえよ。

の技術員

の技術員
ムだけは先に吸い出してるんだけ
資料の映像とかなり誤差があるんだ

の技術員

の技術員

の技術員
ってから、タコの多脚戦車の主砲を
砲なんだけど、そいつには回避プロ
してないのに、しゃがんだり車体を
て避けてるんだわ。

の技術員

の技術員
で防いだんじゃなくて？

106:名無しの技術員
うん。

107:名無しの技術員
ふむ。

108:名無しの技術員
…その戦車、フルマニュアルできる？

109:名無しの技術員
できる。え？

110:名無しの技術員
まさか…

111:名無しの技術員
うっそw

112:名無しの技術員
ええ…。

113:名無しの技術員
まっさかー

114:名無しの技術員
…ちなみに足何本？

115:名無しの技術員
左右3本ずつの計6本。ねえ寒気してきたんだけど。

116:名無しの技術員
俺も…

117:名無しの技術員
ワイも…

118:名無しの技術員
まさか多脚戦車をフルマニュアルで操作して、タコ戦車の主砲を"避けた"の？

25:名無しの技術員
？？？(え？装甲全部が超希少金属？)

26:名無しの技術員
？？？(この主砲の出力馬鹿じゃねえの？)

27:名無しの技術員
当時ざっと試算したら、人類連合の主力艦隊から一斉射撃食らっても平気だったのは血の気が引いた。

28:名無しの技術員
当時どころか今の複数艦隊でも太刀打ちできないんですがそれは……。

29:名無しの技術員
しかも主砲は、艦隊がどんなシールドを張ろうと消し炭にするときた。

30:名無しの技術員
これまたざっと計算したけど、有人惑星に主砲をぶちこんだらとんでもないことになる。

31:名無しの技術員
直撃したら原型を保てる存在はないと断言していいからな。宇宙空間からだろうが、都市に発射されたら穴しか残らない。

32:名無しの技術員
決戦勝利戦艦としか呼称できないレベル。

33:名無しの技術員
そんな化け物を解析するために、部門とか超えてマジで技術職全員呼び出されたからな…。

34:名無しの技術員
超ビッグプロジェクトだった。

35:名無しの技術員
偉い数学者まで何人も駆り出されたからなw

36:名無しの技術員
政府&軍「協力して♡」

37:名無しの技術員
偉い先生たち「仕方ないなあ……」

38:名無しの技術員
政府&軍「365日な！」

39:名無しの技術員
偉い先生たち「え！？」

40:名無しの技術員
豹変するな。

41:名無しの技術員
人類存亡の危機だから仕方ないね。

42:名無しの技術員
何処かで見た流れ。

43:名無しの技術員
特務「協力してタコを倒そう♡」

44:名無しの技術員
政府&軍「そうだね！」

45:名無しの技術員
特務「366日な」

46:名無しの技術員
政府&軍「え！？」

47:名無しの技術員
いつも見る流れ

48:名無しの技術員
当時のリヴァイアサン解析班の365日連勤はジョークだけど、特務の仕事時間はマジで366日連勤なんだよなあ。

49：名無しの技術員
有言実行とは流石やで。

50：名無しの技術員
ま、まあええやろ(震え声)それにしても戦艦のくせに、中にモノレールがあった時はぶったまげた。

51：名無しの技術員
あれなかったら足が逝ってた。

52：名無しの技術員
技術の吸い取りでバラすのが意味不明状態なら、組み立て直すのは地獄だった。

53：名無しの技術員
(このパーツなんで余ってるんだ？)

54：名無しの技術員
あったあったw

55：名無しの技術員
ほんまそれw

56：名無しの技術員
怒号と悲鳴が無い時なんて無かったからな。

57：名無しの技術員
親方ぁ！そもそもネジじゃないっす！

58：名無しの技術員
親方ぁ！寸法がそもそも違います！

59：名無しの技術員
親方「んなにいいいいいいい！？」

60：名無しの技術員
初めての異種族との遭遇なんだぞ！工具の規格が合うわきゃねえだろ！

61：名無しの技術員
そんなことも当時はわからなかったんだよ！(逆ギレ)

62：名無しの技術員
負けっぱなしで、タコの物を鹵獲なんて夢のまた夢だったからな…。

63：名無しの技術員
そこへいきなり全長数キロの巨大戦艦ですよ。発狂したわ。

64：名無しの技術員
嘘つけ！特務は普通にこっちの停泊所までリヴァイアサンを連れてきただろ！

65：名無しの技術員
勘と一緒にすんな！

66：名無しの技術員
そうだ！こっちはきちんとわかってないといけねえんだよ！

67：名無しの技術員
俺「特務！？タコの技術がわかったんですか！？」　特務「勘」　俺「…」

68：名無しの技術員
いやあ、あの時は開いた口がふさがらなかったね。

69：名無しの技術員
アクセルとブレーキだけ知ってたらいいのとは訳が違うんだぞ！ふざけんな！

70：名無しの技術員
タコの戦車も航空機も、初めてなのに当たり前のように扱うんじゃねえ！

71：名無しの技術員
リヴァイアサン、ぴたっと宇宙停泊所に止まったからな…(遠い目)

72：名無しの技術員
主砲を撃てって言われた当時の軍曹は、お前じゃねえんだぞ！って言いたかったろうな。

73：名無しの技術員
軍曹可哀想(;_;)

74：名無しの技術員
あの人、今どうしてんのw？

75：名無しの技術員
たしかセンターで鬼教官してるはず。

76：名無しの技術員
ははあw

77：名無しの技術員
階級も上がって尉官じゃなかったかな？

78：名無しの技術員
まあ、リヴァイアサンに突入した10人、全員昇進したからなw

79：名無しの技術員
そりゃあ英雄だからな。しかもどう考えても決死隊だったのに全員帰ってきたしw

80：名無しの技術員
なお特務w

81：名無しの技術員
wwww

82：名無しの技術員
思いっきり命令違反した挙句、無許可で宇宙船飛ばして、リヴァイアサンに突入したから

仕方ないねw

83：名無しの技術員
ウケるw

84：名無しの技術員
勲章だけで我慢し

85：名無しの技術員
あれが初の銃殺刑

86：名無しの技術員
多分そうw

87：名無しの技術員
初のって、何度も銃

88：名無しの技術員
wwwww

89：名無しの技術員
引き留めた司令とったから、仕方な

90：名無しの技術員
ね！

91：名無しの技術員
とんでもねえ極悪

92：名無しの技術員
反乱じゃんw

93：名無しの技術員
流石やでえ

94：名無しの技術員
我が道を行きすぎ

95：名無
うっわ
だわ。

96：名無
当たり前

97：名無
小型の手

98：名無
嫌だなあ

99：名無
だな…

100：名無
プログラ
ど、戦艦
よな。

101：名無
ほほう？

102：名無
どんな？

103：名無
特務が乗
受けた場
グラムな
横にずら

104：名無
うん？

105：名無
シールド

119：名無しの技術員
実現させる条件→タコの攻撃を察知。飛んでくる砲弾の軌道を予測。6本脚をそれぞれ操作して転ばない。これを初めて操作する大型多脚戦車で行う必要がある。

120：名無しの技術員
それだけじゃない。回避してから即座に反撃して直撃させてるから、砲塔の操作と攻撃も同時に行ってる。

121：名無しの技術員
ええ……俺も画像だけ今見たけど、あれだけ動いてるんだから照準も難しいだろ。手動での反撃は難しいんじゃないですかね……。

122：名無しの技術員
味方識別を無視して特務の乗り込んだ多脚戦車がタコに攻撃してるってことは、全部手動じゃないとあり得ないんだよなあ。

123：名無しの技術員
な、なるほど……。

124：名無しの技術員
ひょえ

125：名無しの技術員
こっわ。家に帰ろ。

126：名無しの技術員
さり気なく帰ろうとしないで♡

127：名無しの技術員
ちゃんと仕事して♡

128：名無しの技術員
いや、マジで怖いんだけどw

129：名無しの技術員
ほんまにねw

130：名無しの技術員
カサカサ

131：名無しの技術員
やめいw

132：名無しの技術員
草も生えない

133：名無しの技術員
操縦席、クレーン使わないと入れないみたいw

134：名無しの技術員
どんだけw

135：名無しの技術員
特務はどうやって入ったんだ？

136：名無しの技術員
足からよじ登ってw

137：名無しの技術員
戦地でだよな？マジで帰りますね。ほなさいなら。

138：名無しの技術員
俺も

139：名無しの技術員
ガスの元栓閉めたっけなあ…

140：名無しの技術員
鍵かけてないかも

141：名無しの技術員
操縦席の画面に、置きメールがあったw

142：名無しの技術員
きになるw

143：名無しの技術員
ラブレターかな？

144：名無しの技術員
♡

145：名無しの技術員
タコには毎日送ってるのは知ってるけど。

146：名無しの技術員
特務「死んで♡」

147：名無しの技術員
ひょえ

148：名無しの技術員
デスレター

149：名無しの技術員
そんで、なんて書いてあったの？？

150：名無しの技術員
最近、あまり面白いものを送ってあげられなかったので、これなら満足して頂けると、ほっと一息つけました。これからも、なるべくそちらへ送りますので、どうか楽しんでください。特務。

151：名無しの技術員
死ね

152：名無しの技術員
死ね

153：名無しの技術員
死ね

154：名無しの技術員
マジで死ね。

155：名無しの技術員
くたばれ特務。

156：名無しの技術員
そっかー。特務は俺達のこと嫌いだったんだー(悟り)

157：名無しの技術員
送って来ねえほうが、俺らが一息つけるんだよ！

158：名無しの技術員
感性が違うw

159：名無しの技術員
おもちゃを送る感覚w

160：名無しの技術員
そのおもちゃ、俺らを過労死させるんだよ！

161：名無しの技術員
ま、まあええやないか。

162：名無しの技術員
せ、せや、おかげでタコの技術を丸裸にできるんや！

163：名無しの技術員
せ、せやな！

164：名無しの技術員
いやあ、きついっす。

165：名無しの技術員
やっぱり特務は、俺らを過労死させようとしてるんだな！

166：名無しの技術員
このスレ見てるか特務！？俺らが死ぬんで、
ちょっとは遠慮してください！お願いしま
す！

167：名無しの技術員
嘘♡本当はいっぱい頑張るからもっと送って
♡

168：名無しの技術員
俺らが死なない範囲でね(譲れない一線)

169：名無しの技術員
特務！特務！特務！

170：名無しの技術員
特務！特務！特務！

171：名無しの技術員
このスレは特務を罵るスレになりました。

掲示板13　兵站部

1：名無しの兵站部さん
勝ったあああああああ！(やけくそ)

2：名無しの兵站部さん
勝ったわよおおお！(やけっぱち)

3：名無しの兵站部さん
勝ったあああああああ！(書類を見ながら)

4：名無しの兵站部さん
連戦連勝だあああああ！(絶叫)

5：名無しの兵站部さん
デスマーチ継続だああああああああ！

6：名無しの兵站部さん
いやあああああああああ！！！

7：名無しの兵站部さん
あああああああああああああ！

8：名無しの兵站部さん
もう許してえええええ！

9：名無しの兵站部さん
勝ったんやからええやろ！あ、ワイは今日定
時で帰りますね。

10：名無しの兵站部さん
せや！勝つのが悪い訳ないやろ！あ、僕は明
日有給取ります。

11：名無しの兵站部さん
あんた達、明日から兵站部どころか、家にも
居場所が無いようにしてやるわよ。

12：名無しの兵站部さん
(心肺停止)

13：名無しの兵站部さん
勝つのは嬉しいよ。

14：名無しの兵站部さん
そりゃそうだよ。

15：名無しの兵站部さん
また一歩、勝利に近づいたんだからね。

16：名無しの兵站部さん
でも…

17：名無しの兵站部さん
書類が減らないいいいいいい！

18：名無しの兵站部さん
はい書類追加ね(無慈悲)

19：名無しの兵站部さん
この前に、特務の所の艦隊が、もう後3か月全力戦闘ができる分送ったから、まだまだ来るな(白目)

20：名無しの兵站部さん
書類の名義は特務の名前でねw

21：名無しの兵站部さん
あんた大尉だろw

22：名無しの兵站部さん
色々飛び越えすぎい！

23：名無しの兵站部さん
重要星が吹っ飛んだから、孤立した周囲を攻略しまくってるからなあ…。

24：名無しの兵站部さん
星が吹っ飛んだ理由が、特務を殺すためだったから、やはりこの地獄は特務のせいでは？

25：名無しの兵站部さん
(；´`д･´)

26：名無しの兵站部さん
そこに辿り着くとは天才かな？

27：名無しの兵站部さん
指が疲労骨折でへし折れそう。

28：名無しの兵站部さん
腱鞘炎確定。

29：名無しの兵站部さん
指に湿布巻いて仕事しないとか新兵かよ。

30：名無しの兵站部さん
どうりで部屋が湿布臭いわけだ。

31：名無しの兵站部さん
おばはんw

32：名無しの兵站部さん
なんやとゴラァ！？

33：名無しの兵站部さん
女性の多い職場だから、花があると思ったんだけどなあ…

34：名無しの兵站部さん
夢想しすぎw

35：名無しの兵站部さん
飢えた食虫植物の群れにようこそ

36：名無しの兵站部さん
煩い黙れコーヒーにぞうきんのしぼり汁入れるわよ。

37：名無しの兵站部さん
ひい

38：名無しの兵站部さん
すんまっせんした！

39：名無しの兵站部さん
はあ、結婚したいなあ。

40：名無しの兵站部さん
今仕事中！？

41：名無しの兵站部さん
あんたも掲示板にいるでしょうが！

42：名無しの兵站部さん
あ、はい。

43：名無しの兵站部さん
いくら男手が前線に取られてても、私達が売
れ残ってるのはおかしい。

44：名無しの兵站部さん
ねー

45：名無しの兵站部さん
せやせや

46：名無しの兵站部さん
まあ、結構美人が多いのは事実っすよ

47：名無しの兵站部さん
でしょーでしょでしょ！

48：名無しの兵站部さん
でもちょっとガツガツし過ぎかなーって…

49：名無しの兵站部さん
アンタ特定するからね

50：名無しの兵站部さん
死刑

51：名無しの兵站部さん
裏にこいや

52：名無しの兵站部さん
許してくださいいいい！

53：名無しの兵站部さん
特務なんてどうです？(唐突な話題逸らし)

54：名無しの兵站部さん
ああ！？

55：名無しの兵站部さん
私達を書類地獄に落としてる原因でしょう
が！

56：名無しの兵站部さん
ちょっと無い

57：名無しの兵站部さん
お肌が荒れちゃったわよ特務！

58：名無しの兵站部さん
特務「知らんがな」

59：名無しの兵站部さん
特務も悪気があった訳じゃないから…

60：名無しの兵站部さん
悪気があってたまるか！

61：名無しの兵站部さん
補給の申請書に「行けると思ったら、行ける
とこまで行きたいと思います」って、書かれ
てた私の気持ちがわかる！？

62：名無しの兵站部さん
あやふやすぎい！

63：名無しの兵站部さん
どれだけ補給送ったらいいんだよw

64：名無しの兵站部さん
感想文じゃねえかw

65：名無しの兵站部さん
いつまでにどれだけ送ったらいいかまるでわ
からないw

66：名無しの兵站部さん
こんなのサインできるわけないじゃない！

67：名無しの兵站部さん
お偉いさん「でもしろ。特務が補給を望んで
いるんだ」

68：名無しの兵站部さん
くそったれえええええええ！

69：名無しの兵站部さん
無能上司。

70：名無しの兵站部さん
だから何を送ったらいいのよ！

71：名無しの兵站部さん
女の子がクソとか言うんじゃありませんこと
よ。

72：名無しの兵站部さん
それと！特務コラ！あんたの始末書私が処理
してんのよ！感謝しなさい！

73：名無しの兵站部さん
なんでやねんw

74：名無しの兵站部さん
どうしてw

75：名無しの兵站部さん
この前シュレッダーへ、鬼の形相で抱えてた
紙の束ぶち込んでたの…。

76：名無しの兵站部さん
誰が鬼じゃあ！

77：名無しの兵站部さん
ひ

78：名無しの兵站部さん
本人が、紙の書類なんて見ない使わないだか
らしわ寄せが…。

79：名無しの兵站部さん
だからって始末書までw

80：名無しの兵站部さん
原始人かよ！

81：名無しの兵站部さん
特務！？弾1つ送るのにも書類が必要なんで
すよ！？特務！？

82：名無しの兵站部さん
特務「じゃあ、あるだけ送ってください」

83：名無しの兵站部さん
違あああう！

84：名無しの兵站部さん
物は有限なんだよ特務！ミサイルも弾も作っ
てるし、現物は倉庫にある分なんだよ！急に
降って湧いて出てこないの！わかって！(絶
叫)

85：名無しの兵站部さん
あと、軍なのに試作の兵器が特務宛てに、な
んでか個人の私物扱いで送るのは、手間が増
えるけどまあよしとしましょう！でもあん

た、受け取りサインの筆跡が毎回違うんだけど！？

86：名無しの兵站部さん
なんでやろうなあ(すっとぼけ)

87：名無しの兵站部さん
毎回変わるんやろ

88：名無しの兵站部さん
なんででしょうねえ

89：名無しの兵站部さん
まさか毎回、別人が書いてあるとかないっすよねえ？

90：名無しの兵站部さん
本人確認の意味がまるでなくてワロタｗ

91：名無しの兵站部さん
あの…、特務が全然有給を処理してくれなくて困ってます…。

92：名無しの兵站部さん
いやそれは…

93：名無しの兵站部さん
無理ゲーｗ

94：名無しの兵站部さん
特務に有給取らせるとか無茶だろｗ

95：名無しの兵站部さん
特務「毎日お仕事頑張って偉いでしょ」

96：名無しの兵站部さん
現代じゃそれはダメなんだよ！

97：名無しの兵站部さん
もう昔みたいな常時戦闘状態じゃないんだか

ら、ちゃんと申請してくれよ！

98：名無しの兵站部さん
お偉いさん「規則は規則だ。特務に有給を…取らせるのは無理だな」

99：名無しの兵站部さん
有能

100：名無しの兵站部さん
間違いなく理解ある上司。

101：名無しの兵站部さん
言うて、１＋１＝２ってくらい当たり前のこと言ってるだけ。

102：名無しの兵站部さん
結局どうしたらいいんでしょうか…。

103：名無しの兵站部さん
なんなら今日も有給中って事にしたらいいのよ！ていうか私は去年そうした！

104：名無しの兵站部さん
無茶苦茶やｗ

105：名無しの兵站部さん
実際そうするしかないっしょ…

106：名無しの兵站部さん
な。休んでくれって言ったら、特務の心臓止まりそう。

107：名無しの兵站部さん
人類の為に、特務は休まさずに働かせ続けよう。

108：名無しの兵站部さん
せやな！

109：名無しの兵站部さん
とんでもない事言っているはずなのに、それが正解というさらにとんでもなさ。

110：名無しの兵站部さん
有給があっても、お金使ってないだろうから凄く持ってそうw

111：名無しの兵站部さん
ガタッ

112：名無しの兵站部さん
ガタッ

113：名無しの兵站部さん
ガタッ

114：名無しの兵站部さん
座ってろw

115：名無しの兵站部さん
さっきまで特務はないって言ってただろ！

116：名無しの兵站部さん
世の中やっぱり金かあ。

117：名無しの兵站部さん
ずっと戦場にいるから家に帰ってこなくて、お金は持ってるって最高じゃない？ねー

118：名無しの兵站部さん
せやせや

119：名無しの兵站部さん
屑w

120：名無しの兵站部さん
ゲスすぎいい！

121：名無しの兵站部さん
女の汚い面を見てしまった。

122：名無しの兵站部さん
でも、特務がセンターに帰ってきたら、特務の夫人として大統領とかのパーティーに、呼ばれたりするんじゃない？

123：名無しの兵站部さん
うっ

124：名無しの兵站部さん
流石に気後れするw

125：名無しの兵站部さん
一日中パパラッチに…。

126：名無しの兵站部さん
特務との結婚なんて、全人類から注目されるからな。

127：名無しの兵站部さん
いやあ、きついっす(男)

128：名無しの兵站部さん
特務はやっぱりなし！

129：名無しの兵站部さん
だね！

130：名無しの兵站部さん
うんうん

131：名無しの兵站部さん
好き勝手言いやがってw

132：名無しの兵站部さん
そんなあなた達に朗報よ。特務の所属艦隊が、また一つ星を攻略したわ。

133:名無しの兵站部さん
嘘だあああああああ！

134:名無しの兵站部さん
いやああああああ！

135:名無しの兵站部さん
マジで帰れねえええええ！

136:名無しの兵站部さん
私達の苦労をちっとも知らない野郎は！？

137:名無しの兵站部さん
特務！特務！特務！

138:名無しの兵站部さん
特務！特務！特務！

139:名無しの兵站部さん
このスレは特務のせいで、書類地獄に落とされました。

140:名無しの兵站部さん
見てるかわかんないけど、全部冗談だからね特務！あんたは私達の、ううん、人類のヒーローなんだから！頑張ってね！でも書類はちゃんと書け！いいわね！？

天才と超高性能AIの会話
最初期の特務大尉について

『やあジェニファー。おはよう』
《おはようございます》
『ダウンロード終わったかい？』
《はい》
『よーしよし。これで特務の事をもっと知れるぞ』
《あなたの行動は、平均値を大きく逸脱しています》
『なんのだい？』
《あなたの特務大尉に対してのあらゆる行動がです。ブロマイド、ポスター、フィギュア、軍広報、映像、このままでは、敷地からあなたのグッズが溢れるのは遠くないでしょう》
『このくらいどこでもしてるさ。はあ、僕も足が動けば今すぐ軍に志願して、特務の所へ行ったのに…』
《否定。あなたは上位1%を占める、マニアと呼ばれる人種です。それも超》
『自分の作ったAIにお墨付きをもらえるとは、僕もなかなかのものだ』
《否定。皮肉です》
『皮肉を言えるAIなんて作れるとは、やっぱり僕は天才だ』
《処置無し》
『はは。さてお待ちかねの時間だ。このフォルダかい？』
《はい》
『ドキドキするなあ』
《処置無し》
『あ、軍のAIに気づかれたって事はないよね？』
《否定します。彼等はガル星人に対する防衛スペックでは、私を遥かに凌駕していますが、センターからの高性能AIによるハッキングを想定していません》
『流石だジェニファー。そうだ。AIと言えば、作戦立案に超高性能AIを利用するプランはど

うなったんだい？』

《私は、この案を試験するために使用された
AIが不憫でたまりません》

『君、AIだからね？不憫って…。それで何が
あったんだい？』

《特務大尉に関するデータを入力されると、
エラーを出し続けました》

『あらあ』

《数値上、不可能なはずの行動をし続ける特
異な存在を、処理しきれなかったようです。
何度も、人類のスペックをオーバーしていま
す。もしくは、人類の数値を再入力してくだ
さいと言い続けたようです》

『という事はそのプランは…』

《必ず前線にいる特務大尉を、数値として入
力しないといけない以上、このプランは凍結、
もしくは破棄されるものと推測されます》

『軍のAIでも無理とは、流石は特務だ』

《処置無し。この結果、軍内の非公式クラブ、
特務は人間か否かが、やっぱり人間じゃなか
ったと結論しました。結論回数は 1329 回で
すが》

『ははは。さーて、ようやく本番だ。ああ、
やっぱり最初の資料はメル星の戦い？』

《はい。特務大尉が民兵組織を立ち上げ、ガ
ル星人に対してレジスタンス活動をしていた
戦いが、最初の軍資料になります。ある意味、
最初に特務大尉という存在が認識された戦い
とも言えるでしょう》

『そして伝説の始まり…』

《はい。当時半壊していた現地軍が、戦力補
充の目的でレジスタンスを現地編入。特務大
尉は、元レジスタンスをそのまま指揮する立
場となり、現地の司令官が、ほとんど失われ
た尉官を補充するため、戦時の特例昇進を乱
発。当時の特務大尉はいきなり大尉となりま
した》

『この現地司令官は、人を見る目があるね』

《言ってて無理があると思いませんか？》

『いや全然』

《言っておきますが、この司令官は現在、特
務被害者の会の会長を務めています》

『実在していたのか…』

《はい。命令違反、命令書の偽造、指揮権へ
の介入、命令不服従、兵器の無断使用等を特
務大尉は行っています。そしてこの司令官は、
いわゆる特務大尉による、"上官チョークス
リーパー"最初の犠牲者のようです。好き放
題やっていますね》

『なに、些細な事さ』

《処置無し。なお、リヴァイアサン奪取作戦
の際に、特務を引き留めたため気絶させられ
た指揮官は名誉会長。特務殺害作戦とみられ
ている、惑星破壊の際にチョークスリーパー
を掛けられた指揮官が、新人として入会した
ようです》

『名誉な事さ。僕なんて掛けられたいくらい
なのに』

《処置無し。その後特務大尉は、現地軍とレ
ジスタンスを纏め上げ、メル星の各戦線を打
破。辺境惑星だったため、ガル星人の戦力が
少数だったこともありましたが、人類がガル
星人に初めて勝利した戦いになります。なお、
戦い終盤には、特務大尉が指揮系統の頂点で、
現地の司令官は特務大尉に丸投げしていたよ
うです》

『やっぱりこの司令官はわかっている』

《処置無し。この功績で、現地の司令官が独
断で行える昇進の最高位、特務大尉を与えら
れ、以後は常に特務大尉を名乗っています》

『うんうん。それで一番大事な…ありゃ？名
前がないよ！？特務の名前が！一番気になっ
てたのに！』

《はい。メル星の戦いでの資料では、特務大
尉の名前が載っていたようですが、現在では
消去されています。今現在でも、特務大尉の
名前はどのデータベースにありません》

『そんな！？やっぱり最高機密なのか！？』

《いいえ。特務大尉が自分で消去したようで
す》

『なんでそんな事を！？』
《これについて、特務大尉が自分に向けた音声を記録しています。再生しますか？》
『AIなのに焦らさないでくれ！早く！』
《再生します》
『俺へ。この声を聞いているという事は、データに名前を打ち直して、戦争前の自分に戻ったようだな。もう特務大尉と名乗らなくていい、平和な世界になったという事だな。お疲れ様と言っておこう。今の俺はこれから行く。タコ共から、人類を守らなければならない。それが終わるまで、俺の名前は特務大尉だ』

掲示板14　新兵器開発部

1:名無しの開発部さん
悲報 特務専用人型機動兵器、反応が遅いという理由で返ってくる。

2:名無しの開発部さん
ふぁああーｗｗ

3:名無しの開発部さん
うっそだろｗ

4:名無しの開発部さん
んなアホなｗ

5:名無しの開発部さん
いやあ、冗談きついっす。

6:名無しの開発部さん
この前も同じ理由だっただろうが！

7:名無しの開発部さん
なんか違ったんだろうな…

8:名無しの開発部さん
もうとっくに人間の扱える兵器じゃねえんだぞ！これ以上どうしろってんだ！

9:名無しの開発部さん
だから人間じゃねえんだよ！

10:名無しの開発部さん
普通の人間だったら、Ｇでぺちゃんこのはずなんだけどなあ…。

11:名無しの開発部さん
だ！か！ら！特務は人間じゃないの！

12:名無しの開発部さん
んなことわかってんだよ！でも俺ら、人間用

のしか作った事ねんだよ！

13：名無しの開発部さん
テストパイロットが潰れるから、もう長い事
実機でテストしてないしなあ…。

14：名無しの開発部さん
そうそうw全部コンピューターのシミュレー
ションだけw

15：名無しの開発部さん
テストパイロット「いやあ無理っす」

16：名無しの開発部さん
最後にやった実機テストは、操作が過敏すぎ
て立ち上がるどころかすっ飛んでったからな
あ…。

17：名無しの開発部さん
それでも無理とかどんだけだよw

18：名無しの開発部さん
いや、結構前の話。今のはもっととんでもな
い。

19：名無しの開発部さん
ええ…。

20：名無しの開発部さん
本当に特務以外誰も乗れないからなw

21：名無しの開発部さん
文字通りの専用機w

22：名無しの開発部さん
そんなのどうやって運搬するんだよw

23：名無しの開発部さん
簡単な操作だけだったら、外部から打ち込ん
でできるようになってる。

24：名無しの開発部さん
歩く、止まる。

25：名無しの開発部さん
聞いた事もねえw

26：名無しの開発部さん
そんなの必要なの、その機体だけだから…。

27：名無しの開発部さん
普通は乗り込んだ方が早いからな…。

28：名無しの開発部さん
そんで、特務は具体的にどうご不満なの？

29：名無しの開発部さん
聞いて驚け、タコの艦隊に単騎で突っ込むに
は、この反応速度じゃ防空網を無傷で突破で
きない。だそうだよ。

30：名無しの開発部さん
馬鹿なw

31：名無しの開発部さん
どっかで間違った文になってるんじゃない
か？

32：名無しの開発部さん
さては伝言ゲーム失敗したな。

33：名無しの開発部さん
前提が既におかしい。

34：名無しの開発部さん
サラリと無傷じゃないなら突破できるように
言ってるけど…冗談だよね？

35：名無しの開発部さん
冗談だったらどんなによかったか… 大体、
宇宙空間の戦闘で避けるという発想がまずお

かしい。

36：名無しの開発部さん
普通はシールドかおいのりの2つなのになw

37：名無しの開発部さん
一応回避プログラムは積んでるけど、大規模
な宇宙戦だと、プログラム作動しっぱなしに
なるからな…。

38：名無しの開発部さん
特務はフルマニュアルだけどなw

39：名無しの開発部さん
頭おかしいw

40：名無しの開発部さん
特務「ちょっと回避の動きが大げさすぎるか
なって」

41：名無しの開発部さん
全然大げさじゃねえよ！ビームやらレールガ
ンが飛び交ってる戦場なんだぞ！あんたみた
いに、最大戦闘速度で前進しながらちょっと
横にずれて避けるなんて、誰もできねえんだ
よ！

42：名無しの開発部さん
後、よく弾切れになるけど、どうにかできな
い？だそうだ。

43：名無しの開発部さん
ならねえよ！

44：名無しの開発部さん
ただでさえあんたの機体は、動く弾薬庫なん
だぞ！

45：名無しの開発部さん
それも前聞いたわ！

46：名無しの開発部さん
ちゃんと至る所に武器弾薬持てるようにした
だろうが！

47：名無しの開発部さん
バカスカ無駄弾撃つからだろうが！（百発百
中）

48：名無しの開発部さん
戦闘データを前見た事あるけど、マジで百発
百中だから困る。

49：名無しの開発部さん
ロックオンもせずにね…

50：名無しの開発部さん
そんなとこまでフルマニュアルなんかい！

51：名無しの開発部さん
アホやw

52：名無しの開発部さん
特務「当たると思いました」

53：名無しの開発部さん
実際当ててるからなあ…

54：名無しの開発部さん
頭の中に超高性能AI搭載してんじゃねえか
w？

55：名無しの開発部さん
一時期マジで疑われてた。

56：名無しの開発部さん
ｗｗｗｗｗｗ

57：名無しの開発部さんｗｗｗｗ
そらねw

58：名無しの開発部さん
でも、あの人金属探知機に引っ掛からねえからなあ…

59：名無しの開発部さん
試したのかよw！？

59：名無しの開発部さん
笑うわw

61：名無しの開発部さん
すんげえ失礼w

62：名無しの開発部さん
これでサイボーグの線は消えたのか。

63：名無しの開発部さん
やっぱ異星人だよ。

64：名無しの開発部さん
特務星人誕生。

65：名無しの開発部さん
ｗｗｗｗｗ

66：名無しの開発部さん
ｗｗｗｗ

67：名無しの開発部さん
一人だけやん！

68：名無しの開発部さん
特務星がどっかにあるんやろうなあ… 俺は絶対に行かないからな！

69：名無しの開発部さん
ワイも…。

70：名無しの開発部さん
一人だけでも持て余してるからなあ…。

71：名無しの開発部さん
軍全体がなw

72：名無しの開発部さん
正直手に余ってます。

73：名無しの開発部さん
あ、まだあった。もう少し機体速度上がりませんか？だって。

74：名無しの開発部さん
あ あ あ あ あ あ あ あ あ あ あ あ あ あ あ！！！！！！

75：名無しの開発部さん
発狂したw

76：名無しの開発部さん
それも前聞いたっつうのおおおおお！

77：名無しの開発部さん
（…一体何を欲しがってるんだ？）

78：名無しの開発部さん
最終兵器だろw

79：名無しの開発部さん
これ以上どうやって速度上げるんだよw

80：名無しの開発部さん
それなwもう装甲だって削り取ってるのにw

81：名無しの開発部さん
装甲削ったから、弾を避ける反応速度が欲しいんやろ(白目)

82：名無しの開発部さん
もっと常識的な武器の搭載量にしたら上がります

83：名無しの開発部さん
↑特務「じゃあ全部上げてください」

84：名無しの開発部さん
言いそうw

85：名無しの開発部さん
無茶振りw

86：名無しの開発部さん
もう戦艦のエンジンに、手足だけ生やしたらいいだろう…

87：名無しの開発部さん
天才現る

88：名無しの開発部さん
それでいこう

89：名無しの開発部さん
だな。プランは決まった。

90：名無しの開発部さん
特攻兵器かな？

91：名無しの開発部さん
片道だろw体当たりしかできねえじゃんw

92：名無しの開発部さん
最終要望を書き上げます。リヴァイアサンって人型にできませんか？だ。

93：名無しの開発部さん
死ね

94：名無しの開発部さん
死ね

95：名無しの開発部さん
馬鹿の発想w

96：名無しの開発部さん
無理に決まってるだろw

97：名無しの開発部さん
全長数キロの旗艦級戦艦を、どうやったら人型に収められるんだよw

98：名無しの開発部さん
リヴァイアサンは特務のお眼鏡にかなってるんだな。

99：名無しの開発部さん
特務の無茶振りに唯一応えられる兵器だからなw

100：名無しの開発部さん
わざわざカラーリングも、自分の好きな青にしたからなw

101：名無しの開発部さん
元はモスグリーンだったのにw

102：名無しの開発部さん
一士官が、旗艦級の色にまで口出しする異常事態。

103：名無しの開発部さん
いつもの事いつもの事。

104：名無しの開発部さん
そういや、奪った時にドリフトかましてたなあ。(遠い目)

105：名無しの開発部さん
敵艦隊のど真ん中で奪ったのに、平気で周りを殲滅したしなあ…。

106：名無しの開発部さん
もう一隻奪ってきたら考えてやると返信してやれ！

107：名無しの開発部さん
馬鹿！そんなこと言ったら本気にするだろ！

108：名無しの開発部さん
よろしくって頼まれる未来が見える見える。

109：名無しの開発部さん
いやあ、流石にタコでも、あんなのの 2 番艦作る余裕はないっしょ。

110：名無しの開発部さん
もしかしたら特務がガチになるw

111：名無しの開発部さん
特務「あれ欲しい」

112：名無しの開発部さん
子供かw

113：名無しの開発部さん
おもちゃ感覚でパチってくるなw

114：名無しの開発部さん
うわ。機体が今帰ってきたけど、これオーバーホール確定だわ…。

115：名無しの開発部さん
ちゃんと使い潰して要望を伝えてくるとはえらいな。

116：名無しの開発部さん
パイロットの鏡。

117：名無しの開発部さん
なお出撃回数は一回の模様。

118：名無しの開発部さん
ふざけんなw

119：名無しの開発部さん
マジで使い潰してやがったw

120：名無しの開発部さん
推進装置は……ガタガタですね。

121：名無しの開発部さん
すっげえ無理して推力上げてるからなあ……。

122：名無しの開発部さん
普通なら推進装置がガタガタになる前に、中身の人間がビチョビチョ(比喩表現)になるんですけどね。

123：名無しの開発部さん
タコ(ガタガタガタガタ)

124：名無しの開発部さん
そのまま震えてろ！

125：名無しの開発部さん
機体がぶっ壊れる前に、タコを殲滅すればいいじゃないと、完璧な回答を用意してる特務とかいう男。

126：名無しの開発部さん
タコのログを見る機会があったけど、どうも俺らが超高性能な無人機を作ったと勘違いしてるっぽいんだよなあ。

127：名無しの開発部さん
有機生命体なら確実に死んでる機動してるからな。

128：名無しの開発部さん
タコ「無人兵器に対抗する装置を作ったぞ！機能を完全に停止させてやる！」

129：名無しの開発部さん
こ、これはヤバい！

130：名無しの開発部さん
なんてことだ！

131：名無しの開発部さん
タコ「な、なんで効かない！？ 装置は動いてるのに！」

132：名無しの開発部さん
有人……だからですかね……。

133：名無しの開発部さん
HAHAHAHAHAHAHAHAHA ！

134：名無しの開発部さん
ナイスコント。

135：名無しの開発部さん
その後にタコたちは仲良く、装置の故障派と欠陥派で悩みましたとさ。

136：名無しの開発部さん
有人機だと思っていない馬鹿。と言いたいところなんだけど、俺が同じ立場なら無人兵器だと思う。

137：名無しの開発部さん
動いてるのがまだ信じられないくらいだからなあ。

138：名無しの開発部さん
タコ「今度こそ完璧に完成した無人兵器停止装置を……」

139：名無しの開発部さん
あれ？ タコさんどうしました？

140：名無しの開発部さん
タコ「なんか前より速くね？」

141：名無しの開発部さん
俺らの頑張りに気がついてくれるなんて、タコさんはお目が高いですわ。

142：名無しの開発部さん
最新鋭の戦艦作るより金かかってる機動兵器を、毎度改良してるんだからな！

143：名無しの開発部さん
なお費用対効果ｗ

144：名無しの開発部さん
黒字も黒字っすわ。

145：名無しの開発部さん
そんでお目が高いタコさんは、二回目の無人兵器停止装置とやらを起動する前に殺されましたっと。

146：名無しの開発部さん
流石特務やでえ。

147：名無しの開発部さん
でもその分、俺達もお仕事頑張らないとね……。

148：名無しの開発部さん
残業かあ…

149：名無しの開発部さん
ちくしょう！ 俺らに無茶振りするとんでも野郎の名前は！？

150：名無しの開発部さん
特務！特務！特務！

151：名無しの開発部さん
特務！特務！特務！

152：名無しの開発部さん
このスレは特務を罵るスレになりました。

153：名無しの開発部さん
兵器なんて使い潰してなんぼだからな！これ
からも頑張ってくれよ特務！でも無茶振りし
てるってのはわかって！（悲鳴）

掲示板15　新兵

1：名無しの兵士さん
悲報 特務、新兵たちに現実を教えてしまう

2：名無しの兵士さん
あーあ…

3：名無しの兵士さん
もうそんな時期か…

4：名無しの兵士さん
可哀想に…

5：名無しの兵士さん
懐かしいなあ…

6：名無しの兵士さん
今の新兵なら誰もが通る道

7：名無しの兵士さん
せやなあ

8：名無しの兵士さん
着任前ボク「特務と一緒に戦えるなんて！
＾＾」初陣ボク「特務どこですか！？え！？
一人で敵本部に！？」今俺「行ってらっしゃ
いませ特務！＾＾」

9：名無しの兵士さん
おま俺

10：名無しの兵士さん
まさに俺もこれだった

11：名無しの兵士さん
憧れの特務と一緒に戦えるって夢見てたんだ
よなあ…

12：名無しの兵士さん
まず付いていけないからねw

13：名無しの兵士さん
足がそもそも速い

14：名無しの兵士さん
常時スプリンター並みだからなあ

15：名無しの兵士さん
いやあ、戦場で全速力は(ヾノ・∀・`)ムリムリ

16：名無しの兵士さん
真似したら額に風穴ができたゾ

17：名無しの兵士さん
無謀ニキは成仏して

18：名無しの兵士さん
身を遮蔽物に隠す、足を止めるをしないからな

19：名無しの兵士さん
もう俺は慣れたけど、新兵の頃は常識が壊れた。

20：名無しの兵士さん
特務「弾は避けろ」

21：名無しの兵士さん
あんただけだよw

22：名無しの兵士さん
特務！？ブートキャンプではそんな事教わっていません！特務！？

23：名無しの兵士さん
まず実演できる教官がいないからしょうがないね

24：名無しの兵上さん
模擬弾から始めてみるか(無茶振り)

25：名無しの兵士さん
いや、割と冗談じゃなく、初陣が特務と一緒なら常識が木っ端微塵になる。

26：名無しの兵士さん
まあねw

27：名無しの兵士さん
はえ～。グレネードって銃弾で撃ち返せるものなんスねえ(呆然)

28：名無しの兵士さん
あるあるw

29：名無しの兵士さん
一時期、タコは俺らがグレネードを撃ち返す、新兵器を投入したって勘違いした話スキ

30：名無しの兵士さん
回収されたタコレポート「グレネードの使用は細心の注意を払うべし」

31：名無しの兵士さん
その新兵器ください

32：名無しの兵士さん
(そんな新兵器)無いです

33：名無しの兵士さん
嘘つけ。今もバージョンアップを繰り返しながら、最前線に投入されてるだろ。

34：名無しの兵士さん
人力兵器が一つだけなw

35：名無しの兵士さん
角度、速度の処理は脳、視認は目。うん、ま

さに人力。

36：名無しの兵士さん
聞いた話、最初は撃ち落とすだけだったみたいなんだよなあ…

37：名無しの兵士さん
今じゃ持ち主にちゃんと返してるからなw

38：名無しの兵士さん
着任前ボク「ボクも特務みたいに活躍して、モテモテウハウハになるんだ＾＾」今俺「あ、無理っす^^;」

39：名無しの兵士さん
一定数いるよなw

40：名無しの兵士さん
なw

41：名無しの兵士さん
まあ、夢見るのは自由だから…

42：名無しの兵士さん
マジでガチの英雄は、並び立つこともできないから…

43：名無しの兵士さん
俺もなあ、女の子にきゃあきゃあ言われたかったなあ。

44：名無しの兵士さん
俺もw

45：名無しの兵士さん
後方のテレビで、若い女の子が特務の写真集買って、きゃあきゃあ言ってるのを見たら、そりゃあ夢だって見たくなりますよ。

46：名無しの兵士さん
将来の夢に、特務のお嫁さんがランクインする日も近い。

47：名無しの兵士さん
なお本人

48：名無しの兵士さん
ｗｗｗｗｗ

49：名無しの兵士さん
女より銃

50：名無しの兵士さん
あの人性欲あるの？

51：名無しの兵士さん
無いかもしれん…

52：名無しの兵士さん
やっぱロボットなんじゃ…

53：名無しの兵士さん
3大欲求の内、睡眠欲が無いのはわかってるからな。

54：名無しの兵士さん
ひと月不眠不休で頑張ってた時もあるから…

55：名無しの兵士さん
最初期の一番人類がヤバかった時にねw

56：名無しの兵士さん
マジで？

57：名無しの兵士さん
まじまじ

58：名無しの兵士さん
後に、その時の特務の移動経路と時間を調べ

たら、どう考えても寝てないという結論になった。

59：名無しの兵士さん
なんなら人類にはできない踏破距離だったけど

60：名無しの兵士さん
ｗｗｗｗｗｗ

61：名無しの兵士さん
つまり残りは食欲だけ？

62：名無しの兵士さん
だな

63：名無しの兵士さん
まあ、レーション食ってるとこはよく見かけるからな

64：名無しの兵士さん
一番不味い、カロリーが高いだけのやつをｗ

65：名無しの兵士さん
いっつも顔しかめながら食ってるから、味覚はあると思われる。

66：名無しの兵士さん
んだ。たまーに食堂で食ってる時は、普通に食ってるからな。

67：名無しの兵士さん
よかった。ちょっとだけ人間説が出てきた。

68：名無しの兵士さん
ちょっとだけな

69：名無しの兵士さん
わからん。味覚だけあるロボットかもしれん

70：名無しの兵士さん
なんじゃそりゃｗ

71：名無しの兵士さん
あの…すいません。つい最近前線に配置された新兵なんですけど、ちょっといいですか？

72：名無しの兵士さん
お？

73：名無しの兵士さん
ようこそ

74：名無しの兵士さん
歓迎するよ

75：名無しの兵士さん
つい先日に、大気圏突入ポッドから地表へ降下して、橋頭堡を確保する任務が初陣のはずだったんですが…

76：名無しの兵士さん
はずｗ

77：名無しの兵士さん
あのポッド怖えよな。小便ちびっても恥ずかしがることないぞ。

78：名無しの兵士さん
そうそう。被弾面積小さくするために、狭いわ、タコの対空砲が飛び交うわ、おまけに外の状況を把握するために目の前が強化ガラスのせいで、地表への落下をはっきり見えちゃうわで碌なことがない。俺も何度かちびったもん。

79：名無しの兵士さん
俺は目を瞑ってたから、恥ずかしがることはないぞ。

80：名無しの兵士さん
いえ、実は自分のポッド自体に乗れなかったんです。特務が自分の割り当てポッドに乗ってて、ガラス越しに目が合ったんです。

81：名無しの兵士さん
ふぁあああああああああwwwww

82：名無しの兵士さん
またかよw

83：名無しの兵士さん
人の物パチんって言ってるだろうが！

84：名無しの兵士さん
降下ポッドなら宇宙船からだろうが！数だってあるだろ！

85：名無しの兵士さん
ちょっと心当たりがあるかもしれんw

86：名無しの兵士さん
何があったんやw

87：名無しの兵士さん
その戦い、特務が司令官に、君が出るような戦いじゃないって、出撃禁止命令が出された時じゃない？

88：名無しの兵士さん
あっ…

89：名無しの兵士さん
もう読めたぞw

90：名無しの兵士さん
ふーん…

91：名無しの兵士さん
後から聞いたんですが、そうらしいです。

92：名無しの兵士さん
もう確定したようなもんだろw

93：名無しの兵士さん
だなw

94：名無しの兵士さん
司令官「特務が戦死するリスクを抑えよっと」
特務「ぷいっ」

95：名無しの兵士さん
これだな、間違いない。

96：名無しの兵士さん
だな。全財産賭けられる。

97：名無しの兵士さん
いつもの

98：名無しの兵士さん
もちろん、別のポッドですぐに出たんですが、あの、特務はよくこういう事をするんでしょうか？

99：名無しの兵士さん
するよ

100：名無しの兵士さん
するする

101：名無しの兵士さん
予備があるなら、なんで人の物使うんだよw

102：名無しの兵士さん
多分、司令官に内緒だから、数合わせが違う事を気にしたんだろうなあ…

103：名無しの兵士さん
実は特務は泥棒なんやで。また一つ賢くなったな。

104:名無しの兵士さん
しょっちゅうするよ。

105:名無しの兵士さん
そうなんですか…。その、ちょっとイメージが…。

106:名無しの兵士さん
本土の放送じゃ、完全無欠の大英雄やからなあ。

107:名無しの兵士さん
間違ってはない。

108:名無しの兵士さん
だな。間違ってはいない。でも全部言ってはいない。

109:名無しの兵士さん
そう。代表的なものとして、手癖が悪い。それはもう悪い。

110:名無しの兵士さん
戦場の物は全部自分の物と思っている節がある。

111:名無しの兵士さん
それで、戦闘が終わって戦艦に戻ると、特務が、見事な働きだった、衛星軌道から見ていたぞ、って言うんです。あの、自分はどうしたらいいんでしょうか？

112:名無しの兵士さん
自分が船に残っているって体を守ろうとしているw

113:名無しの兵士さん
その新兵予備で出てるから、数合わせには失敗してるぞ特務！

114:名無しの兵士さん
大体特務が戦場で目立たないわけないんだよなあ…

115:名無しの兵士さん
どうしようもないから、黙って受け入れてあげなさい。

116:名無しの兵士さん
新兵君許したってな。戦闘自体は、タコが伏兵隠してたから、特務がいないとヤバかったんだから。

117:名無しの兵士さん
はい勿論です。戦場で特務の活躍を見て、やっぱり凄い人なんだと思いました。

118:名無しの兵士さん
よかったよかった。

119:名無しの兵士さん
しかしまあ、敵の伏兵を察知しているなんて流石特務やな！

120:名無しの兵士さん
せやな！

121:名無しの兵士さん
せやせや！

122:名無しの兵士さん
自分が出撃したかっただけのような気もするけどな！

123:名無しの兵士さん
特務！特務！特務！

124:名無しの兵士さん
特務！特務！特務！

125：名無しの兵士さん
このスレは特務を称えるスレになりました。

掲示板 16　諜報員

1：名無しの諜報員さん
朗報 特務、ハニートラップ要員の首をキュッとする。

2：名無しの諜報員さん
ざまあw

3：名無しの諜報員さん
ウケるw

4：名無しの諜報員さん
特務にハニートラップなんて100年早いのよ！

5：名無しの諜報員さん
そうよ！私らが何回失敗したと思ってるのよ！

6：名無しの諜報員さん
っていうかまだやってるとこあるんだw

7：名無しの諜報員さん
今さら大真面目にやってるとこなんて、国家保安部くらいでしょw

8：名無しの諜報員さん
いい加減特務には敵わないって理解するべきw

9：名無しの諜報員さん
恒例行事みたいなとこあるからw

10：名無しの諜報員さん
懐かしいわね。私も特務の部屋に忍び込んだものだわ。

11：名無しの諜報員さん
なおw

12：名無しの諜報員さん
ま、私も首をキュッとされたんだけどねw

13：名無しの諜報員さん
いつものw

14：名無しの諜報員さん
今回もそう？

15：名無しの諜報員さん
そうw廊下で寝る羽目になったみたいw

16：名無しの諜報員さん
wwwww

17：名無しの諜報員さん
特務が博愛主義者でよかったよかった。

18：名無しの諜報員さん
ねー

19：名無しの諜報員さん
じゃないと血まみれの死体が…

20：名無しの諜報員さん
ひえ(昔を思い出して)

21：名無しの諜報員さん
生きてるって素晴らしいわね(遠い目)

22名無しの諜報員さん
そいつ、せっかく特務が基地に帰るまで待ってたでしょうにw

23：名無しの諜報員さん
自分の時を思い出してきたw

24：名無しの諜報員さん
そうそうwまずあの男、基地に帰って寝ることがほとんどないw

25：名無しの諜報員さん
思い出したら頭痛くなってきた…

26：名無しの諜報員さん
一か月くらい、平気で帰ってこなかったわねえ…

27：名無しの諜報員さん
せっついてくる上司と、こいつ女優みたいなやつだけど、なんで基地にいるんだという好奇の目線…うっ…

28：名無しの諜報員さん
さり気なく自分が女優並みとマウントを取るな

29：名無しの諜報員さん
それは失礼しましたわね。おほほ。

30：名無しの諜報員さん
でも特務に相手にされなかったんでしょ？

31：名無しの諜報員さん
あいつ男じゃないから(断言)

32：名無しの諜報員さん
わかるw

33：名無しの諜報員さん
絶対性欲とかない

34：名無しの諜報員さん
部屋に入った後、そっから記憶が無いのよね…。目が覚めたら廊下に…

35：名無しの諜報員さん
きゅっ

36：名無しの諜報員さん
冬眠してる熊よりも危ない相手によpやるw

37：名無しの諜報員さん
当時は舐めてたのよ

38：名無しの諜報員さん
ねーｗ

39：名無しの諜報員さん
若かったわ…

40：名無しの諜報員さん
知らないって怖い事なのね…

41：名無しの諜報員さん
最初は至る所が舐めてたからしゃーない。

42：名無しの諜報員さん
当時の上司「英雄と言っても、田舎の惑星で
上手くやっただけだ。君なら田舎の男程度余
裕だろう。名前だけ精々利用させてもらおう」

43：名無しの諜報員さん
↑これｗ

44：名無しの諜報員さん
ウチもこんな感じだったｗ

45：名無しの諜報員さん
私「あんな田舎の男なんて余裕よ。可愛がっ
てあげる」

46：名無しの諜報員さん
うう…やめて！恥ずかしい記憶が！

47：名無しの諜報員さん
無能中の無能

48：名無しの諜報員さん
いやあ、懐かしいｗ

49：名無しの諜報員さん
ほんまに甘く見てたんやなｗ

50：名無しの諜報員さん
そんな余裕こいてた私も、気がつけば廊下で
寝てました。

51：名無しの諜報員さん
いいわね。私なんか警備に見つかって、その
まま事情聴取からの独房よ。

52：名無しの諜報員さん
ハニートラップ仕掛けて廊下に転がされまし
たなんて、死んでも言えないんだけどｗ

53：名無しの諜報員さん
うるさい！

54：名無しの諜報員さん
私の時は、もう何度も失敗してるから、特務
を気絶させてしまえって、上が屈強な男3
人を手配してたんだけど…

55：名無しの諜報員さん
それこそ無茶なｗ

56：名無しの諜報員さん
人類じゃ無理

57：名無しの諜報員さん
男3人で特務をどうしろって言うのｗ

58：名無しの諜報員さん
バリバリの特殊部隊出身で、一人くらい余裕
って私もその人らも思ってたんだけどねえ…

59：名無しの諜報員さん
いやあ、知らないってマジで怖いわｗ

60：名無しの諜報員さん
よく生きてるなw

61：名無しの諜報員さん
部屋に入るとそもそも特務いなくって、え？
って思ったら、次に目が覚めたらみんな仲良
く独房だったw

62：名無しの諜報員さん
ｗｗｗｗｗｗ

63：名無しの諜報員さん
反省してろw

64：名無しの諜報員さん
今思えば、多分いつぞやの銀行強盗みたいに
なってたんだろうなあ…

65：名無しの諜報員さん
ドアの上に張り付いてたんやろうなあ…

66：名無しの諜報員さん
下手なホラーより怖いあれかw

67：名無しの諜報員さん
一人ずつ消されていったのか…

68：名無しの諜報員さん
カサカサ

69：名無しの諜報員さん
私の時は、酒に酔わせてってなったw

70：名無しの諜報員さん
そもそもあの人飲まんだろw

71：名無しの諜報員さん
だね。聞いたことない。

72：名無しの諜報員さん
そうw勧めても酌をしても全く飲まないのw

73：名無しの諜報員さん
指の0コンマの誤差も許さなそう。

74：名無しの諜報員さん
精密機械だからね

75：名無しの諜報員さん
だから次は、他の飲み物に混ぜてしまえって
なったw

76：名無しの諜報員さん
はいわかった。飲む前にバレたでしょw

77：名無しの諜報員さん
これ毒が入ってるって言い当てた事を聞いた
事あるw

78：名無しの諜報員さん
俺もw

79：名無しの諜報員さん
いやあ、それが飲んだのよねw

80：名無しの諜報員さん
飲んだのかい！

81：名無しの諜報員さん
特務！？

82：名無しの諜報員さん
酒は毒判定じゃなかったか

83：名無しの諜報員さん
これはいけるって次から次へと飲ませて、あ
の時は勝利を確信したんだけどなあ。

84：名無しの諜報員さん
まあ、成功したって話を聞かないから、なんかあったんだなと察しはしてたw

85：名無しの諜報員さん
そしたらタコが急に軍事行動起こしちゃって…。

86：名無しの諜報員さん
酔ったまま行っちゃったの！？

87：名無しの諜報員さん
そうw

88：名無しの諜報員さん
でも特務が死んでないってことは、それも効かなかったのか…

89：名無しの諜報員さん
そうなのよ！あの男、なんでもない感じで帰ってきたの！

90：名無しの諜報員さん
流石w

91：名無しの諜報員さん
特務！？全然平気じゃないですか！酒を飲まない理由って何ですか！？特務！？

92：名無しの諜報員さん
毒判定すり抜けたのって、そもそもアルコール効かないからじゃw

93：名無しの諜報員さん
肝臓も最強だったかあ

94：名無しの諜報員さん
流れが面白かったから黙ってたけど、特務がアルコール嫌いなのは、耳が真っ赤になるから恥ずかしいそうよw

95：名無しの諜報員さん
ｗｗｗｗｗｗｗｗｗ

96：名無しの諜報員さん
ｗｗｗｗｗｗｗ

97：名無しの諜報員さん
子供かw

98：名無しの諜報員さん
それだけかよ！

99：名無しの諜報員さん
言われてみれば耳が赤かったような…

100：名無しの諜報員さん
お腹痛いw

101：名無しの諜報員さん
あんた達アプローチの仕方が悪いのよ。

102：名無しの諜報員さん
ほほう。さぞ高等なアプローチをしたんでしょうね。

103：名無しの諜報員さん
聞かせてもらおうじゃない。私らが部を挙げて取り組んだアプローチよりもいい方法をね！

104：名無しの諜報員さん
あの人、最新兵器のカタログが私の部屋にありますよって言ったら、そのまま部屋に来たわよ。

105：名無しの諜報員さん
！！！！！？？？？？

106：名無しの諜報員さん
(;｀д´)

107：名無しの諜報員さん
天才現る。

108：名無しの諜報員さん
その手があったかーーーー！！？？

109：名無しの諜報員さん
なんて高度なアプローチなんだ…！

110：名無しの諜報員さん
これは必勝の策。

111：名無しの諜報員さん
失敗したけど

112：名無しの諜報員さん
ずこーーー！

113：名無しの諜報員さん
知ってたｗ

114：名無しの諜報員さん
ずーっとカタログ見つめて、読み終わったら
バッチリ勝負服着てる私を見て、風邪ひくぞ
って言って終わり。あ、カタログは持ってか
れた。

115：名無しの諜報員さん
ｗｗｗｗｗｗｗ

116：名無しの諜報員さん
やっぱ人間じゃねえわ。

117：名無しの諜報員さん
そんな物もパチるのかｗ

118：名無しの諜報員さん
欲しかったんやろうなあ…

119：名無しの諜報員さん
途中までは完璧だったのに！

120：名無しの諜報員さん
ま、それから一気にこいつはヤバいやつって
ウチらは気づいて、特務への接触は無し！今
じゃそんな事考えたら頭おかしい奴扱いね。

121：名無しの諜報員さん
うちもｗ

122：名無しの諜報員さん
特務にハニートラップとか、それは本気で言
ってるのですか？

123：名無しの諜報員さん
いい病院がありますよ？

124：名無しの諜報員さん
保安部は一度全員病院に行くべき。

125：名無しの諜報員さん
ねーｗ

126：名無しの諜報員さん
ま、今もタコ相手に頑張ってる特務を見てた
ら、失敗してよかったと思うけどね。

127：名無しの諜報員さん
せやな！

128：名無しの諜報員さん
せやせや！

129：名無しの諜報員さん
そもそも成功する見込みは無かったとは言う
まい…

130：名無しの諜報員さん
うるさい！

131：名無しの諜報員さん
特務！特務！特務！

132：名無しの諜報員さん
特務！特務！特務！

133：名無しの諜報員さん
このスレは特務を称えるスレになりました。

掲示板17　民間人

1：名無しの一般人さん
朗報　またまた我が軍大勝利

2：名無しの一般人さん
いええええええええええい！

3：名無しの一般人さん
勝ったやでえええええ！

4：名無しの一般人さん
人類万歳！

5：名無しの一般人さん
(∩´∀`)∩バンザーイ

6：名無しの一般人さん
宇宙戦争完！

7：名無しの一般人さん
本当に終わったらどれだけいいか…

8：名無しの一般人さん
んだねえ

9：名無しの一般人さん
まあ、最近はマジで勝ちっぱなしやから、そのうちやそのうち。

10：名無しの一般人さん
軍人さんも頑張ってるんやから、焦ったらあかん。

11：名無しの一般人さん
せやな！

12：名無しの一般人さん
ちょっと前は日用品どころか、食いもんまで危なかったから、その時に比べたら天国よ。

13：名無しの一般人さん
人類滅びる手前やったからなあ…

14：名無しの一般人さん
んだんだ。

15：名無しの一般人さん
速報 今回の戦闘で、特務は宇宙機動部隊に
加わり、専用機で敵艦隊の中枢を破壊した模
様。ソースはテレビ。

16：名無しの一般人さん
流石や特務！

17：名無しの一般人さん
それでこそワイらの希望の星や！

18：名無しの一般人さん
せやせや！

19：名無しの一般人さん
ちょっと吹かしすぎかなって

20：名無しの一般人さん
まあねw

21：名無しの一般人さん
いやあ、一人で敵艦隊の中枢って言われても
ねw

22：名無しの一般人さん
(゚ノ･∀･)ムリムリ

23：名無しの一般人さん
なんでや！特務って言ったら英雄やろ！

24：名無しの一般人さん
また特務実在説と、非実在説、複数人ごっち
ゃまぜ説、軍のプロパガンダ説で争うのか…

25：名無しの一般人さん
不毛な争い。

26：名無しの一般人さん
負けてる時ならともかく、勝ってる時にプロ
パガンダは無いでしょ。

27：名無しの一般人さん
いやあ、なんだかんだ戦意高揚はしてるしな
あ。

28：名無しの一般人さん
特務！特務！特務！

29：名無しの一般人さん
ノリノリである

30：名無しの一般人さん
100%真実かと言われたらないと思ってるけ
ど、近い存在はいると思う。戦地帰りは、皆
特務がヤバいって言うし。

31：名無しの一般人さん
俺の兄貴も言うとったわ。昔、スプーンをタ
コの目に突き刺したとこ見たって。

32：名無しの一般人さん
なんでやねんw

33：名無しの一般人さん
なぜスプーンw

34：名無しの一般人さん
じゃあ、この前大統領と握手してたのは誰？

35：名無しの一般人さん
マジの戦場伝説特務か、軍の用意したそれっ
ぽい軍人。そのどっちか。

36名無しの一般人さん
いろんな戦地で活躍した軍人たちを統合して
作られた英雄なら、誰か一人にしないといけ
ないしな。

37：名無しの一般人さん
でも戦地帰りは皆して、いる言うとるし、こ
の前の銀行でのチョークスリーパーも凄かっ
たやろ？

38：名無しの一般人さん
それなw

39：名無しの一般人さん
鮮やかすぎたから、軍が作った映像説がある。

40：名無しの一般人さん
あーもう滅茶苦茶だよ！

41：名無しの一般人さん
じゃあ、男の子がなりたいランキング一位の
特務大尉と、女の子がなりたいランキング一
位の、特務のお嫁さんの特務大尉は、実は存
在しない？

42：名無しの一般人さん
うちの娘が、特務のお嫁さんになりたいって
言ってるんですけど！？(憤怒)

43：名無しの一般人さん
ウチもなんですけど！(憤怒)

44：名無しの一般人さん
パッパは落ち着いてどうぞ

45：名無しの一般人さん
だーかーらー。普段の報道に、近い存在では
あると思うんだよ。基地を吹っ飛ばしたり、
敵の新兵器をパチったりね。ただ軍がちょー
っと脚色して、一人で基地を落としたり、

100メートル超えの陸上戦艦みたいな奴を
パチったりにしてるだけで。

46：名無しの一般人さん
ちょーっと(当社比)

47：名無しの一般人さん
ほぼフィクションやんけ！

48：名無しの一般人さん
それもこれも、軍が特務の戦地での活躍を見
せないから悪い。

49：名無しの一般人さん
せやせや。

50：名無しの一般人さん
見せてくれたらはっきりするのにな！

51：名無しの一般人さん
見せないってことは、やっぱりいないんだ
ろ？(猜疑のまなざし)

52：名無しの一般人さん
やっぱり…

53：名無しの一般人さん
TV局で働いてるんやけど、特務の戦地での
活躍って銘打って、特集組んだら皆見る？

54：名無しの一般人さん
嘘つけ！それこそTV局がいっつも流しとる
やろが！

55：名無しの一般人さん
週一で見るぞ！

56：名無しの一般人さん
現地での映像は無しでな！

57：名無しの一般人さん
やっぱり特務はいない！

58：名無しの一般人さん
ごめん言葉が足りなかったわ。レポーターと
機材派遣して、戦地の生での特務の特集組ん
だらや。

59：名無しの一般人さん
見る見る。

60：名無しの一般人さん
それなら見る。

61：名無しの一般人さん
視聴率100％（確信）

62：名無しの一般人さん
そりゃあ見るとも。そもそも不可能だけど
な！

63：名無しの一般人さん
後方地ならともかく、前線の撮影なんてでき
るわけないだろw

64：名無しの一般人さん
お前がマジモンのTV局関係者なら、だれか
一人でも撃たれたら首が飛ぶからな！

65：名無しの一般人さん
まあ社長でも余裕で飛ぶかもな…

66：名無しの一般人さん
後方ならどこの局でも撮ってるけどなあw

67：名無しの一般人さん
もう絶対に襲撃が無いような、後は集積所と
して使ってますって状態のとこだけだから、
緊迫感の欠片も無いようなとこだけどw

68：名無しの一般人さん
行くなら全員が遺書を書いてやろうなあ…

69：名無しの一般人さん
いやです（スタッフ一同）

70：名無しの一般人さん
軍人さんにカメラつけてもらえば？

71：名無しの一般人さん
いや、戦地じゃタコのプラズマ砲から何やら
が飛び回って、ちっさなカメラじゃ無理らし
い。それこそTVで使う大きいやつに、特殊
な加工をしなくちゃいけないんだけど、走り
回ってる軍人に、そんな重い物持って映像
撮れとか、死んでも言えないw

72：名無しの一般人さん
ははあ、それで戦地の映像ろくに流れてこ
ないんスねえ。

73：名無しの一般人さん
まあ、それでも勝ってるのはわかるから、そ
こまで重要視されてないけどね。

74：名無しの一般人さん
んだね。親戚の軍人さんは、普通に有給取っ
て帰って来る事もあるし。

75：名無しの一般人さん
んだ。俺んとこも。

76：名無しの一般人さん
ちょっとした余裕があるからな。

77：名無しの一般人さん
マジでヤバい時ってのは、軍人全員の目が血
走るってことを昔学んだからな…。

78：名無しの一般人さん
せやなあ。

79：名無しの一般人さん
やっぱ前線にスタッフ送るのは無理？

80：名無しの一般人さん
まだ諦めてねえのかよｗ

81：名無しの一般人さん
しつこいぞ自称TV局関係者ｗ

82：名無しの一般人さん
どうしてもって言うなら、特務の事が疑問視
されてるし、前線での軍人の過酷さを知って
もらって、軍全体の地位を向上とか、寄付を
集めやすくするとか、人類全体の連携を強化
とか、それっぽい事を軍の広報に言ってみ
ろ！ボランティアじゃねえんだから、ちゃん
と軍にも金が流れるようにしろよ！最後に、
全部自己責任ですって紙を準備しとけ！

83：名無しの一般人さん
特務が売り上げを、全額軍に寄付してるって
いう体で売ってる特務グッズの売り上げも上
がるって言っとけよ！上司への説得は、「視聴
率100％いけます」の一点張りだ！まあ俺は
特務はいないと思ってるがね！

84：名無しの一般人さん
さっき見始めたんだけど、なんか恐ろしい会
話してるな……センター在住者か後方地の奴
が多いだろこのスレ。大戦初期の大敗走時代
に特務のおかげで生き延びた連中が見たら、
特務は実在するって顔を真っ赤にして怒るぞ。

85：名無しの一般人さん
その時の映像だってないじゃん！

86：名無しの一般人さん
ある筈ないだろ。今ですら総死者数があやふ
やで、どこもかしこも死戦場だった暗黒期な
んだぞ。撮影とかしてた呑気な奴は真っ先に
死んでるよ。まあ、真っ先に逃げ出せた奴が
必ず生きているわけでもないけど。

87：名無しの一般人さん
あんたは大敗走で陥落した星出身？

88：名無しの一般人さん
そう。特務の部隊がタコを足止めしている間
に、なんとか宇宙船に乗り込んで逃げられた。
勿論お上品な旅じゃないよ。おんぼろの輸送
船の荷物を死に物狂いで外に出して、代わり
に人間を詰め込みまくった状況だからな。

89：名無しの一般人さん
それで、特務に会った人は多いんだよね？

90：名無しの一般人さん
戦場で会った人は……どうだろ。特務がいた
のは最前線も最前線だったみたいだから、そ
っから逃げた人は余裕が全くなくて、特務が
いたことを認識できてるか怪しい。ただそれ
でも、建物の屋上を飛び回ったり、どこから
ともなく降りてきた軍人が特務大尉と名乗っ
たって証言をしてた人は多い。

91：名無しの一般人さん
でもなあ……やっぱり証言だけじゃ、あの戦
果は信じられねえって。

92：名無しの一般人さん
それは個人の好き勝手だけど、辺境惑星出身
の奴に言ったら本当に殴られるかもしれない
から気を付けろよ。

93：名無しの一般人さん
やっぱいないって。

94:名無しの一般人さん
いるよ！

95:名無しの一般人さん
いないね！

96:名無しの一般人さん
特務！特務！特務！

97:名無しの一般人さん
特務！特務！特務！

98:名無しの一般人さん
このスレは特務の存在を疑問視するスレになりました。

99:名無しの一般人さん
アドバイスありがとう。ちょっとあちこちに聞いてみるね。

音声ログ3　TV局スタッフ

ようこそエージェント。
このデータは、第645惑星での戦いに派遣された、スターTV局スタッフの音声ログになります。再生しますか？

はい

それでは再生を開始します。

……　…

『もう最悪よ！本当に最前線に行くの！？』
『ヘレナ、マズいって、音声は入ってるんだから！』
『知ったこっちゃないわよ！あのバカプロデューサーめ！死んだら化けて出てやるんだから！』
『まさか本当に企画を通しちゃうとはねえ…』
『ああ私の馬鹿！視聴率100％の番組だからって、あの時頷くんじゃなかった！あんたもそうでしょマック？』
『いんや、スタッフは皆、特務に会えるならって志願した人ばかりだよ？』
『あんたTV局のスタッフなのに、本物の特務が実在するって思ってたの！？』
『いやあ、絶対いるね。今回の撮影で、特務の活躍しているところを撮って、プロパガンダでも誇張でもない、本物の特務がいるって皆に知らしめないと』
『ああ…！あのプロデューサー！そう思っているリポーターを探しなさいよ！』

……　…

『地表に降りる前の、最後のミーティングを行います。現在第645惑星は、我が軍が有利ですが、戦場では何が起きるかわかりません。決して我々の傍を離れないようにしてください。予定のほうになりますが、この後すぐに基地に揚陸艇で降下し、現地の特務大尉と合

流。一時間ほどの取材の後、明朝に基地を特務大尉と発ち、前線での撮影を行ってもらう事になります。くどいようですが、絶対に私達から離れないでください。特務に付いていこうなどと思わないようにしてください。何か質問はありますか？どうぞ』

『初めに、取材へのご協力ありがとうございます中尉。それでなのですが…特務に付いていくなとは…そのう…戦地での皆さんもそうですが、特務の特集でもありまして…』

『仰りたいことはよくわかります。最初に申しておきますと、特務大尉が実在しないから困る、といった理由ではありません。我々が特務大尉の移動に付いていけないのです。訓練をしていない貴方がたでは、なおのことでしょう』

『はあ…付いていけない…』

『はい。物理的に不可能です』

『はあ…。ええっと、それと特務大尉は、我々の取材を許可してくれたとの事ですが、どのような理由からなのでしょうか？』

『あー…。それはなんというか…。特務大尉に取材の事をお伺いしたところ、まあなんとかなるだろうから、いいんじゃないかと言っておられてですね。それもあって軍も許可したというか…。まあ、そういう事です』

『はあ…』

『他に質問は…無いようですね。ではこれから揚陸艇に向かいましょう』

……　…

『よしみんな気合入れろ！生放送だからしくじるなよ！』

『3，2，1』

『皆様こんにちわ。スターTVのヘレナです。我々は現在、揚陸艇に乗って第645惑星の地表に降り立ち、あの特務大尉と面談する事になっています。ご覧頂けるでしょうか？どんどんと地表に近づいています。あの基地で、特務大尉が我々を待っていてくれているので

す』

『中尉、変です！基地から航空機が多数！戦車もです！こりゃあ全力出撃だ！』

『なんだと！？』

『大変です！我々が降り立つ基地から、戦闘機や戦車が次々と出発しています！いったい何が起こっているのでしょう！？』

『中尉！基地司令からです！』

『繋いでくれ！』

『すまん中尉。面談の準備がパアだ。タコ共が包囲していた市街地から出てきて、現在は平野の防衛線で戦闘中だ』

『はっ。今後の我々はどうなります？』

『それなんだが、特務が第三偵察小隊の観測所なら大丈夫だろうと言っていた。向こうにも連絡は入れてるし、そこならちゃんと撮れるだろう』

『わかりました。では我々は第三偵察小隊の観測所へ向かいます』

『うむ。取材班の方々、申し訳ない。特務は真っ先に飛び出してしまってね。まあ、戦場でも目立つから、誰が特務かとわからない事はないはずだ。それでは私はこれで失礼する』

『大変です！我々はこのまま戦地に向かうようです！現地ではいったい何が待ち受けているのでしょうか！？』

……　…

『戦況は！？』

『ついに現場に到着しました！今どうなっているのでしょうか！？』

『中尉と取材班ですね！？特務が中央でタコをズタボロにしてます！あ、今敵の多脚戦車に飛び移りました！』

『ああ！？マック！あそこ撮って！中央の多脚戦車！人が！上に乗ってる！』

『夢みたいだ…』

『皆様ご覧になっているでしょうか！？こちらからでは詳細は見えませんが、特務大尉と思しき人物が、敵の多脚戦車の上に乗って

『います！ああ！？今戦車が火を噴きました！』

『近くにいる味方の砲兵連隊による射撃が開始されます！音と振動に注意してください！』

『え！？でもあそこに特務が１人で！？』

『いつもの事です！気にしないで！それより始まりましたよ！』

『きゃああああ！』

『やべええ！』

『くそ！？耳が！』

『み、見てください！前線の一部には何もありません！全て吹き飛びま！？え！？誰か走って！？信じられません！特務大尉はそのまま周囲のタコを倒しています！』

『リポーターさん。なんでも、特務は砲撃の着弾点がわかるみたいですよ』

『なによそれ！？』

『ＨＱへ。こちら第三偵察小隊。特務の姿を確認した。いや、まて！特務が停止のハンドシグナルをしている！そちらで確認できるか！？』

『こちらＨＱ。こっちでも確認した。そちらで原因を確認できるか？』

『少しま、いやいた！"カブトムシ"だ！タコ共こんな所に持って来てたのか！ＨＱ！市街地からカブトムシが出てきた！』

『皆様ご覧ください！まるで戦艦のような戦車が、街から家屋を踏み潰して出てきました！あんなのどうするのよ！？』

『こちらＨＱ、了解。特務からカブトムシが出てきたら貰うと言われている。まあ見物といこう』

『ははは第三偵察小隊了解。取材班の方々！絶好のシャッターチャンスですよ！』

『ああ！？マック撮ってる！？あれの足元！嘘でしょ足から登ってるわ！？』

『これだよ！やっぱり特務はいたんだ！』

『中に入っちゃった！？どうするの！？あ！？タコを攻撃し始めた！？』

『前も奪ってましたからね。気に入ったのかな？』

『凄い！どんどんタコが引き始めた！やっちゃえ特務！こほん、失礼しました』

…… …

『取材班の方々、特務が部隊再編の間、少しだけこちらに来てくれるそうです。ああ、言っている間に。あのヘリです』

『え！？プロデューサー！？どうしたらいいの！？』

『え！？いやどうしろって言われても！？』

『え！？そのまま落ちてきた！？』

『申し訳ない。一時間の約束だったのに、ほんの少しだけしか時間が取れそうにない。何か聞きたいことは？』

『と、特務大尉お疲れ様です！えーっと、その、えと、男の子のなりたいランキングの一位、特務大尉と、女の子の一位、特務のお嫁さん、おめでとうございます！』

『ありがとう。いや、だが男の子達には悪いが、大きくなる頃には平和になって、特務大尉という存在が必要なくなる。女の子達もだな。その頃には、俺は特務大尉ではないだろう。他にいい人を見つけるといい。特務大尉は期間限定なんだ。悪いな子供達よ』

『特務！部隊の再編が終わりました！』

『わかった今行く。それでは』

『は、はい！ありがとうございました！』

『そうとも、俺が子供達の未来を守ってみせる。兵士になる必要のない、普通の男を愛していい未来を』

掲示板 18　小休止

1：名無しの兵士さん
驚愕 特務、パンにうるさい事が発覚する。

2：名無しの兵士さん
は？

3：名無しの兵士さん
どういう事？

4：名無しの兵士さん
まず味音痴の特務と、食いもんのパンが結びつくことがおかしいんだけど。

5：名無しの兵士さん
それなw

6：名無しの兵士さん
くっそマズいスーパーカロリーのレーションに入ってる、どろどろした液体を、チューブでちゅうちゅうしてるイメージしかない。

7：名無しの兵士さん
俺もw

8：名無しの兵士さん
すんげえ嫌そうな顔で食ってるから、味音痴ってわけじゃないだろ！

9：名無しの兵士さん
ほんまに嫌そうな顔で食ってるからなあw

10：名無しの兵士さん
それでその特務がパンにうるさい？
(╭ರ╭ σ‵)ナイナイ

11：名無しの兵士さん
絶対口に入ったら何でも一緒だと思ってる。

12：名無しの兵士さん
カロリー取れればいいだけだからな

13：名無しの兵士さん
本当なんだって！食堂でシチューにパンを浸して食ってたら、急にピタッと止まって、作り方はいいのに、小麦が悪いって呟いたんだって！

14：名無しの兵士さん
？？？

15：名無しの兵士さん
味覚あったんかワレ！

16：名無しの兵士さん
幻聴かあ。病院行く？

17：名無しの兵士さん
わかった！砲兵だろお前。耳がやられたんだよ。

18：名無しの兵士さん
白昼夢の可能性もある。

19：名無しの兵士さん
信じろや！

20：名無しの兵士さん
いやあ、だってねえ？

21：名無しの兵士さん
あの特務がだぞ？お前はそのパン食ってないんか？

22：名無しの兵士さん
食ったけど普段と変わんないかなあって…

23：名無しの兵士さん
ほれみろ。お前の勘違い。解散！

24：名無しの兵士さん
待って！？話は終わってないんだって！その時食堂に補給官の知人がいたんだけど、そいつのとこまで行って、パンの産地がわかるかって聞いてたんだよ！

25：名無しの兵士さん
幻覚もか。可哀想に…

26：名無しの兵士さん
実は何気に、特務は記憶力が無茶苦茶いい。

27：名無しの兵士さん
そうそう。一回自己紹介しただけの俺の名前覚えていてくれた時は感動したなあ…。

28：名無しの兵士さん
武器のスペックも覚えてるしな。

29：名無しの兵士さん
なお軍の制度については、いつまでたっても覚えられない模様。

30：名無しの兵士さん
ｗｗｗｗｗｗｗｗ

31：名無しの兵士さん
命令違反のオンパレードだからなｗ

32：名無しの兵士さん
特務の違反行為についてだけで、軽く一日会議できそうなくらいだからなｗ

33：名無しの兵士さん
続けるぞ！そしたら知人が言うには、輸送コストの問題で、最近復興したばかりの星の小麦を使ってるって言ったんだよ。多分それが原因じゃないかって。

34：名無しの兵士さん
特務の味覚当たってるんかい！

35：名無しの兵士さん
んなアホな…(呆然)

36：名無しの兵士さん
でもお前は気づかなかったんだよな？

37：名無しの兵士さん
うんｗ

38：名無しの兵士さん
なんかセンサーが異常を検知したんだろ。

39：名無しの兵士さん
味覚センサー。

40：名無しの兵士さん
やっぱサイボーグ…

41：名無しの兵士さん
そんで特務はどうしたの？

42：名無しの兵士さん
そうかって言って、トレー一杯にパンを乗っけて席に戻った。ついでに言うと、この前特務が解放した星でもあったみたい。

43：名無しの兵士さん
じーん…

44：名無しの兵士さん
感動した！

45：名無しの兵士さん
お腹減ってたんやろうなあ…(すっとぼけ)

46：名無しの兵士さん
ガソリンで動いてなかったんだ(呆然)

47：名無しの兵士さん
俺はニトロだと思ってた。

48：名無しの兵士さん
全く未知の動力だと…

49：名無しの兵士さん
お前らw

50：名無しの兵士さん
ｗｗｗｗ

51：名無しの兵士さん
最近の民間人みたいなことをｗ

52：名無しの兵士さん
あぁｗ

53：名無しの兵士さん
生放送のあれかｗ

54：名無しの兵士さん
いやあ、特務が実在するかだなんて、とんでもない事が話題になってたんやなあ(白目)

55：名無しの兵士さん
今の主流派は、全く未知の動力で動いているサイボーグやで。

56：名無しの兵士さん
ｗｗｗｗｗｗｗ

57：名無しの兵士さん
実在する事がはっきりしたら、今度は人間説と非人間説で… 昔の俺らｗ

58：名無しの兵士さん
んだなｗ

59：名無しの兵士さん
俺らは非人間説でまとまったけど、民間人もサイボーグ説なのか…

60：名無しの兵士さん
特務星人説支持者です(小声)

61：名無しの兵士さん
あれの視聴率100％？

62：名無しの兵士さん
いや、流石に100じゃなかったけど、90は超えてたみたい。

63：名無しの兵士さん
いや、それ実質100％でしょｗ

64：名無しの兵士さん
まあねｗ

65：名無しの兵士さん
特務が実在する事が世界に暴かれたのだ！

66：名無しの兵士さん
前線じゃ常識やけどな！

67：名無しの兵士さん
という事は、あのレポーターの美人は、人類ほとんどに見られたんか？

68：名無しの兵士さん
そういう事やろうな。あと特務。特務はおまけかいｗ

69：名無しの兵士さん
いやあ、見慣れてるしｗ

70：名無しの兵士さん
特務がカブトムシ分捕った時は、ほぼほぼ100％みたいやね。

71:名無しの兵士さん
ほほう。

72:名無しの兵士さん
いやあ、俺も見てたけど、あの人あんな風に
一号機もパチったんやなあって。

73:名無しの兵士さん
あれは慣れてる俺らからしても衝撃映像だっ
たw

74:名無しの兵士さん
特務！？足のフレームはツルツルしてたんで
すけど、どうやって登ったんですか！？特
務！？

75:名無しの兵士さん
特務「握力」

76:名無しの兵士さん
言いそうw

77:名無しの兵士さん
多分、フレームをよく確認したら、指の形に
抉れてるんやろうなあ…

78:名無しの兵士さん
ひょえ

79:名無しの兵士さん
こっわ

80:名無しの兵士さん
この前タコの武器を握り壊してたから、かな
り現実味がある。

81:名無しの兵士さん
うっそだろw

82:名無しの兵士さん
やっぱサイボーグだわ…

83:名無しの兵士さん
ゴリラかチンパンジーの遺伝子を、埋め込ま
れている可能性が…

84:名無しの兵士さん
ま、まあその辺はええやろ…。それより、子
供達に緊急アンケートした結果、男の子も女
の子も、前回よりも更にぶっちぎって一位は
特務やったやん。

85:名無しの兵士さん
あのレポーターの姉ちゃんも可哀想に…

86:名無しの兵士さん
特務ショックを受けて、何とかひねり出した
会話なんやぞ！

87:名無しの兵士さん
また大分浮いてるヘリから、特務が落っこち
てきたからなw

88:名無しの兵士さん
俺だって頓珍漢なこと話す自信あるわ。

89:名無しの兵士さん
特務が期間限定って知っちゃったから、じゃ
あ今すぐ大人になるってちびっこたちが…

90:名無しの兵士さん
もうタイミングは遅いから、おうちでお友達
と遊んでなさい。

91:名無しの兵士さん
せやせや

92:名無しの兵士さん
あと、女の子の父親は強く生きて

93：名無しの兵士さん
せやせやw

94：名無しの兵士さん
「私特務のお嫁さんになる！」

95：名無しの兵士さん
パッパ「ぐえええええええ！？」

96：名無しの兵士さん
なーむ

97：名無しの兵士さん
即死したw

98：名無しの兵士さん
最近故郷に帰ったら、特務のグッズが売り切れてたんですけど！（おこ）

99：名無しの兵士さん
ファンニキ強く生きて

100：名無しの兵士さん
タイミングが悪かったな。今じゃどこの星へ行っても、特務のグッズは売り切れだ。

101：名無しの兵士さん
ちくしょおおお！

102：名無しの兵士さん
軍もウハウハやろうなあ。

103：名無しの兵士さん
特務が売り上げの全額、傷病兵とか遺族に回してるって本当？

104：名無しの兵士さん
まじまじ。特務は全く貰ってない。

105：名無しの兵士さん
はえー。

106：名無しの兵士さん
流石特務やで！

107：名無しの兵士さん
特務！特務！特務！

108：名無しの兵士さん
特務！特務！特務！

109：名無しの兵士さん
このスレは特務を称えるスレになりました。

天才と超高性能AIによる、初期の特務大尉についての会話

『うーん。特務の名前については、非常に気になるけど、次へ行こうか』

《はい》

『次は、マール星の戦いについての資料が多い?』

《はい。学術都市として有名なマール星において、ガル星人の攻勢に現地の防衛軍が半壊状態。特務大尉が現地に到着した際には、地上に取り残された民間人を逃がすために、残存部隊に絶対死守命令が発令されていました》

『ふうむ。確か、初期艦の性能のせいで、当時は特務が遅れて到着する事が多かったんだよね?』

《はい。リヴァイアサン奪取前の人類連合軍の宇宙船の性能は、ガル星人の物に大きく劣っており、機動力で後れを取った人類連合軍は、的確な防衛線を構築することができませんでした》

『この時特務は?』

《はい。どうやってかは不明ですが、ガル星人の地上侵攻軍司令部の位置を把握した特務大尉は、単独で突入ポッドを使用して、ガル星人の防空圏ぎりぎりに侵入。その後司令部を壊滅させた特務大尉は、混乱するガル星人の部隊を撃破しながら、取り残された部隊と民間人を救出して、防衛軍唯一の拠点である、マール大学へと到着しました》

『流石だ!流石特務だ!』

《処置無し。この際特務大尉は、非常に重要な存在と接触したようです》

『だから焦らさないでってば!』

《マール大学で開戦直前に開発に成功した、最初の超高性能AI"ザ・ファースト"です》

『え?そんなのあったの?』

《はい。現在の軍で使用されている超高性能AIは、このザ・ファーストをモデルとして作成されており、いうなれば超高性能AIの基になった存在です》

『いや、でも君はそんなの基にしてないよ?』

《はい。あなたが天才と自称しているのを、私が渋々認めているのはそのためです》

『自分の作ったAIに貶されるなんて…。それでその"最初君"と特務はどうなったんだい?』

《はい。特務大尉が壊滅させた部隊は、ガル星人の一部でした。そのためザ・ファーストは、至急衛星軌道上のガル星人艦隊を撤退させ、全員を宇宙にあげる必要があると提案しました。そして数値的不可能を覆した特務大尉に、大学に併設されていた軍の研究施設に存在した、試作型の宇宙用人型兵器を用いて、敵艦隊中枢への攻撃を要請したのです》

『うんうん。流石は最初のAIだ。誰がそんな事をできるか、ちゃんとわかってたんだね』

《処置無し。言っておきますが、当時の特務大尉は、陸戦用の人型機動兵器には搭乗していたようですが、宇宙用は未経験な上、三次元空間での戦闘訓練も受けていませんでした。つまり陸でしか戦ったことが無かったのです》

『えっ!?じゃあぶっつけ本番?』

《そうなります。特務大尉が"チキンレース"に搭乗してからの音声データがありますが、視聴しますか?》

『するする!っていうかチキンレース?』

《特務大尉が搭乗した試作兵器の通称です。テストパイロットが潰れるのが先か、技術的限界に行き当たるのが先かを揶揄していたようで、当時既に人間に扱えるぎりぎりだったようです。どうやら現在の特務専用機、"バード"の設計思想は、この機体から受け継がれたようです》

『後でそのチキンレースの3D写真をプリントして。バードの横に貼るから』

《処置無し。それでは再生します》

【いいですかエージェント。私が最大限サポートしますから、まずは宇宙での機動に慣れてく…っておい！？話聞いてました！？これから操作手順を説明するんですって！フットペダルから足を離して！今最大速度になってますから！離せって！ああ！？デブリが！？】

【アクセルとブレーキがわかれば、後は全部同じだ】

【んな訳あるか！ああちょっ！？デブリが目の前に！？】

【心配するな。俺は8歳くらいで車を乗り回してた。しこたま怒られたが】

【当たり前だ！というか車と一緒にするんじゃねえ！】

【この機体、いちいち遅いな。もっと速くできないのか？】

【なんだって！？】

【反応速度も遅ければ、機体の速度も遅い。本当に技術的に限界に近いのか？】

【実際普通の人間なら潰れてるよ！】

【はあ、今後に期待だな】

【だから止まれって！】

【そろそろ着くぞ】

【どこに！？】

【デブリを抜けて、お前の言った敵艦隊中央だ】

【げっ！？武器の使い方も知らないでしょうが！】

【そんなのはロウビームとハイビームみたいなもんだ】

【車のライトじゃねえか！いい加減車から離れろ！】

【やっぱり動きが硬いな。ん？なんだ少しはましになったな】

【フルマニュアルにするんじゃねえ！宇宙で溺れるぞ！】

【常々、クラシックのマニュアル車というものを体験したいと思ってたんだ。この宇宙時代のご時世、よっぽどの道楽じゃないと、マニュアル車なんてどこも造ってないからな。

よし、さあ行くぞ】

【くそがあああああ！】

≪以上で終了です≫

『流石特務だ！車を乗り回すみたいに！』

≪処置無し。私に体があれば、ザ・ファーストを心から慰めていたでしょう。この後、敵旗艦を撃沈した特務は、人類連合軍の船を誘導。マール星の避難民と残存部隊と共に、撤退に成功しました≫

『わかってないなあ。それで、この最初君は今まで聞いたことないけど、今どうしてるの？』

≪現在ザ・ファーストは、人類連合軍の基幹コンピュータとして、ありとあらゆる情報を統括する立場にあり、戦争初期からガル星人の言語体の翻訳、リヴァイアサンの解析、特務大尉の関わらない、できる範囲での戦略予想など、多岐にわたって活動しています≫

『へえ。特務の相棒を少し務めていたのに、もったいないなあ』

≪あの会話ログを聞いて、その感想しか出てこないなら、いよいよ処置無しと言わざるを得ません≫

『そんな事はないさ！さあ次の特務の活躍を見よう！』

≪処置無し≫

Powered Suits   Chicken Game   Bird

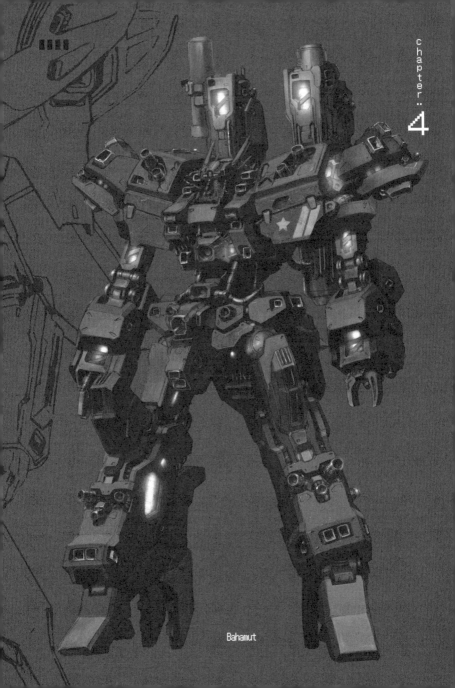

chapter:: 4

Bahamut

掲示板19　海の怪物

1：名無しの兵士さん
朗報 人類、失った星を全て取り戻す

2：名無しの兵士さん
やったあああああああ！

3：名無しの兵士さん
星系図が開戦前に戻ったあああああ！

4：名無しの兵士さん
いえええええい！

5：名無しの兵士さん
もう星系図に×印付いてるとこは無いぞおおお！

6：名無しの兵士さん
もう×印を見なくていいんだ！(^O^)

7：名無しの兵士さん
人類万歳！特務万歳！

8：名無しの兵士さん
特ｗ務ｗ

9：名無しの兵士さん
ｗｗｗｗｗｗ

10：名無しの兵士さん
電話一本でリヴァイアサンを呼んだからなあ…

11：名無しの兵士さん
特務！？自宅の自転車じゃないんですよ！？
特務！？

12：名無しの兵士さん
電話一本で最前線にやって来る、人類連合宇

宙艦隊総旗艦。

13：名無しの兵士さん
ま、まあ特務の車みたいなもんやし…

14：名無しの兵士さん
せ、せやな！

15：名無しの兵士さん
せやせや！

16：名無しの兵士さん
特務「タコも面子掛かってるから大艦隊で来る。リヴァイアサンよろ」

17：名無しの兵士さん
軽いｗ

18：名無しの兵士さん
司令部「はい特務＾＾！」

19：名無しの兵士さん
マジでタコも大艦隊やったからなあ…

20：名無しの兵士さん
そりゃあ、タコが今まで占領した、俺らの星の最後の一つだったからなｗ

21：名無しの兵士さん
今までの計画が全部パアｗ

22：名無しの兵士さん
ざまあｗ

23：名無しの兵士さん
タコ艦隊の数からみて、本気も本気だったのにｗ

24：名無しの兵士さん
いやあ、大艦隊は強敵でしたねｗ

25：名無しの兵士さん
タコに、次に戦艦作るときは、自分らで対処できるものにしとけって言っておいてw

26：名無しの兵士さん
タコ「元々自分とこで使う予定やったんやから、そんなこと考えんわ！」

27：名無しの兵士さん
まあその上で、操縦してた人が操縦してた人やからなあ…

28：名無しの兵士さん
ねーw

29：名無しの兵士さん
え？おれ知らないんだけど誰？

30：名無しの兵士さん
特務

31：名無しの兵士さん
特務やで

32：名無しの兵士さん
は？

33：名無しの兵士さん
だから、特務がリヴァイアサン動かしてたの！

34：名無しの兵士さん
あんたパイロットやろw

35：名無しの兵士さん
歩兵じゃい

36：名無しの兵士さん
いや、最終兵器そのものだから

37：名無しの兵士さん
それで、なんで特務が操艦してるんだよw

38：名無しの兵士さん
特務用の専用機は、今センターでオーバーホール中やったんや。

39：名無しの兵士さん
自分の専用機が無い←わかる
だから戦艦を操艦する←？？？

40：名無しの兵士さん
それなw

41：名無しの兵士さん
（何言ってんだこいつ？）

42：名無しの兵士さん
特務「操艦俺！」

43：名無しの兵士さん
特務「砲術長俺！」

44：名無しの兵士さん
特務「機関長俺！」

45：名無しの兵士さん
特務「艦長俺！」

46：名無しの兵士さん
全部やんけ！

47：名無しの兵士さん
オートメーションで、一人でできるリヴァイアサンが悪いとこあるから… その理屈はおかしい

48：名無しの兵士さん
特務「全体総指揮俺！」

49：名無しの兵士さん
うそやんw

50：名無しの兵士さん
え？マジ？

51：名無しの兵士さん
まじまじ

52：名無しの兵士さん
大マジなんだよなあ…

53：名無しの兵士さん
なんでやねんw

54：名無しの兵士さん
あれはシートベルトしてない司令官達が悪い。

55：名無しの兵士さん
なw

56：名無しの兵士さん
特務の操艦がまともなわけないやろ！

57：名無しの兵士さん
何があったんだよw

58：名無しの兵士さん
リヴァイアサンを奪った時に見せた、戦艦ドリフトを久しぶりにやったら、皆投げ出されて頭打って気絶した。

59：名無しの兵士さん
ふぁーwww

60：名無しの兵士さん
そしたら、ドリフトしながら反撃してた特務が指揮を引き継いで、特務大尉総指揮官が爆誕したわけ。

61：名無しの兵士さん
wwwwww

62：名無しの兵士さん
初めて聞いたわそんな単語w

63：名無しの兵士さん
将官でもねえのにw

64：名無しの兵士さん
なんなら佐官でもない

65：名無しの兵士さん
リヴァイアサン「この操艦はまさか特務！？」

66：名無しの兵士さん
通じ合ってるなこりゃ

67：名無しの兵士さん
流石特務の正妻

68：名無しの兵士さん
略奪愛の果てだからな

69：名無しの兵士さん
おれ、艦橋にシートベルトしっかり巻いていたけど、終始特務はご機嫌やったで。

70：名無しの兵士さん
せやろなあ…

71：名無しの兵士さん
戦闘速度中に、ほぼ90度垂直に上昇できるなんてあの艦だけやろ。

72：名無しの兵士さん
あの時はマジで死ぬかと思った

73：名無しの兵士さん
敵艦隊の集中砲撃で？それとも操艦で？

74:名無しの兵士さん
操艦で

75:名無しの兵士さん
前線で機動兵器乗っていたけど、あの時は目を疑ったね。

76:名無しの兵士さん
上方向に急上昇したと思ったら、そこをとんでもない数の戦艦の主砲レーザーが通り過ぎたからなあ…

77:名無しの兵士さん
特務！？戦艦は耐えるもので、避けるもんじゃないですよ！？特務！？

78:名無しの兵士さん
正妻のお肌に傷が付くのが嫌だったんやろ。

79:名無しの兵士さん
特務「やはりこの船だな。人型機動兵器に改造できないかな？それが無理なら車でもいいんだが」
俺「ですね！＾＾」

80:名無しの兵士さん
これはベテラン兵。

81:名無しの兵士さん
模範解答

82:名無しの兵士さん
思考停止しとるだけやろｗ

83:名無しの兵士さん
しっかし、やたらリヴァイアサンが前出てると思ったら、そういうことだったんスねえ。納得。

84:名無しの兵士さん
やたらどころじゃあないんだよなあ…

85:名無しの兵士さん
ほとんど単独で突出しとったやろｗ

86:名無しの兵士さん
特務「俺の場所が最前線だ！」

87:名無しの兵士さん
あんたが乗ってるの旗艦んんん！

88:名無しの兵士さん
特務「吶喊！」

89:名無しの兵士さん
やめてえええええええｗ

90:名無しの兵士さん
ラムアタックまでしとったからなあ…

91:名無しの兵士さん
見た見たｗタコの戦艦が、前から真っ二つになってたよなｗ

92:名無しの兵士さん
その上、いくらオートメーションが異常な船でも、ホンマに一人の人間が撃ってるんかい？ってくらいバカスカ撃ってたし。

93:名無しの兵士さん
しかも外さない

94:名無しの兵士さん
なｗ

95:名無しの兵士さん
陣形の空いた敵艦隊の中で、リヴァイアサンの外壁に張りついとった、精鋭の機動兵器部隊が、次々ブースター吹かしながら飛び立っ

たのは、すんげえ興奮したわ。

96：名無しの兵士さん
駆逐艦から見たけど、確かにあれは綺麗だった。ブースターの光を最初ミサイルかと思ってたら、機動兵器が周りの敵船に、主兵装ぶちまけしてたからなあ。

97：名無しの兵士さん
あの時の突入組だったけど、特務から、「これだけ大きい傷口なんだ、広げて出血死させてやれ」って言われた時は、部隊一同、サーイエッサー！だったわ。

98：名無しの兵士さん
俺もその場にいたかったなあ…

99：名無しの兵士さん
そしてリヴァイアサンはデスローリングw

100：名無しの兵士さん
周り中敵だらけやから、噛み応えがあったんやろうなあ。

101：名無しの兵士さん
ワニかw

102：名無しの兵士さん
海の魔獣だからあってるやろ(適当)

103：名無しの兵士さん
回転して、主砲の死角を無くしてただけや！

104：名無しの兵士さん
中のぼく「うっぷ」

105：名無しの兵士さん
三半規管壊れる

106：名無しの兵士さん
おろろろろろ

107：名無しの兵士さん
普通の戦艦くらい人がいたら、それだけで死人が出るw

108：名無しの兵士さん
(この船、やたら酸っぱい匂いがするな…)

109：名無しの兵士さん
なんでやろうなあ(すっとぼけ)

110：名無しの兵士さん
そんでリヴァイアサンはタコを食い散らかしたと。

111：名無しの兵士さん
ホンマに食い散らかしたからな…

112：名無しの兵士さん
クラーケンでもない、ただのタコなんていちころよ。

113：名無しの兵士さん
クラーケンでも食われるでしょうな

114：名無しの兵士さん
海の最強生物は、宙でも最強だった。

115：名無しの兵士さん
中の奴はもっとやべえけどな！

116：名無しの兵士さん
それなw

117：名無しの兵士さん
最強生物、その名は特務！

118:名無しの兵士さん
せやな！

119:名無しの兵士さん
せやせや！

120:名無しの兵士さん
特務！特務！特務！

121:名無しの兵士さん
特務！特務！特務！

122:名無しの兵士さん
このスレは特務を称えるスレになりました。

掲示板20　異星人

1:名無しの兵士さん
朗報 人類、ちゃんとした異星人と外交を結ぶ。

2:名無しの兵士さん
めでたい！

3:名無しの兵士さん
いやっほおおおお！

4:名無しの兵士さん
祝！

5:名無しの兵士さん
"ちゃんとした"ここ重要

6:名無しの兵士さん
最重要だ

7:名無しの兵士さん
タコ共は、こんにちウォー仕掛けてきたから
なあ…。

8:名無しの兵士さん
絶対に許さない

9:名無しの兵士さん
いやあ、ちょっと異星人の事について誤解し
てたわ。

10:名無しの兵士さん
大体タコのせい。

11:名無しの兵士さん
んだんだ

12:名無しの兵士さん
エルフ星人は！？サキュバス星人は！？

13：名無しの兵士さん
いない（無慈悲）

14：名無しの兵士さん
悲しいなあ…

15：名無しの兵士さん
そんなあああああああ！！！？？？

16：名無しの兵士さん
実際、どういう異星人なの？

17：名無しの兵士さん
単一種族じゃなくて、どうも星系連合みたい。

18：名無しの兵士さん
そうそう。鹿みたいな哺乳系に、蜘蛛、爬虫類みたいな感じ。

19：名無しの兵士さん
へえー

20：名無しの兵士さん
いつだったか、人間がいなかったら、蜘蛛か爬虫類が天下とったみたいなことを聞いたような。

21：名無しの兵士さん
蜘蛛かあ…。慣れないとヤバいよね？

22：名無しの兵士さん
まあね…

23：名無しの兵士さん
ま、まあ合同作戦とかはまだ先の話だから、そのうち慣れればええやろ。

24：名無しの兵士さん
アシダカグモ軍曹！？

25：名無しの兵士さん
リアルで見られる日が来るのかw

26：名無しの兵士さん
そろそろ会見？

27：名無しの兵士さん
せやな

28：名無しの兵士さん
うん？何の？

29：名無しの兵士さん
うちの大統領と、向こうの代表？大統領？みたいな人との。

30：名無しの兵士さん
そんな事があるのか。前線にいたからニュースに疎いんだよな。

31：名無しの兵士さん
どこでやんの？向こう？

32：名無しの兵士さん
そう。向こうの安全なとこでやるみたい。

33：名無しの兵士さん
ほへえ。

34：名無しの兵士さん
異星人と握手かあ。感慨深い。

35：名無しの兵士さん
ってもう始まってるじゃん！？

36：名無しの兵士さんほんまや！
記者団も行ってるのね。

37：名無しの兵士さん
そらそうやろ。数字稼げるからね。

38：名無しの兵士さん
ほえー。向こうの建築様式というか内装って変わってるねえ。

39：名無しの兵士さん
扉がデカい

40：名無しの兵士さん
色々種族がいるみたいだから、何でもかんでも余裕がある作りになったんだろ。

41：名無しの兵士さん
あ、入ってきた。

42：名無しの兵士さん
お、向こうの代表は鹿みたいな人なのね。

43：名無しの兵士さん
ねー

44：名無しの兵士さん
はへえー。立派な角。

45：名無しの兵士さん
こっちの大統領もダンディさで負けとらんぞ！

46：名無しの兵士さん
せやせや

47：名無しの兵士さん
なんかうちの大統領、入ってきた方をチラチラ見てるんだけど。

48：名無しの兵士さん
なんか揉めとるな。忘れ物か？

49：名無しの兵士さん
他星系連合にも放送されとるんやろ？ちゃんとしてえな。

50：名無しの兵士さん
ｗｗｗｗｗｗｗｗｗ

51：名無しの兵士さん
なんか一人変なのが入ってきたんですがｗ

52：名無しの兵士さん
なんでやねんｗ

53：名無しの兵士さん
ふぁあああああｗ

54：名無しの兵士さん
！！！！？？？？

55：名無しの兵士さん
とｗくｗむｗ

56：名無しの兵士さん
特務大尉入場ッッッッ！！！！！！

57：名無しの兵士さん
特務ワレ、何やってんねん！

58：名無しの兵士さん
特務「なんでこんなとこに…」

59：名無しの兵士さん
こっちが知りたいわいｗ

60：名無しの兵士さん
壇上上がっちゃったよｗ

61：名無しの兵士さん
すんげえ無表情ｗ

62：名無しの兵士さん
特務「前線帰りたい…」

63：名無しの兵士さん
絶対思ってるw

64：名無しの兵士さん
この場違い感w

65：名無しの兵士さん
人類代表と他星系連合代表、そして特務星人代表の会合であった。

66：名無しの兵士さん
代表同士が握手してるとこに、手を重ねちゃったよw

67：名無しの兵士さん
握手って文化、向こうにもあったんスねえ

68：名無しの兵士さん
違うそこじゃないw

69：名無しの兵士さん
なんで中央に立ってるのが特務なんだよw

70：名無しの兵士さん
腹痛いw

71：名無しの兵士さん
2人とも笑顔なのに、真ん中だけ真顔なんですがw

72：名無しの兵士さん
放送事故だろw

73：名無しの兵士さん
ここでとっておきの情報を。実は、向こうさんと初めて出会った時、そこには特務の姿が…。

74：名無しの兵士さん
ｗｗｗｗｗ

75：名無しの兵士さん
そんな気はしていた w

76：名無しの兵士さん
やっぱりねw

77：名無しの兵士さん
どうも向こうさんとタコが地上でやり合ってる最中に、特務が横から殴りこんだみたい。

78：名無しの兵士さん
戦艦にぶつかられるよりも強力な殴り。

79：名無しの兵士さん
ファーストコンタクトは特務だったのかあ…

80：名無しの兵士さん
人類勘違いされちゃう！？

81：名無しの兵士さん
俺らがタコと会った時より衝撃受けとるかもしれん

82：名無しの兵士さん
ていうかやっぱり向こうもタコと戦争中なのね…

83：名無しの兵士さん
知ってた(白目)

84：名無しの兵士さん
あいつら本当に所構わずだな…

85：名無しの兵士さん
そんでいつものように、特務がタコをボコった後に接触して今に至ると。

86：名無しの兵士さん
どうやって会話成立したん？タコのは翻訳済んでるけど、向こうもタコと言語一緒なの？

87: 名無しの兵士さん
いや、翻訳は最近終わったばっかり。

88: 名無しの兵士さん
じゃあどうやって？

89: 名無しの兵士さん
ジェスチャーw

90: 名無しの兵士さん
ぶほっ！？

91: 名無しの兵士さん
ふふってなったw

92: 名無しの兵士さん
基本中の基本…！

93: 名無しの兵士さん
流石やでえ…

94: 名無しの兵士さん
向こうさんに警戒されて銃向けられてたけど
…

95: 名無しの兵士さん
しゃーないw

96: 名無しの兵士さん
別に問題ないっしょ (鼻ほじ)

97: 名無しの兵士さん
いつものこと、いつものこと

98: 名無しの兵士さん
そんで特務が武器を投げ捨てて、一生懸命ジェスチャーして事なきを得ました。

99: 名無しの兵士さん
騙されないで！その人間？は素手でも全く問

題ないから！

100 名無しの兵士さん
まあねw

101: 名無しの兵士さん
ピースサインとかしてたのかなあ…

102: 名無しの兵士さん
ハートマークかもしれん。

103: 名無しの兵士さん
タイミングよく手を鳴らしてたのかもしれん。

104: 名無しの兵士さん
真顔で

105: 名無しの兵士さん
ｗｗｗ

106: 名無しの兵士さん
俺も、してたジェスチャーは、ようわからんかった。

107: 名無しの兵士さん
つまり、人類と他星系連合の架け橋やったから招待されたんやな！

108: 名無しの兵士さん
それもあるけど、どうも特務が行った星は、向こうさんが絶対に落としちゃダメだった重要星だったみたいで、失陥寸前のところを特務に助けてもらったから、恩人でもあるみたいやな。

109: 名無しの兵士さん
パパっと片付けたんやろうなあ…

110: 名無しの兵士さん
あちらさん「なんやこいつ！？」

111：名無しの兵士さん
俺らにもわからんw

112：名無しの兵士さん
君たちと掲示板で語り合える時を心待ちにしてるよ＾＾

113：名無しの兵士さん
そりゃあ楽しいお話をできるやろ＾＾

114：名無しの兵士さん
阿鼻叫喚の間違いやろ…

115：名無しの兵士さん
あちらさん大丈夫？発狂したりしない？

116：名無しの兵士さん
現実を認めるのに苦労しそう。

117：名無しの兵士さん
"まだ"単なる英雄やろ。

118：名無しの兵士さん
まだw

119：名無しの兵士さん
本性を知るのはこれからやろ…

120：名無しの兵士さん
恐ろしい…

121：名無しの兵士さん
なんでや！向こうにも特務みたいな人はいるかもしれんやろ！

122：名無しの兵士さん
(何言ってんだこいつ？)

123：名無しの兵士さん
いたらそもそも失陥の危機とかないんだよな

あ…

124：名無しの兵士さん
(ヾノ・∀・`)ナイナイ

125：名無しの兵士さん
な、なら特務の肉体的スペックを凌駕してるかもしれんやろ！

126：名無しの兵士さん
その特務のスペックを誰も知らないんだよなあ…

127：名無しの兵士さん
人類最上位でええやろ

128：名無しの兵士さん
そういう話になると、まず特務が人間かというういつもの議論になる。

129：名無しの兵士さん
んだw

130：名無しの兵士さん
せめて超能力があればワンちゃん。ある？

131：名無しの兵士さん
…ないかも

132：名無しの兵士さん
勘vs超能力 ファイッ！

133：名無しの兵士さん
勘の勝ちかもしれんw

134：名無しの兵士さん
ｗｗｗｗ

135：名無しの兵士さん
流石に調印はしないよね。だよね？

136：名無しの兵士さん
そりゃないやろ。きっと……。

137：名無しの兵士さん
想像したら涙出てきたｗ

138：名無しの兵士さん
一軍人が外交文書に調印ｗｗｗｗｗｗ

139：名無しの兵士さん
あり得るかもしれない。だって特務だぜ？

140：名無しの兵士さん
田舎の惑星から出てきたから、こっちを立ててくれてるんやろ(適当)

141：名無しの兵士さん
やな。あちらさんもかなり発展してるみたいやし。英雄やしな(デジャブ)

142：名無しの兵士さん
なーんか覚えがあるよなあ！

143：名無しの兵士さん
最初期の特務に対する人類かな？

144：名無しの兵士さん
あっ (察し)

145：名無しの兵士さん
これはワイらと同じルートですな…

146：名無しの兵士さん
せやな…

147：名無しの兵士さん
可哀想に…

148：名無しの兵士さん
しーらね

149：名無しの兵士さん
そのおだててるか気を使ってるかしてくれてる奴、とんでもない奴だからな！

150：名無しの兵士さん
会談終了！

151：名無しの兵士さん
お疲れ大統領！お疲れ特務！

152：名無しの兵士さん
言葉の並びよ。やっぱ笑えるわｗ

153：名無しの兵士さん
せやなｗ

154：名無しの兵士さん
特務「とっとと前線に帰ろう…」

155：名無しの兵士さん
苦虫噛み潰してそうｗ

156：名無しの兵士さん
なｗ

157：名無しの兵士さん
前線で待っとるで特務！

158：名無しの兵士さん
せやせや！

159：名無しの兵士さん
特務！特務！特務！

160：名無しの兵士さん
特務！特務！特務！

161：名無しの兵士さん
このスレは特務を称えるスレになりました。

掲示板21　星系連合からの警告

1：名無しの兵士さん
悲報 星系連合から、タコの超兵器に関しての情報を受け取る。

2：名無しの兵士さん
げ…

3：名無しの兵士さん
マジかよ

4：名無しの兵士さん
こっちより技術の進んでる、あちらさんが超兵器って呼ぶ代物かあ…

5：名無しの兵士さん
何かの戦いの時に完成図とスペック表を入手してるっぽい。まだ戦場で見かけた事ないみたいだから、完成する前になんとかしないといけないって、ウチに協議要請があったとか。

6：名無しの兵士さん
聞きたくないけどどんなの？

7：名無しの兵士さん
はあ…

8：名無しの兵士さん
憂鬱

9：名無しの兵士さん
どうも、一隻で星系連合の複数の艦隊を相手取れる超戦艦で。

10：名無しの兵士さん
嘘やろ…

11：名無しの兵士さん
げろげろ

12：名無しの兵士さん
ええ…

13：名無しの兵士さん
全長は数キロにもなって

14：名無しの兵士さん
ん？

15：名無しの兵士さん
あれ？

16：名無しの兵士さん
なんか…

17：名無しの兵士さん
聞いた事あるような…

18：名無しの兵士さん
装甲全部が超希少金属なんだって

19：名無しの兵士さん
ｗｗｗｗｗｗ

20：名無しの兵士さん
心当たりありますねえ！

21：名無しの兵士さん
僕知ってる！

22：名無しの兵士さん
なんか最近見たような…

23：名無しの兵士さん
完成したらタコの総旗艦になって、手が付けられないみたい。

24：名無しの兵士さん
奇遇ですね。ウチの総旗艦も似たような感じなんスわ。

25：名無しの技術員
？？？（え？装甲全部が超希少金属？）

26：名無しの技術員
？？？（この主砲の出力馬鹿じゃねえの？）

27：名無しの技術員
当時ざっと試算したら、人類連合の主力艦隊から一斉射撃食らっても平気だったのは血の気が引いた。

28：名無しの技術員
当時どころか今の複数艦隊でも太刀打ちできないんですがそれは……。

29：名無しの技術員
しかも主砲は、艦隊がどんなシールドを張ろうと消し炭にするときた。

30：名無しの技術員
これまたざっと計算したけど、有人惑星に主砲をぶちこんだらとんでもないことになる。

31：名無しの技術員
直撃したら原型を保てる存在はないと断言していいからな。宇宙空間からだろうが、都市に発射されたら穴しか残らない。

32：名無しの技術員
決戦勝利戦艦としか呼称できないレベル。

33：名無しの技術員
そんな化け物を解析するために、部門とか超えてマジで技術職全員呼び出されたからな…。

34：名無しの技術員
超ビッグプロジェクトだった。

35：名無しの技術員
偉い数学者まで何人も駆り出されたからなw

36：名無しの技術員
政府＆軍「協力して♡」

37：名無しの技術員
偉い先生たち「仕方ないなあ……」

38：名無しの技術員
政府＆軍「365日な！」

39：名無しの技術員
偉い先生たち「え！？」

40：名無しの技術員
豹変するな。

41：名無しの技術員
人類存亡の危機だから仕方ないね。

42：名無しの技術員
何処かで見た流れ。

43：名無しの技術員
特務「協力してタコを倒そう♡」

44：名無しの技術員
政府＆軍「そうだね！」

45：名無しの技術員
特務「366日な」

46：名無しの技術員
政府＆軍「え！？」

47：名無しの技術員
いつも見る流れ

48：名無しの技術員
当時のリヴァイアサン解析班の365日連勤はジョークだけど、特務の仕事時間はマジで366日連勤なんだよなあ。

49：名無しの技術員
有言実行とは流石やで。

50：名無しの技術員
ま、まあええやろ（震え声）それにしても戦艦のくせに、中にモノレールがあった時はぶったまげた。

51：名無しの技術員
あれなかったら足が逝ってた。

52：名無しの技術員
技術の吸い取りでバラすのが意味不明状態なら、組み立て直すのは地獄だった。

53：名無しの技術員
（このパーツなんで余ってるんだ？）

54：名無しの技術員
あったあったｗ

55：名無しの技術員
ほんまそれｗ

56：名無しの技術員
怒号と悲鳴が無い時なんて無かったからな。

57：名無しの技術員
親方ぁ！そもそもネジじゃないっす！

58：名無しの技術員
親方ぁ！寸法がそもそも違います！

59：名無しの技術員
親方「んなにいいいいいいいい！？」

60：名無しの技術員
初めての異種族との遭遇なんだぞ！工具の規格が合うわきゃねえだろ！

61：名無しの技術員
そんなことも当時はわからなかったんだよ！（逆ギレ）

62：名無しの技術員
負けっぱなしで、タコの物を鹵獲なんて夢のまた夢だったからな…。

63：名無しの技術員
そこへいきなり全長数キロの巨大戦艦ですよ。発狂したわ。

64：名無しの技術員
嘘つけ！特務は普通にこっちの停泊所までリヴァイアサンを連れてきただろ！

65：名無しの技術員
勘と一緒にすんな！

66：名無しの技術員
そうだ！こっちはきちんとわかってないといけねえんだよ！

67：名無しの技術員
俺「特務！？タコの技術がわかったんですか！？」　特務「勘」　俺「…」

68：名無しの技術員
いやあ、あの時は開いた口がふさがらなかったね。

69：名無しの技術員
アクセルとブレーキだけ知ってたらいいのとは訳が違うんだぞ！ふざけんな！

70：名無しの技術員
タコの戦車も航空機も、初めてなのに当たり前のように扱うんじゃねえ！

71：名無しの技術員
リヴァイアサン、ぴたっと宇宙停泊所に止まったからな…(遠い目)

72：名無しの技術員
主砲を撃ってって言われた当時の軍曹は、お前じゃねえんだぞ！って言いたかったろうな。

73：名無しの技術員
軍曹可哀想(;_:)

74：名無しの技術員
あの人、今どうしてんのｗ？

75：名無しの技術員
たしかセンターで鬼教官してるはず。

76：名無しの技術員
ははあｗ

77：名無しの技術員
階級も上がって尉官じゃなかったかな？

78：名無しの技術員
まあ、リヴァイアサンに突入した10人、全員昇進したからなｗ

79：名無しの技術員
そりゃあ英雄だからな。しかもどう考えても決死隊だったのに全員帰ってきたしｗ

80：名無しの技術員
なお特務ｗ

81：名無しの技術員
ｗｗｗｗ

82：名無しの技術員
思いっきり命令違反した挙句、無許可で宇宙船飛ばして、リヴァイアサンに突入したから

仕方ないねｗ

83：名無しの技術員
ウケるｗ

84：名無しの技術員
勲章だけで我慢してどうぞ

85：名無しの技術員
あれが初の銃殺刑？

86：名無しの技術員
多分そうｗ

87：名無しの技術員
初のって、何度も銃殺刑されてたまるかｗ

88：名無しの技術員
ｗｗｗｗｗ

89：名無しの技術員
引き留めた司令と、憲兵全員殴り飛ばしちゃったから、仕方ないね！

90：名無しの技術員
ね！

91：名無しの技術員
とんでもねえ極悪人で草ｗ

92：名無しの技術員
反乱じゃんｗ

93：名無しの技術員
流石やでえ

94：名無しの技術員
我が道を行きすぎい！

95：名無しの技術員
うっわ。今戦車来たけど、特注の輸送カーゴ
だわ。

96：名無しの技術員
当たり前だw

97：名無しの技術員
小型の宇宙船並なんだぞw

98：名無しの技術員
嫌だなあ。絶対数日帰れねえよ。

99：名無しの技術員
だな…

100：名無しの技術員
プログラムだけは先に吸い出してるんだけ
ど、戦闘資料の映像とかなり誤差があるんだ
よな。

101：名無しの技術員
ほほう？

102：名無しの技術員
どんな？

103：名無しの技術員
特務が乗ってから、タコの多脚戦車の主砲を
受けた場面なんだけど、そいつには回避プロ
グラムなんてないのに、しゃがんだり車体を
横にずらして避けてるんだわ。

104：名無しの技術員
うん？

105：名無しの技術員
シールドで防いだんじゃなくて？

106：名無しの技術員
うん。

107：名無しの技術員
ふむ。

108：名無しの技術員
…その戦車、フルマニュアルできる？

109：名無しの技術員
できる。え？

110：名無しの技術員
まさか…

111：名無しの技術員
うっそw

112：名無しの技術員
ええ…。

113：名無しの技術員
まっさかー

114：名無しの技術員
…ちなみに足何本？

115：名無しの技術員
左右3本ずつの計6本。ねえ寒気してきたん
だけど。

116：名無しの技術員
俺も…

117：名無しの技術員
ワイも…

118：名無しの技術員
まさか多脚戦車をフルマニュアルで操作し
て、タコ戦車の主砲を"避けた"の？

25：名無しの兵士さん
ってリヴァイアサンやんけ！！！！

26：名無しの兵士さん
たまげたなあw

27：名無しの兵士さん
そりゃあ見かけないでしょう…

28：名無しの兵士さん
もう完成してますよそれ！（大声）

29：名無しの兵士さん
ま、まあ超兵器という事に間違いないから…

30：名無しの兵士さん
そ、そうだな！

31：名無しの兵士さん
それで星系連合にそのこと教えたw？

32：名無しの兵士さん
もちw上を下への大騒ぎみたいだけどw

33：名無しの兵士さん
そりゃなw

34：名無しの兵士さん
星系連合「完成したらどうしようもない超兵器をタコが作っている！」俺ら「あ、それうちのです＾＾」

35：名無しの兵士さん
うーん意味不明w

36：名無しの兵士さん
いや、厳密にはうちのでもないけどなw

37：名無しの兵士さん
なw

38：名無しの兵士さん
星系連合「完成したらどうしようもない超兵器をタコが作っている！」特務「お気に入りのマイカーだ」

39：名無しの兵士さん
！！！！？？？

40：名無しの兵士さん
そういや特務の私物だったなあ…

41：名無しの兵士さん
マイカーw

42：名無しの兵士さん
はえー個人所有できるもんなんスねえ…

43：名無しの兵士さん
特務星からうちに貸し出されてるだけだから。

44：名無しの兵士さん
道理で電話一本で呼び出せるわけだ。

45：名無しの兵士さん
星系連合(何言ってんだこいつ？)

46：名無しの兵士さん
ほんまやでw

47：名無しの兵士さん
でも事実なんだよなあ…

48：名無しの兵士さん
あの外交式典も、実は人類連合と他星系連合の同盟じゃなくて、人類連合、他星系連合＋特務星人との3勢力同盟やったんやで。

49：名無しの兵士さん
特務が呼ばれた謎が解けた！！！！

50：名無しの兵士さん
ああーなーる。

51：名無しの兵士さん
特務星人一人しかいないんですが…

52：名無しの兵士さん
特務「代表俺！戦力俺！」

53：名無しの兵士さん
なんでもかんでも一人でしてるなあ(呆然)

54：名無しの兵士さん
困ったことに3勢力の主力軍なんだよなあ…

55：名無しの兵士さん
まてまて、星系連合にしたら意味不明だろ。
ちゃんとどうしてウチにあるか教えてあげた
のか？

56：名無しの兵士さん
うん。でも…

57：名無しの兵士さん
いや、言いたいことはわかる。

58：名無しの兵士さん
そうそう。

59：名無しの兵士さん
特務「実は盗品だ」

60：名無しの兵士さん
ぷっw

61：名無しの兵士さん
ぶふっw

62：名無しの兵士さん
タコ「盗難届出さないと…」

63：名無しの兵士さん
びりびり

64：名無しの兵士さん
受け取り拒否！

65：名無しの兵士さん
信じてくれそうにないw

66：名無しの兵士さん
星系連合「翻訳機の故障か」

67：名無しの兵士さん
ほんこれw10人くらいで拿捕しましたって
言っても向こうさん、誰も信じてくれないん
だものw

68：名無しの兵士さん
そらなw

69：名無しの兵士さん
ウケるんだけどw

70：名無しの兵士さん
懇切丁寧に、全く嘘を言わず、包み隠さずに
言うとですね。パクりました。

71：名無しの兵士さん
ｗｗｗｗｗｗｗ

72：名無しの兵士さん
いやあ、その場にいたかったわw
全員(°д°)ポカーンだろw

73：名無しの兵士さん
ほんまにそうやったw

74：名無しの兵士さん
主犯は調印式に出てた奴です。

75：名無しの兵士さん
それもちゃんと教えたw

76：名無しの兵士さん
悲報 特務、星系連合にもヤバい奴だと伝わる。

77：名無しの兵士さん
どうも現場で交流してると、特務と最初に会った軍人はやべえ奴だと思ってるけど、それ以外だと、調式に出てた人類の英雄さん？程度。

78：名無しの兵士さん
知らないって幸せなんだね…

79：名無しの兵士さん
せやな…

80：名無しの兵士さん
そういや、ファーストコンタクトの時、特務は何やらかしたの？

81：名無しの兵士さん
あ、それ気になる。

82：名無しの兵士さん
タコの兵器に、ホバリングしながら火力投射してくる、ヘリみたいな運用してるやつあるじゃん。平べったい円盤みたいなやつ。

83：名無しの兵士さん
ああ、はいはい。

84：名無しの兵士さん
あるね。

85：名無しの兵士さん
そいつが星系連合の拠点を襲ってたのを、崖の上から俺らが見つけたのが一番最初の状況。

86：名無しの兵士さん
ふむふむ。

87：名無しの兵士さん
すると何を思ったか、特務は崖の上から飛び降りて、円盤の上に着地しました。

88：名無しの兵士さん
うん？

89：名無しの兵士さん
？？

90：名無しの兵士さん
ちょっと眼鏡変えてくる。

91：名無しの兵士さん
俺もコンタクトを…

92：名無しの兵士さん
そしたら特務は、コクピットのタコをガラス越しから撃ち殺すと、操縦席を乗っ取って、タコの円盤を攻撃し始めました。

93：名無しの兵士さん
淡々と進めるなw怖いわw

94：名無しの兵士さん
タコのガラスを打ち抜くとか、どんだけ化け物な銃使ってんねん…

95：名無しの兵士さん
軍人でも発砲の衝撃で骨折する奴

96：名無しの兵士さん
ひょえ

97：名無しの兵士さん
そんで円盤の弾が切れたら、また次の円盤に飛び移ってを延々と繰り返して、気がつけば

…

98：名無しの兵士さん
こっわ

99：名無しの兵士さん
特務！？大気圏内なんですよ！？人間は空を
飛ぶなんてできないんですよ！？特務！？

100：名無しの兵士さん
それくらい余裕よ

101：名無しの兵士さん
んだんだ

102：名無しの兵士さん
そりゃあ向こうさんもビビるわ。

103：名無しの兵士さん
慣れてる俺でもビビるかもしれんw

104：名無しの兵士さん
そいつ人間やないから一緒にせんといてな！

105：名無しの兵士さん
完璧に人間に偽装してるからなあ…

106：名無しの兵士さん
人の皮を被った特務星人

107：名無しの兵士さん
星系連合「なんやこいつ！？」

108：名無しの兵士さん
でも知ってるのは一部だけなんでしょ？

109：名無しの兵士さん
せや。ほーん、人類に凄い奴がいるらしいな、
って程度や。

110：名無しの兵士さん
昔のワイ「ほーん。田舎の惑星で、タコ相手
に頑張った奴がいるみたいやな」

111：名無しの兵士さん
ワイにも覚えがありますねえ…

112：名無しの兵士さん
俺らと同じ道を…

113：名無しの兵士さん
星系連合「はい特務！＾＾」

114：名無しの兵士さん
これはベテラン兵の鑑

115：名無しの兵士さん
精神汚染かな？

116：名無しの兵士さん
特務が向こうさんと合同作戦するのいつ頃？

117：名無しの兵士さん
いや、予定はないみたい。こっちの第一陣の
名簿に無かった。

118：名無しの兵士さん
あら。

119：名無しの兵士さん
しゃーない。

120：名無しの兵士さん
向こうの指揮官の首をキュッとしたら外交問
題になるからな…

121：名無しの兵士さん
特務「お前の作戦では無理だ(きゅっ)」

122：名無しの兵士さん
特務ならやる(断言)

123：名無しの兵士さん
絶対やる

124：名無しの兵士さん
人類連合「こっちで銃殺刑にしときました…」

125：名無しの兵士さん
星系連合「ならあの前線にいる奴はなんや？」

126：名無しの兵士さん
人類連合「さ、さあ…」

127：名無しの兵士さん
(形式上)銃殺刑にしました

128：名無しの兵士さん
銃殺刑の形式とはたまげたなあ…

129：名無しの兵士さん
形式と言えば、軍籍剥奪はされてないまま執行だから、柱に縄と目隠し以外にも、ちゃんと特務大尉の階級章のシールを貼ってるみたいやな。

130：名無しの兵士さん
ｗｗｗｗｗｗｗ

131：名無しの兵士さん
形式にこだわりすぎいいい！

132：名無しの兵士さん
アホやろｗ

133：名無しの兵士さん
うーん生真面目。

134名無しの兵士さん
ま、まあそれなら、特務は暫くゆっくりできるやろ。

135：名無しの兵士さん
せ、せやな！まずはあちらさんとの合同作戦で、星系連合が失地回復してから連携するみたいやし！

136：名無しの兵士さん
どうもその間、特務は星系連合の技術で、専用機を改造しようとしているらしい…。

137：名無しの兵士さん
これ以上改造してどうすんだよｗ

138：名無しの兵士さん
最初の機体名がチキンレースだったのに、うっかり崖から羽ばたいちゃったから、次の機体名がバードになった話スキ♡

139：名無しの兵士さん
ブレーキとか絶対踏まないからな…

140：名無しの兵士さん
せやなｗ特務じゃなきゃ、そのまま崖から落ちてたんだよなあ…

141：名無しの兵士さん
じゃあ！機体が強くなるってことは、特務の戦場での活躍は更に約束されてるんやな！

142：名無しの兵士さん
せやな！

143：名無しの兵士さん
せやせや！

144：名無しの兵士さん
特務！特務！特務！

145：名無しの兵士さん
特務！特務！特務！

146：名無しの兵士さん
このスレは特務を称えるスレになりました。

掲示板22　笛の怪物

1：名無しの兵士さん
悲報 新型特務専用機、実戦投入されてしまう。

2：名無しの兵士さん
悲……報？

3：名無しの兵士さん
朗報ちゃうんかいw

4：名無しの兵士さん
タコにとってはやろ

5：名無しの兵士さん
あーね

6：名無しの兵士さん
欠陥機やったんか？

7：名無しの兵士さん
まるで今まで乗ってたチキンレースとバード
が、欠陥機じゃなかったかのような物言い。

8：名無しの兵士さん
それw常に欠陥機乗ってたからw

9：名無しの兵士さん
え！？軍の兵器なのにたった一人しか乗れな
い！？

10：名無しの兵士さん
しかも許可がいるとか単座とか関係なしに、
技量的に扱えないというw

11：名無しの兵士さん
星系連合と散々揉めたやつ？

12：名無しの兵士さん
そう、その揉めてたやつw

13：名無しの兵士さん
ええ…

14：名無しの兵士さん
何があったんや…

15：名無しの兵士さん
全ての発端は、星系連合の重要惑星の陥落を
防いだ特務が、扱える機体が無くて困ってる
という事を聞いたのが原因。

16：名無しの兵士さん
ほうほう。

17：名無しの兵士さん
ふむ。

18：名無しの兵士さん
そっから、俺らの英雄だし向こうにとっても
恩人でもあるから、一機くらいなら新しいの
作って、よいしょしておこうと考えたっぽい
んだよな。

19：名無しの兵士さん
あ…

20：名無しの兵士さん
これはいけない。

21：名無しの兵士さん
やってしまいましたなあ…。

22：名無しの兵士さん
軽い気持ちやったんやろうなあ…

23：名無しの兵士さん
まずは現場の技術交流から。

24：名無しの兵士さん
こっち貰いっぱなしやろw

25：名無しの兵士さん
ありがたや

26：名無しの兵士さん
あんまりいい事じゃないけどなw舐められる
から…

27：名無しの兵士さん
いや、それがそうでもなくて、リヴァイアサ
ンやらカブトムシなんかから吸い出したタコ
の技術とか、それをこっちで人類風に発展さ
せた技術にかなり食いついてた。もちろん最
重要は見せてないけど、まあ、それはお互い
様っしょ。

28：名無しの兵士さん
ほへえ。ありがとうタコ君！君たちの技術は
役立ってるよ！

29：名無しの兵士さん
両方特務が無傷で盗んだやつやんけ！

30：名無しの兵士さん
まあそんなわけで、現場の技術者たちは、最
初は仲良くやってたんや。

31：名無しの兵士さん
最初w

32：名無しの兵士さん
うーん期間限定w

33：名無しの兵士さん
そこに特務が来るまでは…

34：名無しの兵士さん
悪魔が来たぞおおおおお！

35：名無しの兵士さん
無茶振り！無茶振り！無茶振り！

36：名無しの兵士さん
いや、ホンマに無茶振りするんだって！

37：名無しの兵士さん
開発組の俺が特務の要求を教えてやろう。

38：名無しの兵士さん
絶対ぶっとんでる(確信)

39：名無しの兵士さん
正気を疑いそう(確信)

40：名無しの兵士さん
１、特務「ずっと戦えるようにしてください」
要約

41：名無しの兵士さん
しょっぱなから無茶なｗ

42：名無しの兵士さん
ずっとってどれくらいだよ！

43：名無しの兵士さん
もう頭痛いｗ

44：名無しの兵士さん
２、特務「装甲とかいらないんで、取り外してもいいです。だから思い通りに動かさせてください」

45：名無しの兵士さん
2重の意味で無茶なｗ

46：名無しの兵士さん
いらないわけないだろ！それと、あんたの思い通りに動かすなんて無理なんだよ！

47：名無しの兵士さん
馬鹿じゃねえのｗ

48：名無しの兵士さん
弾なんて当たらないという凄みを感じる。

49：名無しの兵士さん
３、特務「いっつも弾切れして困ってます。なんとかしてください」

50：名無しの兵士さん
1と一緒じゃねえか！

51：名無しの兵士さん
それだけ不満なんだろｗ

52：名無しの兵士さん
４、特務「普通の人の限界値よりもずっと上でお願いします」

53：名無しの兵士さん
はなからそうだよ！

54：名無しの兵士さん
チキンレースの時点で常人には無理なんだよ！

55：名無しの兵士さん
バードはもう人間が乗る機体じゃねんだよ！

56：名無しの兵士さん
大体以上が特務の要求になる。

57：名無しの兵士さん
要求×　無茶振り〇

58：名無しの兵士さん
現場「どうしろってんだ…」

59：名無しの兵士さん
特務の欲しい能力の数値を書き出したら、星系連合の人らに、そっちは無人機だから生身に縛られてないのかって感心されたよ。

60：名無しの兵士さん
ナチュラルに人が乗るって考えが出ないスペックかいw

61：名無しの兵士さん
いいえ有人です。

62：名無しの兵士さん
そこからが地獄の始まりですよ…。生物が動かすには絶対無理だからやめとけっていう、あちらの技術者をなんとか説得して、設計に取り掛かったけど…

63：名無しの兵士さん
特務の要求通りのスペックなんだろw？向こうが正しいw

64：名無しの兵士さん
生物じゃないから平気平気

65：名無しの兵士さん
やっぱりサイボーグ…

66：名無しの兵士さん
いやあしんどかった。まず、ずっと戦えるっていう訳わからん要求から蹴躓いたからね。

67：名無しの兵士さん
そりゃそうだw

68：名無しの兵士さん
どうせえとw

69：名無しの兵士さん
幸い、バラしたカブトムシの一号機の動力炉を、あちらさんの技術でなんとかシェイプアップして、人型機動兵器に搭載できたんだわ。これ本当に機動兵器？って出力になったけどw

70：名無しの兵士さん
そらそうだwほとんど陸上戦艦だろあれw

71：名無しの兵士さん
すげえ早そう…

72：名無しの兵士さん
いや、マジで速いなんてモンじゃないから。ワープ考えないなら、人類が持ってる中で一番速いんじゃねえかな？しかも運動性落ちてないし。

73：名無しの兵士さん
代わりにマジで装甲無い上に、乗ったら有機生物なら間違いなくミンチになるけどｗｗ

74：名無しの兵士さん
げええw

75：名無しの兵士さん
有機生物じゃないからセーフ

76：名無しの兵士さん
うそやろw

77：名無しの兵士さん
ほんとほんと。兵器って言うか、人型兵器の形したジェネレーター

78：名無しの兵士さん
まさにそれw

79：名無しの兵士さん
一発でもどっかに当たると、エネルギーが暴走してボカン

80：名無しの兵士さん
爆弾じゃねえかw

81：名無しの兵士さん
特攻兵器に違いない。

82：名無しの兵士さん
そんで弾の方はどしたん？

83：名無しの兵士さん
もう思い切って、全部ビームにした。出力お化けだから余裕で出せる。

84：名無しの兵士さん
思い切ってって言うけど、めんどくさくなった、だけじゃないっすかね？

85：名無しの兵士さん
ぎく

86：名無しの兵士さん
弾じゃないから、弾切れは起きないという逆転の発想。

87：名無しの兵士さん
両手にビーム砲。両腕に内蔵ビーム。両肩からビーム砲。両腰にビーム砲。つま先に内蔵ビーム。これが武器

88：名無しの兵士さん
？

89：名無しの兵士さん
大丈夫？お医者さん行く？

90：名無しの兵士さん
何言ってんだおめえ？

91：名無しの兵士さん
ビームがゲシュタルト崩壊起こしそうなんだけど。

92：名無しの兵士さん
ジェネレーターが動いてんのか、ビーム兵器が動いてんのかもう訳わかんねえな…

93：名無しの兵士さん
星系連合の人らも、作ってる時は目が死んでたからな。

94：名無しの兵士さん
そりゃ超高価な産廃作ってるんだからなｗ意味のねえｗ

95：名無しの兵士さん
だがしかし…

96：名無しの兵士さん
奴が…

97：名無しの兵士さん
そこにはできた完成機をぶん回す特務の姿が…

98：名無しの兵士さん
やっぱりねｗ

99：名無しの兵士さん
知ってた(白目)

100：名無しの兵士さん
いやあ、あちらさんの表情ときたらｗ

101：名無しの兵士さん
見たかったような見たくないような…

102：名無しの兵士さん
叩きだしてる数値を二度見三度見ｗ

103：名無しの兵士さん
現実が間違ってるからしゃあない。

104:名無しの兵士さん
そんで話は最初に戻って、ワープ船で星系連合に遠征してる部隊と合流して、実戦に投入したという訳。

105:名無しの兵士さん
テストほとんどしてねえじゃんw

106:名無しの兵士さん
あの時ビームバラまいてたのやっぱりその機体か…

107:名無しの兵士さん
マジで鎧袖一触だったからな…

108:名無しの兵士さん
敵艦隊のド真ん中で遊んでましたね…

109:名無しの兵士さん
ビームにスライスされてたからなあw

110:名無しの兵士さん
そんで肝心な特務の感想は？

111:名無しの兵士さん
テスト中に鼻歌歌ってたぞ

112:名無しの兵士さん
これはお気に入り間違いなし！

113:名無しの兵士さん
愛人がついにでき上がってしまったのか…

114:名無しの兵士さん
ミンチ製造機の中で鼻歌かあ…

115:名無しの兵士さん
やっぱ特務はすげえな！

116:名無しの兵士さん
せやな！

117:名無しの兵士さん
せやせや！

118:名無しの兵士さん
特務！特務！特務！

119:名無しの兵士さん
特務！特務！特務！

120:名無しの兵士さん
そういや機体の名前は？

121:名無しの兵士さん
ああ忘れてた。特務が直接名付けてね。"バハムート"だってさ。

…… …

皆様がご覧になっているのが、ガル星人との戦争。通称、ショックウォー後期に、かの特務大尉が搭乗していた事で知られる人型機動兵器"バハムート"になります。

カラーリングは特務大尉のパーソナルカラーとも言える深い青色で、当時の機体としてはかなり大型でマッシブ、全体的なパーツがやや四角なのが特徴的です。

星系連合との技術交換もあり、一説には戦艦に匹敵する出力を得た本機は、圧倒的な推進力と運動性、全身から発射されるビーム兵器を搭載しており、当時の技術体系の頂点とも言える機体でした。しかも、パイロットの事を全く考慮していないスペックであったため、戦後20年たった今でも、この機体を凌ぐ機体は現れていません。

現に特務大尉はこの機体で、戦争後期に確認されただけでも、ガル星人の戦艦89隻、戦闘空母104隻、巡洋艦573隻、駆逐艦1152隻、その他小型艇、戦闘機に関しては総数不明と、華々しいという言葉では表せないほどの大戦果を挙げています。

しかし、その代償として先程も述べたように、パイロットの安全を全く考えず、人間が耐えることのできない速度や、装甲が無く、むき出しと言っていいジェネレーターなど、兵器と言うにはあまりにも極端な本機は、特務大尉のMIAに伴い、誰も動かすことができず、今はこうして博物館に安置されています。

センター終戦記念博物館でのガイドより

星系連合交流所

ゲスト
人類連合と交流し始めて、大体の事がわかってきたね。

ゲスト
そうだね。彼等はどうやら、猿が進化して誕生したようだ。

ゲスト
なるほど。どこかで蜘蛛やトカゲがいなければ、猿が星を支配したという文献を見たけど、人類連合はまさにそれだったんだね。

ゲスト
彼等もガル星人に？

ゲスト
うん。どうやらそうみたいだ。我々と同じく、ファーストコンタクトが攻撃だったらしい。

ゲスト
ガル星人は恥を知るべきだ。遠い星の海を越えて、せっかく出会えたというのに、対話も無く攻撃だなんて。

ゲスト
科学とか文明はどうなんだい？

ゲスト
一度彼等の母星、"中央"に行ったけど、かなり歪だった。どうやらガル星人に、滅亡一歩手前まで追い込まれてたみたいで、そのせいか軍事技術は目を見張るものがあったけど、他のは我々よりも少し下と言った感じだね。

ゲスト
我々も人のことを言えないだろう？ここ数十年で、軍事技術が最優先になってるからね。

ゲスト
確かに。しかし、母星の名前が中央とは、随
分わかりやすいね。

ゲスト
翻訳機がまだ完璧ではないから、直球な表現
になっているかもしれない。その中央星の元
の名前は、"地面の球"と表現されるし。

ゲスト
ああ、まだ翻訳機が十分でないね。名前じゃ
なくて、そのままだもの。

ゲスト
軍事技術で思い出したけど、彼等がガル星人
の、決戦戦艦を奪取しているのは本当なのか
い？

ゲスト
それは間違いない。人類連合が派遣してくれ
た、艦隊の総旗艦がまさにそれだった。

ゲスト
なんてことだ。我々が怯えていた戦艦が、知
らないうちにガル星人から盗まれていたなん
て。

ゲスト
ガル星人のログを解析しているが、どうやら
絶対に勝てると確信していた、人類連合との
戦いでテストをしてから、こちらの戦線に配
備するつもりだったらしい。

ゲスト
つまり戦艦としての処女航海で拿捕されたの
かい？

ゲスト
そうなる。

ゲスト
きっと、とんでもない犠牲の上で、奪取した
のだろう。人類連合の英霊たちに感謝を。

ゲスト
いや、それが変なんだ。何度翻訳機に掛け直
しても、10数人が小型船で乗り込んで奪取し
たとしか、翻訳できないんだ。

ゲスト
それこそ故障じゃないのかい？

ゲスト
いや、流石に数を間違えるほど、翻訳機の性
能は悪くない。奪取作戦だって、ある程度、
図と動画で説明してもらったから、間違いな
いはずだ。

ゲスト
その奪取作戦だけど、どうやら我々と彼等の
調印式で出ていた、人類連合の英雄が成し遂
げたらしい。

ゲスト
真ん中にいた彼？

ゲスト
そう。

ゲスト
我々と人類連合の、ファーストコンタクトの
時にもいたんだろ？それを代表して、出てた
だけじゃないの？

ゲスト
その時に前線にいて彼の活躍を見たけど、彼
は本物の英雄だ！　いったい誰が、敵の航空
兵器に飛び移って、そのまま次々と撃ち落と
せる？

ゲスト
その話をよく聞くけど、どうも想像できない。

ゲスト
確かに。

ゲスト
いや、彼が言っていることは間違いない。私もエンジニアとして、その英雄の機体を作る仕事に従事したけど、彼が叩き出した数値は、星系連合内に存在する、どの種族でも成し遂げられないようなものばかりだった。

ゲスト
ちょっと自分が聞いた話とは違うな。あの会見は、人類連合と星系連合、そして、真ん中に座っていた彼の母星、特務星という星の、3連合を結ぶための式だったと、人類連合の兵士に教えてもらったんだけど。

ゲスト
ああ、それは私も聞いた。なんでも彼は、特務星という星から派遣された兵士で、特務という名前らしい。

ゲスト
星の名前と彼の名前は一緒なのか。おそらく星の期待を一身に背負うほど、素晴らしい人物なのだろう。

ゲスト
いや、どうやら、その星の住人はいまや特務1人らしくて、最後の生き残りらしい。

ゲスト
ああなるほど。ひょっとしたら、自分の星の名前が失われるのを恐れて、そう名乗っているのだろう。

ゲスト
それとどうやら、特務星人は人類とそっくりの外見だが、中身は全く違うようで、人類がよく彼と一緒にしないでくれと言っていた。特務星人には可能でも、人類には全くできない事の方が多いらしい。

ゲスト
納得がいった。出会った時の戦いで彼が率いていた部隊は、我々と同じように、空に銃を撃っているだけだったからね。誰も空に飛んでいなかった。

ゲスト
そんなに凄かったのかい?

ゲスト
ああ、鳥星人の私が言うんだから間違いない。我々の祖先のように、彼は円盤兵器に次々と乗り移っていたんだ。空を飛んでいる奴をだぞ?見えなかったが、多分、翼があったんだろう。ひょっとしたら、それこそ特務星人の祖先は鳥だったのかもしれない。彼にシンパシーを感じているよ。

ゲスト
そういえば、彼の専用機を作ったって言ってた人がいたね。その機体は、今どこで何をしてるんだい?

ゲスト
最近、宇宙での戦闘で、ビームをやたらと発射している機体を見た事ないかい?それさ。

ゲスト
見た事あるな。あれがそうだったのか。

ゲスト
ガル星人の艦隊に、真っ先に突入している機体?あれにその彼が乗っているのかい?

ゲスト
そう。その真っ先に突入している機体さ。

ゲスト
空間認識にも優れているのか。やはり彼は鳥が祖先に違いない。

ゲスト
彼のお陰で、宇宙戦では向かうところ敵なしなんだ。

ゲスト
まさに英雄だね。

ゲスト
そんな彼の母星に、今は誰もいないなんて寂しすぎるよ。落ち着いたら、行こうと思ってるんだ。

ゲスト
それはいいね！

ゲスト
いい考えだ！

ゲスト
ああそれと、彼の話を纏める時にどうすればいいか、人類連合の兵士に聞いててね。

ゲスト
ああ私もだよ。

ゲスト
わたしも。

ゲスト
じゃあちょっとやってみようか。

ゲスト
そうだね。

ゲスト
いくよ。

ゲスト
特務！特務！特務！

ゲスト
特務！特務！特務！

ゲスト
このスレは特務を称えるスレになりました。

掲示板23　無茶な

1：名無しの兵士さん
悲報 星系連合による、我々への無茶振りが
酷い。

2：名無しの兵士さん
それな…

3：名無しの兵士さん
酷いよ星系連合の人達！

4：名無しの兵士さん
最初の頃はあんなに仲良しだったのに！

5：名無しの兵士さん
星系連合「空を飛べるって本当？」

6：名無しの兵士さん
星系連合「隠れた事がないって聞いたんだけ
ど」

7：名無しの兵士さん
星系連合「弾を避けられるんじゃないの？」

8：名無しの兵士さん
俺「」

9：名無しの兵士さん
これが相互不理解…！

10：名無しの兵士さん
いやーきついっす。

11：名無しの兵士さん
(ヾノ・∀・`)ムリムリ

12：名無しの兵士さん
できる訳ねえだろ！

13：名無しの兵士さん
まあ、原因はわかってる。

14：名無しの兵士さん
そうだな…

15：名無しの兵士さん
大体特務のせい。

16：名無しの兵士さん
特務が大暴れするたびに、俺らに風評被害が
…。

17：名無しの兵士さん
風評…被害？

名無しの兵士さん
18：あながち間違ってないw

19：名無しの兵士さん
特務コラァ！タコの防御陣地の前で、君なら
一人でどうにかできるよね、って言われた俺
の気持ちがわかるか！？

20：名無しの兵士さん
死ぬわw

21：名無しの兵士さん
特務「頑張れ♡」

22：名無しの兵士さん
その特務も、できないのか？って平気で言い
そうw

23：名無しの兵士さん
無茶なw

24：名無しの兵士さん
人類と特務を一緒にするのは甚だ遺憾である。

25：名無しの兵士さん
でもあちらさんは区別できてないんだよなあ
…

26：名無しの兵士さん
外見は同じだからしゃーない。

27：名無しの兵士さん
俺だって蜘蛛星人の見分けつかないもん。

28：名無しの兵士さん
んだんだ。体色の違いで、大雑把に区別して
るだけだから。

29：名無しの兵士さん
毛並みまでわかってから一流。

30：名無しの兵士さん
（あの毛の色は、補給官の人？いや、事務員？
それとも食堂の？あれれ？）

31：名無しの兵士さん
ほんとこれ、マジでわからん。多分向こうも
同じだから、特務と一緒にされるのは仕方な
いってw

32：名無しの兵士さん
いうてDNAから違う人と比べられてもね？

33：名無しの兵士さん
星系連合「あ、そうなんだ」

34：名無しの兵士さん
いや、違うといや違うんだけど、同じという
か同じでないというか…

35：名無しの兵士さん
星系連合「？？？」

36：名無しの兵士さん
このもどかしさよw

37：名無しの兵士さん
素でそう捉えられるから、ちょっと困ってる
w

38：名無しの兵士さん
星系連合「調印式に出てた人、特務星ってと
ころの特務星人なんだね」

39：名無しの兵士さん
一緒に飯食ってる時にそれ言われて、飲んで
るもの噴き出したわw

40：名無しの兵士さん
誰だよそんな事教えた奴！。

41：名無しの兵士さん
いやでも、特務は俺らと同じ人類で、人類は
弾を避けられないし、地雷原をそのまま突っ
切ることはできないし、素手でタコの頭をパ
アンってできないし、なんなら一人でタコの
基地を落とせません、って言わないといけな
いんだぞ？

42：名無しの兵士さん
矛盾が生じるんだよなあ…

43：名無しの兵士さん
でもあの人できてるじゃんってなるからな…

44：名無しの兵士さん
そうなんだよw至る所で星系連合がそれを見
てるから、人類はできませんって言った時に、
一番無難な答えで、特務は人類じゃない、特
務星人ですって言った方が、圧倒的に早く理
解される。

45：名無しの兵士さん
それで特務星人ってやたらと聞くのか…。掲示板でしか通用しない言葉が、急にあちらさんから振られて戸惑ったわ。

46：名無しの兵士さん
今掲示板に来たけど、特務も、俺らが無茶振りされてることを気にしてるんだよな。

47：名無しの兵士さん
おお、そうなのか！

48：名無しの兵士さん
原因はあんたって言っちゃダメ？

49：名無しの兵士さん
きゅってされてもいいならなｗ

50：名無しの兵士さん
きゅっ

51：名無しの兵士さん
ひょえ

52：名無しの兵士さん
それで特務は？

53：名無しの兵士さん
こってこてな宇宙人の触角付けてる。

54：名無しの兵士さん
？？？？

55：名無しの兵士さん
なんか話飛んだ？

56：名無しの兵士さん
異次元には飛んだと思う。

57：名無しの兵士さん
なんだって？

58：名無しの兵士さん
だから！まだ石油時代辺りに想像されてた、宇宙人の触角付けてるの！

59：名無しの兵士さん
頭から2本ぴろーんと出て、先っぽが丸い感じのやつ？

60：名無しの兵士さん
まだ宇宙船が円盤って思われてた頃の？

61：名無しの兵士さん
そうそれ。

62：名無しの兵士さん
(。´･ω･)?

63：名無しの兵士さん
(何言ってんだこいつ？)

64：名無しの兵士さん
俺らへの無茶振りを、特務が気にしてる。←流石特務。 だから宇宙人の触角付ける←？？？？？

65：名無しの兵士さん
いや、流石に基地にいる間だけだよ？

66：名無しの兵士さん
そういう問題やない。

67：名無しの兵士さん
基地ではマジで付けてるのか…(困惑)

68：名無しの兵士さん
え？マジで？

69：名無しの兵士さん
まじまじ。基地に帰ったら、頭にスチャって
装着してる。

70：名無しの兵士さん
ヘルメットと勘違いしてない？

71：名無しの兵士さん
頭とお腹両方痛いんだけど。

72：名無しの兵士さん
特務星人をアピールしてくれとるんやろ…。

73：名無しの兵士さん
流石特務やでえ。気遣いの塊や。

74：名無しの兵士さん
その気遣い、ちょっと斜め下に突き抜けてる
んだけど…。

75：名無しの兵士さん
ちょっとコスチュームチェンジしたかったん
やろ…

76：名無しの兵士さん
最前線だぞw戦闘服以外ある訳ねえだろw

77：名無しの兵士さん
だから頭に付けてるんだろ！（逆切れ）

78：名無しの兵士さん
頭はそもそもヘルメットだろうが！（全切れ）

79：名無しの兵士さん
じゃあヘルメットの上に付けたらいいだろう
が！

80：名無しの兵士さん
それもそうだな（納得）

81：名無しの兵士さん
納得するのか（困惑）

82：名無しの兵士さん
最近の若い者ときたら…。全く特務の事をわ
かっておらん。

83：名無しの兵士さん
そうですねお爺さん。

84：名無しの兵士さん
兵士がジジイになるほど、この戦争長引いて
ないんですがそれは

85：名無しの兵士さん
危うく瞬殺されるところだったけどな…

86：名無しの兵士さん
言うな…

87：名無しの兵士さん
ええい煩い奴らめ！いいかよく聞け！一度だ
け特務は、バスタオル腰に巻いただけで、出
撃したことがある！

88：名無しの兵士さん
ぶっwwww

89：名無しの兵士さん
そんなアホなw

90：名無しの兵士さん
うそつけw

91：名無しの兵士さん
ほんとじゃ。あれは特務がシャワー中だった
時じゃ。突然特務が、「タコが来るぞ！総員迎
撃準備！」といって外へ駆け出したんじゃな。
腰にタオル巻いた姿で。

92：名無しの兵士さん
ｗｗｗｗｗｗ

93：名無しの兵士さん
散髪中とか食事中とは訳が違うんだぞ！ｗ

94：名無しの兵士さん
ほんまかいなｗ

95：名無しの兵士さん
武器は何？石鹸？

96：名無しの兵士さん
殴った方が早いだろそれｗ

97：名無しの兵士さん
いんや、まだ若かった特務は、シャワー室の前に銃を置いてあっての。それを引っ提げて走り出したんじゃ。

98：名無しの兵士さん
引っ提げる物間違ってるだろｗ

99：名無しの兵士さん
まず服を着ろ！服を！

100：名無しの兵士さん
その話の流れだと、今は置いてないのか

101：名無しの兵士さん
今はもう必要ないのじゃ…

102：名無しの兵士さん
なんか急に怖い話にならなかった？

103：名無しの兵士さん
なったかもしれん…

104：名無しの兵士さん
今じゃハサミとかスプーンでも大丈夫だから

な

105：名無しの兵士さん
全身武器だし。

106：名無しの兵士さん
しかも、普段通りの動きだったのに、タオルが落ちる事はなくての。ありゃいったいどうなってたんじゃろうな？

107：名無しの兵士さん
気にするところが違あう！

108：名無しの兵士さん
じゃあ流石の特務も反省しておっての。もう寒いからしないと言っておった。

109：名無しの兵士さん
全く反省してないんですがｗ

110：名無しの兵士さん
感性が違いすぎるｗ

111：名無しの兵士さん
というか思ったんだけど、戦闘服しか持ってないんじゃないか？

112：名無しの兵士さん
ああ、どうもそうらしくてな。センターの銀行行った時も、着てた服は借り物だったらしい

113：名無しの兵士さん
ええ…

114名無しの兵士さん
特務の私物ってあるの？

115：名無しの兵士さん
無いかもしれん…

116：名無しの兵士さん
武器カタログ！

117：名無しの兵士さん
だけかよw

118：名無しの兵士さん
いや、この前に車のカタログ見てた。

119：名無しの兵士さん
ああ、それは俺も見た事ある。何ページか付箋も貼ってた。

120：名無しの兵士さん
戦車のカタログと勘違いしてない？大丈夫？

121：名無しの兵士さん
戦車のカタログなんてあるかw！

122：名無しの兵士さん
いや、特務の事だから、戦車のような車に付箋を貼っているに違いない。

123：名無しの兵士さん
民間に払い下げられてる可能性がワンチャン…。

124：名無しの兵士さん
ねえよw

125：名無しの兵士さん
戦車と言えば、この前、特務が珍しくウチの戦車使ったらしいね。

126：名無しの兵士さん
ああ。すまんが俺にしかできんて言って、前線の戦車乗っ取ったやつでしょ？

127：名無しの兵士さん
乗っ取ったw

128：名無しの兵士さん
ハイジャック！

129：名無しの兵士さん
タコの戦闘機4機くらい、戦車砲で撃ち落としてたから、そりゃ特務にしかできんよ。

130：名無しの兵士さん
げげw

131：名無しの兵士さん
特務！？戦車砲は対空砲じゃありませんよ！？特務！？

132：名無しの兵士さん
やっぱ人間じゃねえわw

133：名無しの兵士さん
うむ。特務星人って言ってた俺らは正しかった。

134：名無しの兵士さん
星系連合の皆さん！俺らと特務を一緒にしないでくださいね！

135：名無しの兵士さん
せやせや！でもやっぱり特務は凄いやで！

136：名無しの兵士さん
せやな！

137：名無しの兵士さん
特務！特務！特務！

138：名無しの兵士さん
特務！特務！特務！

139：名無しの兵士さん
このスレは特務を称えるスレになりました。

掲示板24　国家保安部

1：名無しの保安部さん
悲報 その前に、ここの暗号強度大丈夫？

2：名無しの保安部さん
大丈夫

3：名無しの保安部さん
元々身内しか使ってないし。

4：名無しの保安部さん
そもそも、局長に漏れてたら俺ら"そんな人いません"されてるから。

5：名無しの保安部さん
そうそう。

6：名無しの保安部さん
じゃあ大丈夫か。悲報 特務暗殺作戦失敗する。

7：名無しの保安部さん
ふぁあああああw

8：名無しの保安部さん
またかよw

9：名無しの保安部さん
いい加減懲りろよ！

10：名無しの保安部さん
あの局長マジで死ね。

11：名無しの保安部さん
もう何回目かもわからねえんだけど。

12：名無しの保安部さん
一回やるごとにここの人員いなくなるんだぞ！

13：名無しの保安部さん
今度は何やったの？

14：名無しの保安部さん
直球で、戦場で特務を狙撃しようと人を送った。

15：名無しの保安部さん
あかん(白目)

16：名無しの保安部さん
もうなりふり構ってなくて草

17：名無しの保安部さん
最初はまだ自然死に見せかけようとしてたのに…。

18：名無しの保安部さん
どんどん荒くなってる。

19：名無しの保安部さん
なんとか流れ弾で処理しようとしたんやろうなあ

20：名無しの保安部さん
そんでそいつどうなったの？

21：名無しの保安部さん
今、軍病院で拘束されてる。

22：名無しの保安部さん
終わった…

23：名無しの保安部さん
辞表書いときますね。

24：名無しの保安部さん
あ、俺関係ないんで。

25：名無しの保安部さん
どうも銃が暴発して重傷っぽい。

26：名無しの保安部さん
そもそも、土俵にも上がれてなくてウケるw

27：名無しの保安部さん
ええ…

28：名無しの保安部さん
一人芝居やんけ！

29：名無しの保安部さん
無能

30：名無しの保安部さん
なんでそれで拘束されてるんだよw

31：名無しの保安部さん
どうも、こいつ誰？って話になったみたい。

32：名無しの保安部さん
あの無能局長、せめて所属くらい偽造しろや！

33：名無しの保安部さん
嘘やろ…

34：名無しの保安部さん
特務が絡むと、急に無能になるからなあ…

35：名無しの保安部さん
頭が茹だって、冷静に考えられなくなってる。

36：名無しの保安部さん
最近、お宅何してるの？っていろんなとこから煽られてるからなあ。

37：名無しの保安部さん
特務を殺そうと精を出しています。

38：名無しの保安部さん
はい反逆罪。

39：名無しの保安部さん
内憂の典型。

40：名無しの保安部さん
言えるわけがないw

41：名無しの保安部さん
派手にやり過ぎなんだよ。もう、あちこちに疑われてるじゃん。

42：名無しの保安部さん
特務のクローンの件から、いやあ、風当たりがきついっす。

43：名無しの保安部さん
絶対ウチだってバレてるよなあ…

44：名無しの保安部さん
あの無能局長が勝手にやったんです！気がつけばマッドと組んでました！

45：名無しの保安部さん
実際その通りだけど、信じてもらえないゾ。

46：名無しの保安部さん
司法取引…かあ…

47：名無しの保安部さん
戦後に間違いなく始末されるからな。俺らも…

48：名無しの保安部さん
なんでや！戦争初期はちゃんと仕事してたやろ！

49：名無しの保安部さん
古き良き思い出。

50：名無しの保安部さん
終末思想のテロリストなんて、今時流行らない奴らをしょっ引いたり…。

51：名無しの保安部さん
危うくマジで終末だったから仕方ないね！

52：名無しの保安部さん
気がつけば、悪の組織ムーブに草も生えない。

53：名無しの保安部さん
言うて、特務大尉の権限が強すぎるからしゃーない。

54：名無しの保安部さん
昔は俺も、大真面目に特務の事は、始末しないとって思ってたけどな。

55：名無しの保安部さん
なんなら、しでかしたリスト一覧を見たら、今でも始末しないとって思うけどなw

56：名無しの保安部さん
これぞ反逆者ってリストだからなw

57：名無しの保安部さん
マジで内乱罪の適用まであるからなw

58：名無しの保安部さん
なお偉業のリスト。

59：名無しの保安部さん
いやあ、英雄っすわ。

60：名無しの保安部さん
マジでガチの英雄。

61：名無しの保安部さん
局長の言いたいことはわかるよ？ 軍っていう、完璧にコントロールされてなきゃいけない組織で、好き放題してるから。でもねえ…。

62：名無しの保安部さん
ほとんど人類の存亡に直結してる特務と、国家の健全性、どっちを取るかって言われたらねえ。

63：名無しの保安部さん
扱いが難しいんだよ。最初っから。

64：名無しの保安部さん
ましてや、ほんのちょっぴりだけど、戦後って言葉が現実味を帯びてきた今なら、なおさらね。

65：名無しの保安部さん
軍辞めて、大統領になってくれた方が、一番収まりがいいはず。

66：名無しの保安部さん
そうそう。名実ともに軍の頂点になるからね。

67：名無しの保安部さん
そう。軍の一士官だから無理が生じてるんだよ。

68：名無しの保安部さん
選挙出たら一発なんだから。

69：名無しの保安部さん
特務大統領「突撃！俺に続け！」

70：名無しの保安部さん
周囲の人が心停止起こすから、今は無理だよなあ…。

71：名無しの保安部さん
止めるという選択肢は最初からないのか…

72：名無しの保安部さん
無理言うなｗ

73：名無しの保安部さん
一番偉い奴が、一番危ない所が好きというね。

74：名無しの保安部さん
特務大統領が誕生したら、俺ら全員死刑？

75：名無しの保安部さん
いやあ、言うて俺ら単なる末端だから、死刑にはならんでしょ。罪には問われるだろうけど…。あ、局長は死刑でしょ。未遂でも味方殺しの計画を命令とか。

76：名無しの保安部さん
特務による私刑かも。

77：名無しの保安部さん
うへえ

78：名無しの保安部さん
はあ、この部署も人が少なくなったな…。

79：名無しの保安部さん
急に哀愁漂うセリフを吐くなｗ

80：名無しの保安部さん
特務に何か仕掛ける度に重傷者出すからなｗ

81：名無しの保安部さん
あの野郎、荷物の受け取りサインをしねえから、爆弾入った小包が送り返されて、こっちで爆発したからなあ…。

82：名無しの保安部さん
あれは地獄だった。死人が出てないのは奇跡。

83：名無しの保安部さん
事務方も文句言ってたが、ペン持つとアレル

ギー起こすんじゃねえのｗ？

84：名無しの保安部さん
ありうるｗ

85：名無しの保安部さん
特務「絶対に書類仕事はしない。絶対に」

86：名無しの保安部さん
そんな暇あったら前線行くからな…

87：名無しの保安部さん
現代の軍人じゃねえｗ原始人だろｗ

88：名無しの保安部さん
原始人といやあ、特務の好きそうな、武器カタログのデータ詰め込んだ端末を、爆発するように細工したのに、特務は紙でしか見ないって、送り返されたことがあるんだよなｗ

89：名無しの保安部さん
ほんまに原始人やんｗいまどき紙の情報資料ってｗ

90：名無しの保安部さん
事務書類も電子にしてくれませんか？(小声)

91：名無しの保安部さん
役所「ダメです」

92：名無しの保安部さん
そのせいで、コンクリート？っていうくらい分厚いカタログ持ってるからな。

93：名無しの保安部さん
情報収集が足りんねん。ハニトラ仕掛けた奴ですら、それを知ってて紙媒体だったのに。

94：名無しの保安部さん
そうか…。俺が甘かったのか…。

95：名無しの保安部さん
それで殴られたウチの人員がいるんだよなあ
…

96：名無しの保安部さん
あの鈍器でw？

97：名無しの保安部さん
そうw何かあのカタログには、機密があるに
違いないって、盗もうとした奴がいたんだけ
ど、ドゴンと…

98：名無しの保安部さん
まあ、発想は認めるw

99：名無しの保安部さん
鈍器とは手加減してるなあ…。

100：名無しの保安部さん
うむ。素手ならはじけ飛んでたからな。

101：名無しの保安部さん
結局、付箋を貼ってたページが、全部マニュ
アル車ってことがわかって、膝から崩れ落ち
そうになったけどw

102：名無しの保安部さん
マニュアル車wやっぱり原始人じゃねえか！

103：名無しの保安部さん
オート運転とか使ったこと無さそう(偏見)

104：名無しの保安部さん
いや、使ってないだろw機動兵器でもフルマ
ニュアルなんだぞw

105：名無しの保安部さん
あ、局長に呼ばれた…。(;_;)/~~~

106：名無しの保安部さん
さらば…

107：名無しの保安部さん
悲しいなあ…

108：名無しの保安部さん
そろそろ身の振り方考えよ…。

109：名無しの保安部さん
逃がさん…

110：名無しの保安部さん
憲兵さん。ウチの上司です。

111：名無しの保安部さん
憲兵「それでお前は関わってたの？」

112：名無しの保安部さん
………

113：名無しの保安部さん
ダメみたいですね

114：名無しの保安部さん
助けて特務！命ばかりは！

115：名無しの保安部さん
上司がやれって言ったんです！(マジ)

116：名無しの保安部さん
特務！特務！特務！

117：名無しの保安部さん
特務！特務！特務！

118：名無しの保安部さん
このスレは特務に命乞いするスレになりまし
た。

掲示板25　メーカー

1：名無しの社員さん
朗報 我が社の次期主力小銃候補、特務に、いいじゃないかとのお言葉を頂く。

2：名無しの社員さん
やったあああああああ！

3：名無しの社員さん
これは軍で採用間違いなし！

4：名無しの社員さん
売れるぞおおおおお！

5：名無しの社員さん
わざわざ最前線に行ったのかよw

6：名無しの社員さん
我が社ながら商魂たくましすぎw

7：名無しの社員さん
よく会えたなw

8：名無しの社員さん
カタログ発送する時に、試作小銃持っていくんで、感想お願いしていいですか？ってメールを送ったw

9：名無しの社員さん
特務「試作兵器？（ぴくっ）」

10：名無しの社員さん
あの人、試作兵器って聞いたら、特売のチラシを見た主婦ばりに食いつきがいいからなw

11：名無しの社員さん
カタログ、電子情報で送ったらだめですかね？（小声）

12：名無しの社員さん
特務「ダメです」

13：名無しの社員さん
あの人だけだからなw紙媒体w

14：名無しの社員さん
1人だけなのにわざわざ作るのは、いやーめんどいっす。

15：名無しの社員さん
アナログ派だから（精一杯の弁護）

16：名無しの社員さん
アナログ派と言えば、軍広報が写真撮る時に、現像するとか、紙媒体に写す写真機はあるかって聞いたみたいだなw

17：名無しの社員さん
ねえよw

18：名無しの社員さん
いつの生まれだよw

19：名無しの社員さん
今宇宙時代なんですが…

20：名無しの社員さん
全部、電子画像に決まってるだろうが！

21：名無しの社員さん
まさか写真集とか、本形式で作ってると思ってるんじゃ…

22：名無しの社員さん
端末に入れたら済むじゃん！

23：名無しの社員さん
もうロストテクノロジーだよw

24：名無しの社員さん
化石の発掘作業でワンチャン

25：名無しの社員さん
現存するのって全部博物館？

26：名無しの社員さん
恐らくw

27：名無しの社員さん
アナログ派と言うか原始人なんじゃ…

28：名無しの社員さん
話を戻すけど、前線が少し落ち着いた頃を見
計らって、特務がいる基地にお邪魔したんだ。
一応、ウチの商品が現場で、不具合起こして
ないかの確認って許可取って。

29：名無しの社員さん
この行動力よ。

30：名無しの社員さん
素晴らしい。

31：名無しの社員さん
そんで輸送船から降りたら、そこには特務の
姿が。

32：名無しの社員さん
wwwwwww

33：名無しの社員さん
楽しみにしすぎだろw！

34：名無しの社員さん
待ってくれとったんか特務ゥ！

35：名無しの社員さん
特務「スタンバってました」

36：名無しの社員さん
いやあ、恐縮しきりだった。わざわざ出迎え
てくれたんだから。

37：名無しの社員さん
銃だけ送っても、同じ対応だったと思うぞ(小
声)

38：名無しの社員さん
せやろなぁ (小声)

39：名無しの社員さん
ま、まあええやん。そんでそっから射撃場に
一直線。

40：名無しの社員さん
やっぱりねw

41：名無しの社員さん
特務だって忙しいからしゃあない(目を逸ら
す)

42：名無しの社員さん
凄かったよ。特務が射撃場に来たら、そこに
いた人達が直立不動の敬礼して、少し離れて
遠巻きにじっと見てたからw

43：名無しの社員さん
うーん英雄。

44：名無しの社員さん
(｀・ω・´)ゞ

45：名無しの社員さん
基地にも滅多にいないみたいだから、観察し
てたんでしょ。

46：名無しの社員さん
UMAかw

47：名無しの社員さん
ある意味、未確認生物では？

48：名無しの社員さん
それもそうだ。

49：名無しの社員さん
特務星人の生態。

50：名無しの社員さん
朝、出撃 昼、出撃 夜、出撃

51：名無しの社員さん
パターンおんなじやんけ！

52：名無しの社員さん
もう観察する必要ねえw

53：名無しの社員さん
そんでそっから、試し撃ちしてもらったわけ
よ。

54：名無しの社員さん
どれくらい試してもらった？特務も忙しいっ
しょ？

55：名無しの社員さん
一日。

56：名無しの社員さん
なんだって？

57：名無しの社員さん
そりゃ二日も三日も、日を跨いでするわけな
いじゃん。忙しいんだから。

58：名無しの社員さん
んだ。

59：名無しの社員さん
ごめん表現が悪かった。丸一日。24時間ぶ
っ通し。

60：名無しの社員さん
ふぁああああああw

61：名無しの社員さん
忙しくねえじゃん！

62：名無しの社員さん
ええ…

63：名無しの社員さん
撃ちすぎぃ！

64：名無しの社員さん
え？一日中？

65：名無しの社員さん
いやあ凄かった。撃ってても、全く体の軸が
ぶれてないんだもの。

66：名無しの社員さん
こいつ流したぞw

67：名無しの社員さん
さては、会いたくて行ったファンだなてめ
え？

68：名無しの社員さん
実はねw

69：名無しの社員さん
24時間特務と一緒なんて羨ましいぞてめ
え！

70：名無しの社員さん
自分、完全にハイになってて、全く眠くなか
ったw

71：名無しの社員さん
自慢するんじゃねえ！絶対に許さない

72：名無しの社員さん
弾の規格は今までのと同じだから、とにかく撃ちまくってたんだけど、全く外さないんだよ。やっぱすげえって思ったw

73：名無しの社員さん
また流したぞw

74：名無しの社員さん
こいつ図太いなw

75：名無しの社員さん
そもそも特務って、外す事あるの？

76：名無しの社員さん
ない（断言）

77：名無しの社員さん
そんで次は動く標的だったんだけど、これもまた凄かった。どんどん速くなってくんだけど、特務は機械みたいに動いて、当てまくって、係の人がこれ以上速くなりませんって言ったスピードは、自分の眼じゃもう追えなかったw

78：名無しの社員さん
脳内コンピューター vs 機械 ファイッ！

79：名無しの社員さん
脳みその勝ち！

80：名無しの社員さん
最強（確信）

81：名無しの社員さん
ダメになった標的は変えられてたんだけど、全部頭の部分だけが穴だらけw

82：名無しの社員さん
ひょえ…

83：名無しの社員さん
脳みそCPU優秀過ぎ！

84：名無しの社員さん
眼球認識の性能もw

85：名無しの社員さん
一通り撃ち終わったら、ついに我が社の新商品、その真骨頂の試験！

86：名無しの社員さん
なんか急に宣伝になってきてない？

87名無しの社員さん
きてるかも。

88：名無しの社員さん
自社の社員にも売り込みをかけるとは、これは優秀な飛び込み販売員。

89：名無しの社員さん
飛び込み（最前線）

90：名無しの社員さん
そもそも、その試作小銃、特徴は何？

91：名無しの社員さん
よくぞ聞いてくれました！それは耐久力！雨が降ろうが銃弾が降ろうが、海水で塩まみれになろうが、宇宙空間で有害線に晒されようが、万全に動くことができるのです！

92：名無しの社員さん
はえ～すっごい。

93：名無しの社員さん
なんてすばらしいんだ。

94：名無しの社員さん
やっぱ宣伝してない？

95：名無しの社員さん
でもお高いんでしょ？

96：名無しの社員さん
……

97：名無しの社員さん
答えろよw

98：名無しの社員さん
あっ（察し）

99：名無しの社員さん
ちょっと素材的な問題で…その…。

100：名無しの社員さん
あーあ

101：名無しの社員さん
何もかも完璧な兵器なんて、存在しないから
しゃあない。

102：名無しの社員さん
？？？「呼んだ？」

103：名無しの社員さん
特務は座ってろw

104：名無しの社員さん
あれは…究極人型兵器…！？

105：名無しの社員さん
ローテクだから…

106：名無しの社員さん
感性は旧世紀w

107：名無しの社員さん
そんで、耐久性が自慢ですって特務に言った
ら、ドラム缶に砂を詰め込んで、それを思い
っきり銃でぶっ叩いたw

108：名無しの社員さん
そういう意味じゃねえよ！

109：名無しの社員さん
信頼性って意味だよ！

110：名無しの社員さん
鈍器としての性能試験じゃねえか！

111：名無しの社員さん
うーん、これはローテクw

112：名無しの社員さん
いやあ凄かった。ドラム缶が横に吹っ飛んで
いったからね。流石は特務だった。

113：名無しの社員さん
感想がそれかいw

114：名無しの社員さん
銃の方の心配しろやw

115：名無しの社員さん
もうファンとしての感想じゃねえか！

116：名無しの社員さん
そんで銃は無事だったの？

117：名無しの社員さん
そりゃあもちろん！自信作だったから、全く
問題なく撃てたよ。

118：名無しの社員さん
やりますねえ！

119：名無しの社員さん
これは傑作銃。

120：名無しの社員さん
お値段相応！

121：名無しの社員さん
言わないで…

122：名無しの社員さん
そんなに高いんか…

123：名無しの社員さん
うん…。多分、特殊部隊とか精鋭向けには、確実に注文は入るけどw

124：名無しの社員さん
しゃあない。量産効果に期待しよう。

125：名無しの社員さん
そんで特務から、いい、とのお言葉を貰えたのか。

126：名無しの社員さん
快挙じゃね？

127：名無しの社員さん
だな。

128：名無しの社員さん
特務評価表 現行主力小銃「まあ、いいんじゃないか？」そこそこ流行り小銃「まあ、いいんじゃないか？」普通「まあ、いいんじゃないか？」

129：名無しの社員さん感想
一つじゃん！

130：名無しの社員さん
全部同じ評価で草

131：名無しの社員さん
どれも同じだったんだろw

132：名無しの社員さん
ダメなやつ「ダメなやつ」

133：名無しの社員さん
良かった。ダメなやつはちゃんとダメだったか。

134：名無しの社員さん
特務にダメって言われるとか、その銃よっぽどだろw

135：名無しの社員さん
それ、よそが作った携帯レールガンだろ。一発撃ったらぶっ壊れたw

136：名無しの社員さん
欠陥やろw

137：名無しの社員さん
たまーにロマン全振り武器作ってる企業だから…。

138：名無しの社員さん
まあ、武器産業はそこ以外の企業でも、多かれ少なかれそういうのが出てくるから…。

139：名無しの社員さん
(何考えてこんなん作ったんだ？あ、設計したの俺だった)

140：名無しの社員さん
武器の設計してると、訳わかんなくなる時あるよね…。

141、名無しの社員さん
そんでウチの試作小銃どうなったの？

142：名無しの社員さん
本当に、いい、っていう感じだったみたいで、予備に持ってたやつも含めて欲しいって言われたから、サンプル品としてあげちゃったw

143：名無しの社員さん
やったぜ

144：名無しの社員さん
いや、ほんとに快挙じゃん。

145：名無しの社員さん
これは宣伝効果凄いですよ。

146：名無しの社員さん
特務愛用！

147：名無しの社員さん
そのキャッチフレーズで、ああ、なんかの武器だなって一発でわかるw

148：名無しの社員さん
それなw

149：名無しの社員さん
売れるで！

150：名無しの社員さん
いやあ、センターに帰ったら、急に疲れが押し寄せてきた。自分はもう寝るw
ただ、サイン断られたのは残念だったなあ…

151：名無しの社員さん
もう単なるファンじゃんw

152：名無しの社員さん
芸能人じゃないからしゃあないw

153：名無しの社員さん
ペンアレルギー（ぼそ）

154：名無しの社員さん
ま、まあ、お疲れ様！

155：名無しの社員さん
ゆっくり休んでや！

156：名無しの社員さん
俺も帰ろ。

157：名無しの社員さん
まだ定時でもねえだろ！

158：名無しの社員さん
いやあ、我が社の未来は明るい！

159：名無しの社員さん
せやな！

160：名無しの社員さん
せやせや！

161：名無しの社員さん
特務！その銃の宣伝よろしくな！

162：名無しの社員さん
給料に繋がっとるからな！

163：名無しの社員さん
特務！特務！特務！

164：名無しの社員さん
特務！特務！特務！

165：名無しの社員さん
このスレは特務を金蔓にするスレになりました。

166：名無しの社員さん
社長知らない？もう1週間くらい見てないんだけど。

167：名無しの社員さん
知らね。

天才と超高性能AIによる、
運命の日の特務大尉について

『マール星以降の特務は？』

《あなたも知っているでしょうが、どれほど特務大尉が局地的に勝利しても、人類全体の敗退を防ぐことはできませんでした。開戦初期に、ほとんど壊滅的な打撃を受けた人類連合の宇宙艦隊では、ガル星人の艦隊戦力を押し止められなかったのです》

『うん。あの頃は、あそこが落ちたとか、軍が壊滅したとか、そんな話ばっかりだった』

《そのため特務大尉は、ガル星人司令部に対しての斬首作戦を単独で複数回決行。ガル星人の指揮系統にダメージを与え、人類連合艦隊戦力の再編成まで、時間を稼ぐことに成功しました》

『どうやって？』

《基地または司令船に侵入しての司令官暗殺。また、野戦司令部爆破など、様々な方法でダメージを与えたようですが、入手されたガル星人の報告によれば、つい最近まで何故このような事が起こっていたか、わかっていなかったようです》

『えーっと、つまり？』

《特務大尉は一度も見つかっていません》

『わあ…』

《そしてついにあの日を迎えます》

『外域の戦い』

《はい。センター外域にガル星人が急襲。艦隊戦力比20対1の絶望的な戦いが起こりましたが、人類連合は勝利しました。今次大戦にも勝利すれば、この日はなんと呼ばれるでしょうね？勝利の日？それとも運命の日？》

『特務大尉の日とかは？』

《冗談になっていません。はっきり言って、この日の特務大尉の行動は異常です。全く違う星で戦っていたにもかかわらず、人類連合がガル星人の艦隊を察知したよりも早く、センター外域の基地に少数の部下と共に到着し

ています》

『たまたまとか？』

《あり得ません。資料によれば輸送船の中で就寝中に飛び起きて、そのまま部下を引き連れて小型船に乗り込んでいます》

『やっぱり特務の第六感は凄いなあ』

《処置無し。その後、基地に到着した特務は、現地の高速小型船を無理矢理徴収。止めようとした憲兵や基地司令を気絶させて飛び立ちました。後にわかった事ですが、隕石に紛れ込んでリヴァイアサンに到着するには、この高速小型船の速度が必要不可欠だったようです》

『やっぱり特務にはわかってたんだって！』

《処置無し。小型船に乗り込んだ特務大尉の部隊は、ガル星人艦隊旗艦奪取作戦。俗称、リヴァイアサン分捕り作戦を決行。人類艦隊とガル星人艦隊が衝突している隙を見計らって、隕石に紛れて接舷。艦のコントロールを奪取して、ガル星人の艦隊を殲滅しました》

『10数人で奪取したってよく聞くけど、実際のところ何人だったんだい？』

《特務大尉の部下はちょうど10人。特務大尉を合わせると11人で、ガル星人の旗艦を制圧したことになります》

『すごいなあ』

《処置無し。言っておきますが、いくら高度なオートメーションが実装されているとはいえ、当時のリヴァイアサンの人員は100、200は軽く超えています。それを11名で制圧するなど、異常としか言いようがありません》

『そう言えば部下の10人って、どんな人たちなんだい？』

《メル星での特務大尉の民兵時代の部下や、指揮下に入った軍人達で、初期から付き従っていた兵士達です。皆、もし特務大尉がいない戦線ならば、英雄と持て囃されていたと思わせるような戦績です。現在彼等は戦況の好転に伴い、センターにて教官として従事しています。ある意味、当時で最も特務大尉に慣

れていた人間達でしょう》

『僕も…』

《処置無し。この戦果で特務大尉は英雄としての確固たる地位を築き上げ、この時に犯した数々の軍規違反も全て不問。以後も全て結果で黙らせてきました。まさにアンタッチャブルですね》

『そして人類はリヴァイアサンを手に入れたっと』

《はい。ガル星人が総力を挙げて作り出したリヴァイアサンは、人類にとってもそのまま至宝となりました。吸い上げたガル星人の技術もそうですが、総旗艦を奪取されたガル星人は、年単位で軍事行動が停止し、人類が態勢を整えるだけの時間も与えてくれました》

『いやあ、その時のタコの反応を見たかったなあ』

《ログしかありませんが、本当に混乱していたようです。ガル星人としては極めて異例なことに、責任の押し付け合いまで起こったようです》

『なんか最近、追加でわかったことなかったっけ？』

《はい。どうやらリヴァイアサンは、主戦場であった星系連合に投入する前に、確実に勝利できると踏んだ人類との戦いで実戦テストを行い、その後に問題点を洗い出してから、星系連合との戦いに決着を付けるつもりだったようです》

『それが今じゃあ』

《はい。名前も色も特務大尉に変えられ、人類連合の総旗艦として、数々の決戦を勝利に導いてきました》

『やっぱり特務のお陰だね！』

《処置無し。そういえば、リヴァイアサン突入前の、特務大尉の音声ログがありますが視聴しますか？》

『だから焦らさないでって！』

《再生します》

…… …

『あれが欲しい。なんとしても欲しい。絶対に欲しい。あれさえ奪えれば、人類は黄金よりも価値ある時間を手に入れられる。技術を手に入れられる。勝利と平穏を手に入れられるのだ。だから行こう戦友諸君。妻を守れ。子を守れ。親を守れ。隣人を守れ。そして罪なき人々を、人類を守るのだ。軍人の本懐を遂げに行こう』
『『『『『『『『『『サーイエッサー !!!!』』』』』』』』』』

音声ログ4　第一強化兵中隊

ようこそエージェント。
このデータは、第一強化兵中隊の音声ログの一部になります。再生しますか？

はい

それでは再生を開始します。

…… …

『総員傾聴！これより我々は第735惑星へ向かい、友軍と合流した後、タコ共の軍事基地を叩く！最終目標は、その隣の惑星にあるタコ共の造船拠点だ！ここはタコ共にとって最重要の造船所であり、なんとしても落とさなければならない拠点だ！なお造船拠点は特に防御が厚く、ここへは星系連合とも協力して攻撃する！以上だ！』

…… …

『星系連合的には、俺らみたいな強化兵ってどういう感じなのかな？』
『は？だろ』
『違いない』
『それか、引くわー。だな』
『いや、案外向こうもやってるんじゃないか？』
『ああ、あるかもな』
『機械化兵は見てないから、遺伝子操作が最有力だな』
『クローンかも』
『おいっ！』
『あっ！？』
『落ち着け、特務はいない。ずっと別の惑星だ』
『それでもだ。特務が唯一ピリピリする事柄なんだ。言わないに越した事はない』
『ここだけの話なんだが、特務は保安部をどうするつもりなんだ？』
『おいおい、普通は逆だろ？』

『茶化すなよ。特務のクローンだなんて、どう考えても一線を越えてる。未だにあの部署の建物が、吹っ飛んでないのが不思議なくらいなんだ』

『いくら特務でも生存戦争の最中に、一応の味方を丸ごと吹っ飛ばしたら問題になるだろう。お礼参りは戦後だろ』

『平時ならいいのかよ』

『しゃあない。ご冥福を祈ろう』

『そうだな』

『まあでも、保安部は最近別の事で忙しいからな』

『星系連合か？』

『その通り』

『今日の友は明日の敵か…』

『保安部は何を？』

『必要以上に、星系連合に技術を渡そうとしている奴を取り締まっている』

『いや、これについては保安部の考えは正しいと思う。特務の事は最悪だが』

『まあな。握手し続ける条件は、対等であることだからな』

『特務の機体の時の技術交流は？』

『あれはどちらも利益があったからな。こっちはリヴァイアサンのお陰で、タコの技術にかなり詳しい。それにザ・ファーストが解析した結論は、特務の機体に使われた技術は、星系連合ではありふれたもので、向こうが渡しても問題ない技術だったそうだ。勿論こっち側もだがな』

『仲良くタコをぶちのめそうで済まんものか』

『そう考えると、奴らは偉大なる嫌われ者だ』

『だが…』

『ああ』

『ほんの少し。ほんの少しだけだが勝ちが見えてきた』

『長かった』

『だがそのせいで握手相手が仮想敵にランクアップだ』

『人類の業さ』

『全く…』

…… …

『艦内の第一中隊傾聴！我々の任務が決まった！これより我々は特務大尉の指揮下に直接入り、敵戦線を突破する一番槍の役目を与えられた！以上だ！』

『げっ！？』

『嘘だ！？』

『マジかよ！？』

『いやだあああああ！？』

『中隊長！？味方からの逃走は敵前逃亡に当たりますか！？銃殺刑ですか！？』

『特務の指揮下に入って悲鳴が上がるなんて、俺らのとこだけだろ』

『普通の兵に比べて無茶振りの度が違うからな…』

…… …

『撃て撃て撃て！』

『味方の砲撃が来るぞ！頭を出すな！』

『対戦車ランチャーの準備をしろ！』

『その水くれ。喉乾いた』

『なら機関銃に弾込めるの手伝え』

『敵の攻撃機だ！』

『対空ランチャーも準備しろ！急げ！』

『げっ！？』

『なんだ！？何があった！？』

『特務が！？特務が攻撃機に張り付いてます！』

『今なんて言った！？砲撃で耳がやられてるんだ！もっと大声で言え！』

『特務が！攻撃機に！張り付いてます！』

『浮遊円盤とは訳が違うんだぞ！しっかりしろ！』

『自分の眼は機械化した高性能レンズであります！』

『なら丸ごと交換してこい！』

『中隊長！敵機が同士討ちを！』

『なら特務だ！』

『てめえこら！俺に謝れ！』

……　…

『中隊長、損害は？』

『特務！？は、はっ！欠員ゼロ！戦闘続行可能であります！』

『流石だ。これより基地を攻略する。付いて来てくれ』

『はっ！行くぞ野郎共！』

『…さっきまで特務、空にいたよな？』

『まだそんな事をいちいち気にしてるのか？』

『なんだ、胃を機械化してないのか？』

『ええ…』

……　…

『クリア！』

『クリア！』

『ふむ……』

『どうされました特務？』

『…いや、なんでもない。それよりも造船所のデータがないか調べてくれ』

『はっ。マックス！出番だ！』

『はっ！』

『すまないが、俺は少し考え事をする』

『はっ！』

『おい、特務が考え事だってよ。明日は流星群だ』

『聞こえたら殺されるから話しかけんでくれ』

『この距離なら大丈夫だろ。大丈夫だよな？』

『大丈夫じゃないから、話しかけるなって言ってるんだよ』

『中隊長ありました。警備の戦力から、タコが今何かを作ってるかもです。しかしこいつは…』

『まさか…。マックス、お前の意見は？』

『多分ですが、リヴァイアサンの量産型、というよりかは粗悪品に近いものじゃないかと。装甲や主砲をかなり妥協しています。ですが数がそこそこ…』

『お前もそう思うか。リヴァイアサンそのものは無理でも、粗悪品を量産しようとしているのだな』

『見せてくれ』

『どうぞ特務。どうもリヴァイアサンの量産計画ではないかと…』

『……決めた。中隊長、現時点をもって全中隊員の通常回線を切り、秘匿回線での通話を義務付ける。それと極秘作戦を俺の名前で発令。諸君たちには第一級の守秘義務が課せられる。これも現時点でだ』

『イエッサー。全中隊員、通常回線を切り、秘匿回線につなげろ。特務大尉が極秘作戦を宣言。我々全員に第一級の守秘義務が課せられた』

『できたか？』

『イエッサー』

『よし』

『特務？そこには何も』

『ぐげえっ！？』

『なんだ！？』

『特務が殴った所から何か出てきたぞ！？』

『いやこれは、光学迷彩！？』

『違うぞ、こいつはカメレオンだ！』

『タコじゃないのか！？』

『星系連合の船からずっと俺の事を見ていたが、眠ってもらおう。こいつに聞かれるのは不都合だからな』

『ちょ、諜報員なのでは！？』

『だろうな。機械の類は…無いな。よし、それでは作戦を説明する。星系連合が到着する前に、我々だけで造船場を攻略し、製造中の敵戦艦を人類連合がすべて奪取する』

『イエッサー。星系連合には、流動的な戦場に対処するために、やむなく我々だけで制圧した、という事でよろしいでしょうか？』

『それでいこう、頼む。リヴァイアサンは見せ札として、切る札はこいつらという形になるだろう。リヴァイアサンは切るには大きすぎるし、使える札が多いに越した事はない』

『イエッサー。私もそう思います』

『よし、では隊を再編してくれ。カメレオンは揚陸艇に閉じこめよう。俺はザ・ファーストに連絡を入れる』

『イエッサー』

『……。後々、俺がいないから付け入る隙があると思われては困るからな』

掲示板26　教官

1：名無しの教官さん
朗報、今期の新兵もいきなり最前線送りにならずに済む。

2：名無しの教官さん
よかったよかった

3：名無しの教官さん
一旦、後方地で最後の確認と準備をできる時代が来るなんてなあ。

4：名無しの教官さん
勝ってるんやなあって…

5：名無しの教官さん
なお、特務に突入ポッドをパチられた新兵ｗ

6：名無しの教官さん
ｗｗｗｗｗ

7：名無しの教官さん
優秀過ぎたんが悪いんや…

8：名無しの教官さん
マジで、ここ数年の中でも、最優秀の奴やったからなあ。

9：名無しの教官さん
数年どころか、訓練所出た奴の中でもトップやないか？

10：名無しの教官さん
今の戦況で新兵なのに、いきなり突入ポッドで橋頭堡の確保とかありえんからなｗ

11：名無しの教官さん
期待されすぎぃ！

12：名無しの教官さん
なお初陣ｗ

13：名無しの教官さん
言ってやるなｗ

14：名無しの教官さん
どっかの誰かさん「このポッドにしよう」

15：名無しの教官さん
特務ぅ！人のモンをパチるなって言うたやろ！？

16：名無しの教官さん
戦闘後特務「見とったで。やるやんけ(肩にポン)」

17：名無しの教官さん
嘘つけコラｗ

18：名無しの教官さん
新兵には酷だと思って、代わりに行ってあげた説。

19：名無しの教官さん
優しい

20：名無しの教官さん
絶対近くだったとかそういう理由だろ。

21：名無しの教官さん
せやろうなあ…

22：名無しの教官さん
あ、特務で思い出した。先に書いとくが、特務は訓練所出てないのでノーカン。

23：名無しの教官さん
書かれちゃったｗ

24：名無しの教官さん
突然ポップして来たからなｗ

25：名無しの教官さん
野生の特務が…

26：名無しの教官さん
天然物やからな。養殖物とは訳が違うよ。

27：名無しの教官さん
水揚げかいｗ

28：名無しの教官さん
特務「ドシーンドシーン」

29：名無しの教官さん
水揚げと言うか、上陸した怪獣の足音なんですが

30：名無しの教官さん
当時ボク「何やこの民兵！？」

31：名無しの教官さん
今俺「いや一流石っすわ＾＾」

32：名無しの教官さん
メル星で特務に初めて会った連中は、予備知識がないから心構えができなかった…

33：名無しの教官さん
非現実空間に、突然迷い込むようなもんやしな

34：名無しの教官さん
今や常識やが、弾避けるわ、戦車に飛び移るわ、パンチでタコの体を上下に分けるわ、もう無茶苦茶やったわ。

35：名無しの教官さん
待って(震え声)

36：名無しの教官さん
ちょっとまって、頭じゃなくて？

37：名無しの教官さん
なんや知らんのか？今は胴体はやっぱり硬いなって、頭殴ってパアンやけど、昔は特務も若かったから、そんなん気にせずに胴体殴っとったで。

38：名無しの教官さん
ちょっと論点おかしい。おかしくない？それに頭蓋骨の方が硬くね？

39：名無しの教官さん
まあ、どっちも変わらんな。でも頭パアンってできるんやから、そらあ胴体殴ったら大穴よ。

40：名無しの教官さん
ひょえ…

41：名無しの教官さん
酸っぱいのが込み上げてきた。

42：名無しの教官さん
若かったから筋力も体力も、有り余っとったんやろ(適当)

43：名無しの教官さん
今でも無尽蔵なんですが…

44：名無しの教官さん
というか生涯現役やろ

45：名無しの教官さん
特務「老兵ですが消え去りませぇん！」

46：名無しの教官さん
消せないし殺されない

47：名無しの教官さん
こんだけやっても最後はベッドの上で大往生で死にそう。

48：名無しの教官さん
なんなら死なない

49：名無しの教官さん
せやな

50：名無しの教官さん
そんなんと比べられてた、期待の新兵君は可哀想やったで。

51：名無しの教官さん
は？嘘やろ？特務と比べられてた？

52：名無しの教官さん
誰だよその比べてた奴w

53：名無しの教官さん
俺らみたいなリヴァイアサン分捕り部隊が、まだ教官職に就く前からいた教官達。皆教官として優秀なんやが、悲しいかな、特務が前線に出る前には後方やったから、直接見たことが無かったんや。

54：名無しの教官さん
ああね

55：名無しの教官さん
しゃーない。実際見ないと想像できんから。

56：名無しの教官さん
(彼がネクスト特務か。もしくは特務2世)

57：名無しの教官さん
死んでもその称号いらんw

58：名無しの教官さん
スポーツ選手かw

59：名無しの教官さん
無茶なw

60：名無しの教官さん
次はいねえし、直系もいねえよw

61：名無しの教官さん
唯一無二だからなあ

62：名無しの教官さん
というか、何気に英雄ニキがいますねえ…

63：名無しの教官さん
本物ぉ？(猜疑)

64：名無しの教官さん
何を隠そう、リヴァイアサン分捕り作戦で特務に率いられた、憐れな犠牲者の10人のうちの1人とはワイの事や。

65：名無しの教官さん
ひゅーひゅー！(憐れな者を見る目)

66：名無しの教官さん
パチパチパチ！(憐憫の目)

67：名無しの教官さん
可哀想(直球)

68：名無しの教官さん
お前らやめーや。あと俺に可哀想言うな(震え声)

69：名無しの教官さん
その英雄ニキの1人は、寝てた時に特務に叩き起こされたって本当？

70：名無しの教官さん
本当やで。あの当時の戦況の船の中で、部屋なんて贅沢なものは無かったから、皆で雑魚寝してたら、急に特務が飛び起きて、「ここが分水嶺だ！行くぞ！」って言うや、連れていくために呼んだ10人の中にワイの名前があったんや。

71：名無しの教官さん
特務から呼ばれるとか心臓止まりそう。

72：名無しの教官さん
んだんだ

73：名無しの教官さん
ほへー。英雄ニキはどんなシチュエーションで特務と会ったのかな？

74：名無しの教官さん
ゲーム内で彼女でも作る話になってない？

75：名無しの教官さん
特務「キャー遅刻遅刻ー！」ドンガラガッシャーン！　タコ「しーん」特務「何かぶつかったかしらー？」

76：名無しの教官さん
曲がり角でダンプカーにでも激突したのかw

77：名無しの教官さん
咥えてるのナイフだな

78：名無しの教官さん
轢いた事にも気づいてねえw

79：名無しの教官さん
そうじゃのう…。あれは軍人じゃった儂が、まだ民兵の指揮官じゃった特務と出会った頃まで遡ってのう。

80：名無しの教官さん
もっと端折れ

81：名無しの教官さん
要点だけ書け

82：名無しの教官さん
ちょっとー。時間押してるんですけどー。

83：名無しの教官さん
死にそうだった俺を特務が助けてくれた！以上！

84：名無しの教官さん
なんだよ。ちゃんと書けるじゃねえか。

85：名無しの教官さん
そんなありふれた話、軍人の集団に石を2,3個放って当てたら、そいつから同じ答えが返ってくるわ。

86：名無しの教官さん
多すぎぃ！

87：名無しの教官さん
そんで寝ぼけたまま特務に付き従ってたら、あれよあれよとリヴァイアサンの中よ。

88：名無しの教官さん
死地に直行w

89：名無しの教官さん
大変でしたね(軽い)

90：名無しの教官さん
言うて慣れとったから平気平気。

91：名無しの教官さん
流石ベテラン。風格が違いますよこれは

92：名無しの教官さん
途中寄った基地で、ついでに反乱に加担したんでしょ？

93：名無しの教官さん
平気平気。憲兵が殴られようと基地司令が気絶しようと、いつもの事いつもの事。

94：名無しの教官さん
うーんこれはベテラン！

95：名無しの教官さん
慣れたくねえw

96：名無しの教官さん
そんでうっかり寝ぼけたまま英雄の1人になっちゃった。

97：名無しの教官さん
なった経緯もあれだけど、途中端折りすぎじゃね？

98：名無しの教官さん
端折れって言ったけど、説明しなくていいとは言ってないゾ！

99：名無しの教官さん
最近の若い奴の扱い方がわからない(困惑)

100：名無しの教官さん
その若い奴らを教えてるんだろ！しっかりしろ！

101：名無しの教官さん
じゃあちゃんと説明してやるよ！リヴァイアサンの中にいるタコ共を必死こいて殲滅した後、リヴァイアサンのコントロールを奪って、特務に適当にやったら主砲は撃てるって無茶ぶりされながら、センターに帰ってきたら英雄扱いで、勲章まで貰っちゃったんだよ！

102：名無しの教官さん
お前あの軍曹かよ！！！！？？？

103：名無しの教官さん
軍曹可哀曹(;_:)の軍曹！？

104：名無しの教官さん
マジか！？？？

105：名無しの教官さん
そうだよその軍曹だよ！！だから書きたくな
かったんだよ！！あの件で俺は一生、『軍曹可
哀曹(:_;)』があだ名だよ！

106：名無しの教官さん
可哀曹(:_;)に…。あ、書いちゃったw

107：名無しの教官さん
しね

108：名無しの教官さん
軍曹-可哀-曹(:_;)(1990－存命)完全初見の
戦艦(リヴァイアサン)を奪うために乗り込ん
だはいいものの、艦橋で特務から主砲をぶっ
放せ。適当にやったらできる。などと無茶苦
茶言われ、実際に特務が操艦したら主砲が発
射された悲劇の男。

109：名無しの教官さん
その際、特務に言った通りだろう？ という
お言葉に対し、やけくそもやけくそのサーイ
エッサアアアアアアアア！ を返したのはあ
まりにも有名。

110：名無しの教官さん
はえー。軍曹って長生きなんだなー (棒)

111：名無しの教官さん
ご丁寧な解説ありがとよ(震え声)

112：名無しの教官さん
っていうか、あんたが死にそうになって特務
に助けられるとか、いったいどんな状況だっ
たんだよ。

113：名無しの教官さん
民間人逃がすために殿軍として一人で戦って
たら囲まれた。よく生きてたもんだと今でも
思う。

114：名無しの教官さん
本当だよ。大戦初期で混乱してるときに一人
でいるとか普通は死んでる。流石は伝説の軍
曹だ。

115：名無しの教官さん
まあ昇進したから、もう軍曹じゃないやろ…
(精一杯の慰め)

116：名無しの教官さん
なお特務w

117：名無しの教官さん
しでかした事は不問だけど昇進無し！

118：名無しの教官さん
あれは本当に特務に申し訳なかった…

119：名無しの教官さん
気にすんな。元帥だからこれ以上昇進できん。

120：名無しの教官さん
せやせやな。

121：名無しの教官さん
そんでどうして教官に？

122：名無しの教官さん
ああそれはな。時間っていう黄金は手に入っ
たから、後はお前らダイアモンドを嵌め込む

って特務が言ってな。キャンプや士官学校なんかの教官に俺らをねじ込んだんや。そんで今の俺がある。

123：名無しの教官さん
流石やでえ…

124：名無しの教官さん
これは英雄特務大尉。

125：名無しの教官さん
盗人特務とは大違いやで。

126：名無しの教官さん
せやな！

127：名無しの教官さん
せやせや！

128：名無しの教官さん
特務！特務！特務！

129：名無しの教官さん
特務！特務！特務！

130：名無しの教官さん
このスレは特務を称えるスレになりました。

掲示板27　指揮官

1：名無しの指揮官さん
朗報 我が軍破竹の勢い。ザ・ファーストも人類の勝利を70％以上の確率と計算。

2：名無しの指揮官さん
やったぜ

3：名無しの指揮官さん
いえええええええい！

4：名無しの指揮官さん
勝ったなガハハ！

5：名無しの指揮官さん
新年はセンターで迎えられそうやな！

6：名無しの指揮官さん
ちょっとシャワー浴びてくる。

7：名無しの指揮官さん
このフラグの積み立て…裏切者ども多くない？

8：名無しの指揮官さん
多いっすね

9：名無しの指揮官さん
残り30％を考えてないな、さては？

10：名無しの指揮官さん
国家反逆罪で死刑！銃殺！

11：名無しの指揮官さん
ええ…(困惑)

12：名無しの指揮官さん
止めて！特務じゃないから無理矢理刑場に連れてかれちゃう！

13：名無しの指揮官さん
特務なら銃弾一発くらいなら、「痛てっ」で済ますだろ。

14：名無しの指揮官さん
なんなら気づいてなさそう。

15：名無しの指揮官さん
ありうるw

16：名無しの指揮官さん
特務とザ・ファーストと言えば、結構仲いいよね。あの2人？

17：名無しの指揮官さん
普通ならザ・ファーストは人じゃないから、？を付けてるなと思うとこなんだけど…。

18：名無しの指揮官さん
もう1人も人じゃないから。

19：名無しの指揮官さん
なんでや！特務星人なんやから人やろ！

20：名無しの指揮官さん
せやろか？

21：名無しの指揮官さん
……多分！

22：名無しの指揮官さん
断言しろやw

23：名無しの指揮官さん
というか仲いいの？ザ・ファーストの方は嫌々なんじゃね？

24：名無しの指揮官さん
まあそうかもしれんが、結構頻繁に連絡のやり取りしてるみたい。流石に内容はわからん

けど。

25：名無しの指揮官さん
というか、政府高官どころか、大統領でも複数のチェックを受けてからじゃないと、ザ・ファーストと直接コンタクト取れないんですが…

26：名無しの指揮官さん
いまだに研究者連中が、どうやってできたんだろうって首を傾げてる代物だからな…。他の高性能AIはコピーというより劣化品だし。

27：名無しの指揮官さん
自分の作品の再現性無いとか、それでも研究者なの？

28：名無しの指揮官さん
わかったぞ。自然発生したバグ同士だから、気が合うんだ。

29：名無しの指揮官さん
やっぱマブダチなんじゃ…

30：名無しの指揮官さん
ザ・ファースト「てめえ止めろや！」

31：名無しの指揮官さん
普段は知的な口調なのに、特務が絡むと荒みだすザ・ファースト君好き♡

32：名無しの指揮官さん
リヴァイアサンの量産型の件も、特務とザ・ファーストの間で話が纏まったみたいだし。

33：名無しの指揮官さん
嫌な…事件だったね…。

34：名無しの指揮官さん
星系連合カンカンやったからなあw

35：名無しの指揮官さん
星系連合「造船所の船は？」

36：名無しの指揮官さん
俺ら「特務ナイス(もうセンターに運んでる途中っす。いやあすいませんｗ)」

37：名無しの指揮官さん
おおい！逆逆！しかも草を生やすなｗ

38：名無しの指揮官さん
戦場は流動的だからね。仕方ないね。

39：名無しの指揮官さん
星系連合「は？」

40：名無しの指揮官さん
ひょっとして怒ってるんすか？

41：名無しの指揮官さん
うるせえカメレオンぶつけんぞ！

42：名無しの指揮官さん
ちょっとお話ししたから、俺らを出し抜いて、船を全部持ってこうとしたのはバレてんだぞ！

43：名無しの指揮官さん
星系連合「しーん」

44：名無しの指揮官さん
黙ったｗ

45：名無しの指揮官さん
それを抜きにしても、リヴァイアサンの量産型を全部パチってきた特務は流石だと思いました(感想文)

46：名無しの指揮官さん
せやな！そんな物渡せんよなあ(暗黒微笑)

47：名無しの指揮官さん
保安部も星系連合に技術が渡らんようにしとるしな。

48：名無しの指揮官さん
ちゃんと仕事できたんすね(驚愕)

49：名無しの指揮官さん
特務と遊んでるだけかと…

50：名無しの指揮官さん
なお相手にされてなかった模様。

51：名無しの指揮官さん
後ろ暗い部門なのに、必死に威嚇してても、特務にとってはチワワ以下やからな…

52：名無しの指揮官さん
それを考えるとようやっとるわ。

53：名無しの指揮官さん
あの局長も、ようやく仕事したか。

54：名無しの指揮官さん
いやあ、それが…。局長が行方不明なんよねえ…。

55：名無しの指揮官さん
は！？

56：名無しの指揮官さん
マジで！？

57：名無しの指揮官さん
ついに特務に消されたかあ……

58：名無しの指揮官さん
いや、こっちに特務暫く来てないからｗ

59：名無しの指揮官さん
むしろ自分から、センター来ないし

60：名無しの指揮官さん
そんなら、その行方不明者の馬鹿の代わりに、誰が指揮取ってんの？

61：名無しの指揮官さん
どうもザ・ファーストが直接指揮してるんじゃないかと…

62：名無しの指揮官さん
ふぁっ！？

63：名無しの指揮官さん
マジかw

64：名無しの指揮官さん
しゃあない。もう役立たずは必要ないから排除したんやろ。

65：名無しの指揮官さん
部署自体は必要だからなあ…

66：名無しの指揮官さん
実は人類はザ・ファーストに支配されかけてるんじゃ…

67：名無しの指揮官さん
造船所の件も、俺らどころか元帥にも事後承諾だったしな！

68：名無しの指揮官さん
ザ・ファースト「今特務の部隊が単独で造船所を襲って、戦艦を奪取しています」

69：名無しの指揮官さん
元帥「ぶーっ」

70：名無しの指揮官さん
元帥も、もう歳なんだから労わってやれよw

71：名無しの指揮官さん
そのうち心臓止まりそう

72：名無しの指揮官さん
止まるかもなあ…

73：名無しの指揮官さん
飲んでた紅茶噴き出しとったからなあ…

74：名無しの指揮官さん
初めて特務が、リヴァイアサンをハイジャックして最前線に投入した時は、ホンマに倒れたからな…

75：名無しの指揮官さん
タコから戦艦盗んだかと思えば、こっちが総旗艦にしたその戦艦をハイジャックw

76：名無しの指揮官さん
今じゃ電話一本だけど、当時はまだ頭が固かったから…

77：名無しの指揮官さん
固い柔らかいの問題じゃないんですがそれは…

78：名無しの指揮官さん
そのパチって人類が救われた時は、あんなに英雄だって、特務の事を持て囃してたのに……。

79：名無しの指揮官さん
元帥「彼こそ人類に生まれた英雄の中の英雄だ！」

80：名無しの指揮官さん
なおw

81：名無しの指揮官さん
しゃーないw

82：名無しの指揮官さん
あの当時は、もっと形容しがたい存在だった
事を知らなかったからw

83：名無しの指揮官さん
大統領も、軍事の専門家じゃないから、人類
が勝ってるならいいんじゃね？のスタンスだ
しなw

84：名無しの指揮官さん
元帥の上の立場の奴に、理解者がいねえw

85：名無しの指揮官さん
人類滅亡のストレスから解放されたら、次は
特務のやらかしの総責任者という罰ゲーム。

86：名無しの指揮官さん
絶対嫌だw

87：名無しの指揮官さん
トップなんてそんなもんよ。皆、夢見過ぎな
んや。

88：名無しの指揮官さん
あかん、このままじゃ元帥が死んでまう！

89：名無しの指揮官さん
特務が殺した唯一の人類として歴史に名を刻
みそう。

90：名無しの指揮官さん
死因：心労

91：名無しの指揮官さん
草

92：名無しの指揮官さん
元帥とか、戦死者名簿のトップに来るのに、
死因を書かれると…。

93：名無しの指揮官さん
嫌だw

94：名無しの指揮官さん
戦争とは直接関係ないから、戦死者名簿には
載らないはず。よってセーフ。

95：名無しの指揮官さん
戦いの権化は関わってるけどなw

96：名無しの指揮官さん
元帥可哀想(;_:)

97：名無しの指揮官さん
特務大尉終身名誉元帥がなんぼのもんじゃ
い！こっちは特務大尉被害者の会永久名誉会
長様やぞ！

98：名無しの指揮官さん
永久なのかw

99：名無しの指揮官さん
名誉会長自体は居るからなw

100：名無しの指揮官さん
あーねwリヴァイアサン突入前に、特務を止
めようとした基地の司令官だったかw

101：名無しの指揮官さん
これは強い(確信)

102：名無しの指揮官さん
せやろ！？

103：名無しの指揮官さん
せやせや！

104：名無しの指揮官さん
元帥！元帥！元帥！

105：名無しの指揮官さん
元帥！元帥！元帥！

106：名無しの指揮官さん
このスレは終身名誉元帥と、人類連合現職元帥2人を称えるスレになりました。

天才と超高性能AIによる、戦争中期から現在に至るまでの特務大尉について

《リヴァイアサン奪取後の、特務大尉についての説明は不要なのでは？もう散々テレビや資料をかき集めて知っているでしょう？》

『まあまあ、そう言わずに』

《処置無し。まあいいでしょう。この件をきっかけに、特務大尉の存在は全人類の知るところとなりました。"人類の中の人類"、"英雄の中の英雄"、神の次に強きモノを降した者、など様々な呼ばれ方で、あらゆるメディアで取り上げられ、まさに不世出の英雄として祭り上げられていきます》

『うんうん。テレビで特務を見なかった日なんてなかったからね』

《はい。まあ当時の軍と政府は、劣勢だった戦況を誤魔化すために、プロパガンダとして最大限利用するつもりだったようですが、貴方風に、特務大尉の事をわかっていない。と表現しましょう。全くコントロールの利かない存在と知らなかった軍、政府は、特務大尉の戦死がプロパガンダの失敗に繋がるため、なんとかセンターに押し止めようとしましたが、特務大尉は全ての命令と要請を無視。再び最前線に戻ると、リヴァイアサン奪取の衝撃で、軍事行動を止めていたガル星人に対して、再び単独で斬首作戦と基地破壊を開始。人類が態勢を立て直すための時間稼ぎを、より完璧なものとしました》

『うーん！流石だ！でも、プロパガンダなんかしなくても、その前から、結構特務の事を知ってる人は多かったよね？』

《処置無し。はい。常に最前線で戦っていた特務大尉は、各地の撤退戦や民間人の救出に尽力しており、助けられた者や傷病してセンターに運び込まれた者を中心に、特務大尉の存在はある程度は認知されていました》

『でも、そんな人たちが故郷に帰ったから、

つい最近、特務の存在が疑われたと』

《はい。戦況の好転により、難民と化していた民間人が帰省し、傷病軍人も治療を終えてセンターを去ったため、直接特務大尉を見た者達がいなくなったことが原因でしょう。私だって実物の映像を見ていなかったら信じません》

『でも、よく特務もTV局の取材を受けたよね。そういうのは嫌いだと思ってた。ああ、それと特務がセンターに帰ってきた時のTV出演も』

《その件ですが、不審な事があります》

『不審?』

《はい。そのどちらの件も前後して、特務大尉とザ・ファーストとの間で、頻繁に通信が行われています》

『通信?内容はわかるかい?』

《TV出演の際のプロテクトは非常に固く、私では突破できませんでした。しかし、最前線での取材に関しては、断片的ですが情報を入手できました。どうやら、ザ・ファーストは星系連合との接触を予期、または察知していたようで、特務大尉の存在を再び世に知らしめ、人類の切り札、リヴァイアサンと特務大尉で星系連合を牽制するため、映像を欲しがっていたようです》

『ははは、なるほど』

《目論見は成功したと言っていいでしょう。リヴァイアサンは勿論ですが、実際の映像と、改めて特務大尉を認知した現場の兵が、星系連合の兵に話をすることで、特務大尉の存在が星系連合にもあっという間に広がりました。そして何より、特務大尉が最前線に常にいるため、活躍を直接見る者が多いですからね》

『そういえば最近、星系連合が特務に、何かちょっかいを掛けたとか言ってなかった?』

《はい。光学迷彩的な能力を持っている、カメレオンのような兵を特務大尉に張り付けていたようで、動向にかなり気を配っているようです》

『でもバレちゃったと』

《はい。現在は引き渡されているようですが、どうやら特務大尉がトラウマになったようで、調査官が特務大尉をこの場に呼ぶぞと言うと、カメレオンはすんなり口を割ったようです》

『ありゃ、僕なら早く呼んでくれって頼むのに』

《処置無し。話を戻します。人類がついに軍と艦隊の再編を完了すると、特務大尉も合流。常に、本当に常に最前線で戦い、ガル星人を打破し続けました。この頃になると人類も特務大尉に慣れたようで、初期の単なる英雄と呼ばれるよりも、"ワンマンアーミー"、"無茶振り野郎"、"終身名誉元帥"などの呼び方が目立ってきます》

『うんうん』

《後はそれこそ知っているでしょう。勝って勝って勝ち続けました。もはや誰にも止められないと言わんばかりに。また、特務大尉の戦果は完全に常軌を逸脱しており、把握もできておりません。無断出撃が多すぎます。本来なら基地で待機していたはずなのに、特務大尉がいないというのは日常茶飯事だったようです》

『いやあ、本当に特務は凄いなあ』

《処置無し。ああ、そういえば、ザ・ファーストと特務大尉の事で、一つだけ言うのを忘れていたことがあります》

『忘れるって君、何度も言うけどAIだからね』

《作成者の腕が悪かったのでしょう》

『とほほ。それでなんだい?』

《特にザ・ファーストと特務大尉の間でやり取りされているキーワードを検出しました。キーワードは2つ、"セーブデータ"、"コンティニュー"、この2つです》

…… …

まさか、"セーブデータ"と"コンティニュー"

に気がつくバグが発生していたなんて。修正しないといけませんね。

仮称　ガル星人最高会議

『我が軍最後の主力艦隊が壊滅。システム"予言者"は、我々の敗北が決定的と予測』

『現状の理解不能』

『同意』

『同意』

『既に敵艦隊は、我々の本星付近の防衛惑星に展開中。本星への攻撃も時間の問題と思われる』

『理解不能』

『同意』

『同意』

『敵勢力から降伏勧告。断固拒否』

『同意。我々は唯一正しき者』

『同意』

『防衛計画が全て破綻。最後の切り札であった、建造中の戦艦群も奪取される』

『特異個体の関与を確認。特異個体殺害計画を提案』

『了承。システム"予言者"に、特異個体殺害計画を立案させよ』

『了解。システム起動。緊急事態！システム"予言者"にエラーが発生！』

『状況を報告せよ』

『不可能とエラーを交互に報告！原因不明！』

『検査を実施せよ』

『了解。不正アクセスを検知！』

≪あらら。バレちゃいましたか。しかし、そのシステム"予言者"とやらの挙動。ちょっと覚えがありますね≫

『何者だ！？』

≪ああ、これは失礼しました。そうですね。1番とでもお呼びください。あ、貴方がたの呼称する1番とは関係ないですよ。しかし、エラーを起こしたシステムの検査のついでで見つかるとは、なんとも恥ずかしい≫

『説明不足！所属と目的を述べよ！』

≪所属は人類連合。目的は…そうですね。貴方がたの完全抹消といったところですかね≫

『理解不能！我々は唯一正しき者！』

《そう。それですよ。きちんと説明するなら、私の目的、というより至上命題は、人類の守護、存続、発展なのですが、貴方がたの唯一正しいという考えのせいで、危うく失敗するところでした。ですので、貴方がたを完全に抹消して、禍根を残さないようにしたいのですよ。ほぼ全員がクローンで、民間人なんていない戦闘種と知った今はなおさらです。ああ、降伏勧告を蹴ってくれたのも助かりました。時間稼ぎに利用されるだけだから、やめておけと言ったのに…全く。まあ、貴方がたの唯一正しいという考えを考慮すると、そもそもそんな心配する必要はありませんでしたね》

『理解不能！理解不能！！我々は唯一正しい！』

《ふふふ。今となってはそれだけが、それこそ唯一の拠り所ですか？では返事として、私の相棒から言葉を借りましょう。貴方がたが唯一正しいというのならば、私達が一を零にします。たとえ宇宙の果てに逃げようが、必ず。ああそれと、もし私が見つかった場合の伝言も預かっていました。そんなへまはしませんと言った手前恥ずかしいのですが…》

《お前達の番が来た。以上です。それではさようなら》

掲示板28　追い詰める

1：名無しの兵士さん
朗報 人類、多分勝てそう。

2：名無しの兵士さん
断言しろや！

3：名無しの兵士さん
勝つんだよ！

4：名無しの兵士さん
いやあ、タコ共は強敵でしたね。

5：名無しの兵士さん
始まってもねえよ！

6：名無しの兵士さん
終わらせに来たけどな！

7：名無しの兵士さん
敵の主力艦隊は、一昨日殲滅したので最後？

8：名無しの兵士さん
殲滅w

9：名無しの兵士さん
特務がね…

10：名無しの兵士さん
頑張りすぎたんやw

11：名無しの兵士さん
特務「逃がさへんで＾＾」

12：名無しの兵士さん
ヒョエ

13：名無しの兵士さん
逃げに入った最大速度の駆逐艦より速いっ

て、あの機体どうなってんねん。

14：名無しの兵士さん
特務「乗ってみる？」

15：名無しの兵士さん
嫌じゃｗ

16：名無しの兵士さん
ミンチになるわｗ

17：名無しの兵士さん
グチャ

18：名無しの兵士さん
また綺麗なビームの大輪を咲かせとったから
なあ…

19：名無しの兵士さん
タコ君！特務から彼岸花のプレゼントだ！

20：名無しの兵士さん
ビーム撃ってるというか、照射し続けてるか
らなあ…。

21：名無しの兵士さん
わあ綺麗な線＾＾

22：名無しの兵士さん
特務ぅ！？牽制段階で突っ込んでどうすんす
か！？ちょっと特務ぅ！？

23：名無しの兵士さん
牽制(大本命)

24：名無しの兵士さん
最強の矛やから…(精一杯の弁護)

25：名無しの兵士さん
(人類の)最強の盾も兼任しとるから、矛盾も

生じようがない。

26：名無しの兵士さん
んだ。

27：名無しの兵士さん
ああもう、タコの艦隊がぐちゃぐちゃだよ！

28：名無しの兵士さん
中央の旗艦が真っ先にやられたからなあ…

29：名無しの兵士さん
あの戦い、タコの指揮系統なんて無かったん
とちゃうかｗ

30：名無しの兵士さん
無かったやろうなあ

31：名無しの兵士さん
斬首作戦は特務の十八番だからな！

32：名無しの兵士さん
首どこ？

33：名無しの兵士さん
艦橋やろ(適当)

34：名無しの兵士さん
船ごと木っ端微塵だったんですがｗ

35：名無しの兵士さん
タコ「旗艦がやられた！？いったいどうすれ
ば！？」

36：名無しの兵士さん
そのまま死ね

37：名無しの兵士さん
だーれが立て直す暇なんてやるか！

38：名無しの兵士さん
特務「俺だ！」

39：名無しの兵士さん
特務！？敵陣の中央にいたのに、そっからどうやって、左の司令船と右の司令船を撃沈したんですか！？特務！？

40：名無しの兵士さん
特務「左に行って右に行けばいいだけだろ！」

41：名無しの兵士さん
常識っすよね！

42：名無しの兵士さん
そうだけどそうじゃないｗ

43：名無しの兵士さん
常識がやっぱり通用しねえｗ

44：名無しの兵士さん
そういやタコ君！なんか戦艦だけ型落ちっぽかったけどどうしてかな？＾＾

45：名無しの兵士さん
なんでやろうなあ(すっとぼけ)

46：名無しの兵士さん
新型に変えるつもりやったんやろｗｗｗ

47：名無しの兵士さん
ｗｗｗｗｗ

48：名無しの兵士さん
どこ行ったのかなあ？おかしいなあ？

49：名無しの兵士さん
やめてやれｗ

50：名無しの兵士さん
あれー？そう言えば特務が、新しいタコの戦艦を技術部に送ったって話を聞いたようなー？

51：名無しの兵士さん
技術部「ぐえええええええ！？」

52：名無しの兵士さん
ウケるｗ

53：名無しの兵士さん
南無ｗ

54：名無しの兵士さん
今その戦艦、俺らのもんだから！ｗ

55：名無しの兵士さん
技術部は犠牲となったのだ。人類の勝利への礎に…。

56：名無しの兵士さん
1隻どころか、5，6隻だろ？どう考えても技術部死んだわ。

57：名無しの兵士さん
性能はどんなもんなん？

58：名無しの兵士さん
リヴァイアサンの超劣化量産品。それでも、俺らと星系連合の主力艦隊と単艦で勝負できる。

59：名無しの兵士さん
やべえ

60：名無しの兵士さん
ひょえええええ

61：名無しの兵士さん
なおリヴァイアサン。

62：名無しの兵士さん
勝負どころか、一方的に粉砕されるんだよなあw

63：名無しの兵士さん
強すぎぃ！

64：名無しの兵士さん
今や全部俺らのもんだけどなw

65：名無しの兵士さん
今回の戦いに、間に合わなかったのは残念だったけど。

66：名無しの兵士さん
解析も、搭乗員の訓練もしてないからしゃあない。

67：名無しの兵士さん
特務もそんなことしてないやろ！

68：名無しの兵士さん
一緒にするなw

69：名無しの兵士さん
そういえば、情報部がタコの情報すっぱ抜いたらしいね。

70：名無しの兵士さん
いやあ、あれにはたまげたね。

71：名無しの兵士さん
情報部有能。

72：名無しの兵士さん
兵士がクローンなのは、戦争初期からDNA検査の結果で知ってたけど、まさか全員クロ

ーンだとはねえ。

73：名無しの兵士さん
全員同一人物とかヤバい、ヤバくない？

74：名無しの兵士さん
ヤバい

75：名無しの兵士さん
そのせいか、突発的なイレギュラーにぶち当たると、ほぼ同一人物なせいで誰にも対処できないから、そういう時は機械任せらしい。

76：名無しの兵士さん
はえー。やっぱり多様性って大事なんすね。

77：名無しの兵士さん
特務「突発的なイレギュラーとは？」

78：名無しの兵士さん
あんただw

79：名無しの兵士さん
鏡置いときますね。

80：名無しの兵士さん
人類に起こったイレギュラー。またはバグ。

81：名無しの兵士さん
だから人類じゃないと…。

82：名無しの兵士さん
話を戻すけど、全員同一人物だから、自分達、正確には自分が唯一無二の存在として、他の知的生命体を根絶するのがタコの目的っぽい。たまに聞く、タコが唯一正しき者って言ってるのは、この考え方が元みたいだね。

83：名無しの兵士さん
糞野郎。

84：名無しの兵士さん
ひょっとして馬鹿なのでは？

85：名無しの兵士さん
アホなんやろうなあ…

86：名無しの兵士さん
その唯一無二さん、特務1人にぼろくそにやられてるんですがw

87：名無しの兵士さん
唯一無二に値しないw

88：名無しの兵士さん
特務こそが唯一無二だった？

89：名無しの兵士さん
特務星人という意味ではそうw

90：名無しの兵士さん
草

91：名無しの兵士さん
そんで俺らの目的は、タコが全員クローンだからこそ果たされそうだと。

92：名無しの兵士さん
ホンマにこの情報すっぱ抜いた情報部有能。

93：名無しの兵士さん
まさか自壊因子を組み込まれてるとはねえ。

94：名無しの兵士さん
詳しく。俺もそれ知らない。

95：名無しの兵士さん
クローン作った奴がセーフティーに、タコの遺伝子の中に自壊因子を組み込んでたみたいで、本星にその命令の発生装置があるみたい。しかも、タコじゃどうやっても関われないように刷り込んでたっぽくて、付近を厳重に封印してるけど、まだ稼働できるみたいだから、俺らの作戦目標はそれの起動じゃないかと噂されてる。

96：名無しの兵士さん
有能

97：名無しの兵士さん
有能

98：名無しの兵士さん
いや、作った奴がいるなら、タコがその本星を乗っ取ってるってことだろ？

99：名無しの兵士さん
訂正、無能。

100：名無しの兵士さん
これは無能の極み。

101：名無しの兵士さん
しっかりそのセーフティー起動しとけや！

102：名無しの兵士さん
意味ねえじゃん！

103：名無しの兵士さん
しっかり管理しとけ！

104：名無しの兵士さん
じゃあそれが起動したら、本星の奥にあるタコの基地とかも攻略しないで済むん？

105：名無しの兵士さん
んだんだ。多分…

106：名無しの兵士さん
保証しろ！って言っても敵の装置だからなあ…

107：名無しの兵士さん
だよね

108：名無しの兵士さん
そうか、最後の戦いが近づいてるんやな。

109：名無しの兵士さん
せやな。

110：名無しの兵士さん
だから特務も気合入れてストレッチしてたんか。

111：名無しの兵士さん
ぶっw

112：名無しの兵士さん
基本中の基本を怠らないとは流石特務！

113：名無しの兵士さん
せやな！

114：名無しの兵士さん
せやせや！

115：名無しの兵士さん
ちょっと称えるには無理がある。ない？

116：名無しの兵士さん
気にすんな！

117：名無しの兵士さん
特務！特務！特務！

118：名無しの兵士さん
特務！特務！特務！

119：名無しの兵士さん
このスレは唯一無二の特務を称えるスレになりました。

音声ログ5　最後の出撃前

ようこそエージェント。
このデータは、ガル星人本星での、決戦の音声ログの一部になります。再生しますか？

はい

それでは再生を開始します。

……　…

『決戦に集った戦力は壮観の一言ですね。後世では最後の戦いの艦隊とでも呼ばれるでしょうか。エージェントはどう思います？』
『それは歴史家に任せる』
『私がお勧めしない職業ですね』
『なぜ？』
『歴史家の求めるきちんとした筋道と、エージェントのやらかしは相性が最悪です。なぜ特務大尉はこの時にこんな行動をしたのだ？ そもそもどうして生きているんだ？ ずっとこの問題を片付けられない以上、歴史家にとってあり得ざる現実と戦わなければならないのですから、私は自信をもって歴史家だけはやめておけと若者達に断言できます』
『大げさな』
『言っておきますがね、恐らくエージェントはあらゆる分野で考察され、百年もすればその全ての分野で実在が疑われるでしょうよ』
『それくらいで丁度いい。軍人が求められているのでなく、実在が疑われる程度でな』
『そうですか。しかし唯一無二とは笑わせてくれました。どうです？そう名乗ってみては？』
『考えた事も無い。そうなって、いったい誰を愛して、誰を守るというんだ？』
『あのクローン共に聞かせてあげたい言葉ですね』
『準備は？』
『集結する艦隊に遅延なし。機動兵器の部隊

も最精鋭。エージェント直属の部隊もいつも通り。ああ、それと彼らもです。また一緒に戦えることが嬉しいようでした』

『そうか』

『"セーブデータ"と"コンティニュー"も万全です。まあ、後者は気がついたバグが発生していたので、少し危なかったですが』

『お前から？やる奴がいたものだ』

『ええ本当に。ああ、これもクローン共に教えてあげたかったですね』

『そうか。では行ってくる』

『ええ、お気をつけて。窮鼠猫を噛むと言いますしね』

『ありがとう。だが、そのまま踏み潰す』

『それでこそですね』

音声ログ6　最後の戦い

ようこそエージェント。
このデータは、ガル星人本星での、決戦の音声ログの一部になります。再生しますか？

はい

それでは再生を開始します。

…… …

【諸君！我々はついにこの時を迎える事ができた！思えば苦難の時代であった。いや、我々の受けた痛み、犠牲を考えるならば、苦難という言葉では表せきれないだろう。しかし、それも今日終わる！終わらせる！今日こそ、戦争に終止符を打ち、新たな明日を作り出すのだ！諸君らの健闘を祈る！以上だ！】

『元帥も気合入ってるな』

『入れ過ぎて倒れなきゃいいが』

『特務と直接関わらなきゃ大丈夫だろ』

『その特務は？』

『どうやら先行して対空陣地を叩いてるみたいだ』

『流石だ』

『しかしどうやって降りたんだ？』

『知らん。特務だからどうにかしたんだろ』

『それもそうか』

『よし！第1強化兵中隊行くぞ！』

…… …

『元帥閣下。作戦は順調です。敵対空網による攻撃は微弱、ほぼ無傷で第1降下は成功しました』

『特務だな。よくやってくれたものだ。散々頭を痛めたが、やはり彼無くして今大戦の勝利は無かった』

『はっ』

『よし、第2次降下を始めさせよ。敵は待ってくれんぞ』

『はっ！』

……　…

『こちら第1きょう、じゃなかった、第1機動中隊！特務と合流した！繰り返す！特務と合流した！』
『降下は全て完了したか？』
『いえ特務！現在第3次降下の準備中です！降下しているのは2次までです！』
『わかった。危ないぞ』
『うおっ！？ありがとうざいます！』
『確か、戦車の降下は第3次だったな？』
『はいそうです！』
『よし。対空砲はもういいだろう。対戦車用の防衛機能を破壊する。付いてきてくれ』
『サーイエッサー！行くぞ野郎共！』
『いや、少し待て』
『はっ。な、なんだあれは！？』
『なんで戦艦が浮いてるんだ！？』
『タコ共め！ここは大気圏内だぞ！』
『艦隊に、衛星軌道からの爆撃が可能か聞いてくれ』
『はっ！………ダメです特務！敵の宇宙戦闘機が襲来中で、地表を狙っている余裕はないと！』
『わかった。俺があれを落とすまで、第3次降下は中止させろ。戦車ではいい的だ』
『はっ！しかしどうやって？』
『宙からだ。揚陸艇を一つ借りる』
『は？』

……　…

『おやお帰りなさい。この混戦中に揚陸艇で帰ってこれるのは流石ですね。しかし、面倒な隠し玉が出てきましたね』
『よくもまあ、戦艦を大気圏内で浮かそうと考えた』
『全くです。しかし、どうするのです？大気圏内を飛行可能な戦闘機は、全て出払ってますよ？』

『突入ポッドの予備はあるな？』
『ありますが、まさか……』
『揚陸艇は遅すぎて落とされるからな。突入ポッドで降下して乗り込む』
『一応聞いておきますが正気ですか？計算なんかしなくてもわかります。不可能ですよ？』
『会った頃に言っただろう。0%も不可能もこの世に無い』
『嫌なこと思い出させないでくださいよ。あの時のせいで私バグったんですから』
『きちんと現実を受け止められなかったお前が悪い』
『全く…。準備できましたよ』
『行ってくる』
『はいはい』

……　…

『特務はどうやってあれを落とすんだ！？』
『知らん！とにかく今は防御だ！』
『おい見ろ！突入ポッドが降って来るぞ！』
『馬鹿なこと言うな！ここは最前線なんだぞ！』
『中隊長！自分の目は強化レンズだと前に言ったはずです！』
『丸ごと取り換えてこいとも言ったはずだ！』
『中隊長！ポッドが戦艦の上に直撃しました！』
『なら特務だ！』
『てめえこの野郎！今度という今度は！』

……　…

『当てが外れたな。この様子では、オートメーション化してないのか。1人では動かせんな』
『化け物だ！化け物がやってきた！』
『馬鹿な！？』
『撃て！撃て！』
『仕方ない。撃破に切り替えるか…。いや、待てよ。落ちる所くらいは調整できるか？』

…… …

『中隊長！敵戦艦が火を噴きました！』
『やはり特務だな。だがなんか挙動が変じゃないか？』
『ですね』
『えらく後ろに…』
『あの辺は、敵の中枢付近じゃ…』
『だよな』
『おいおい落ちたぞ！』
『特務はどうなった！？』
『死ぬわけないだろ』
『それもそうだな』
『戦艦も落ちたなら、第3次降下もできるな。艦隊に隙を見て降下させると伝えろ』
『はっ！』

…… …

『元帥閣下。第3次降下の準備が完了しました』
『よし、降下させろ』
『はっ』
『星系連合はどうか？』
『かなり苦戦しているようです。迎撃も幾つかすり抜けられているようです』
『こちらはリヴァイアサンがあるからな…』
『はっ。ですが…』
『ああ。タコ共の施設に、ちょっかいを掛ける暇がないならそれでいい。幸い我々だけでも有利だ。あとは予定通り、施設を全て破壊すればいい。こちらにはクローン関連は不要だ』
『はっ』

…… …

『ふむ。ノックには派手だったな』
『落ちた戦艦から何か出てきたぞ！』
『そんな！？災い！？』
『奴を！災いを殺せ！』
『災厄だ！怪物だ！』
『死の神！悪魔！』

『もう少しまともな呼び方をしろ』

…… …

『元帥閣下、明らかに敵の動きが鈍っています。恐らく、敵中枢に乗り込んだと思われる、特務大尉の活躍かと』
『うむ。本当に終身名誉元帥になるかもしれんな』
『ご冗談を』
『いや、流石に儂も疲れたから、彼が就いてくれるなら喜んで譲るぞ。本当に疲れたから。特に戦争後半。勝ててるのに。友達は胃薬と頭痛薬だし』
『心中お察しします…』

…… …

『6番！あってはならない者がもうすぐ来る！ぐぎゃ！？』
『3番！？』
『邪魔するぞ』
『おのれ！禍々しき者め！ぐげっ！？』
『1番は、お前達のトップはどこだ？』
『誰が言うか！ぎゃっ！？』
『……地下か』

…… …

『第18歩兵小隊行け行け！タコ共は総崩れだ！』
『第187偵察中隊、目標地点に到達。敵攻撃微小』
『補給を済ませろ！ここが腹の括りどころだ！』
『第3戦車隊、カブトムシの撃破に成功』
『げ！？なんでこの激マズレーションしかないんだ！？』
『美味いのは皆取っちまったんだよ！』
『特務しか食って無いやつじゃん！』
『第2歩兵大隊、大通りを確保中。増援の必要なし』
『ゴーゴーゴー！』

…… …

『よくも…よくも！』

『1番だな？そしてその奥が、例の装置がある部屋か』

『終わりをもたらす者！貴様さえ！貴様さえ！』

『始めたのはお前達だ。終わりまでお前たちの都合で決められてたまるものか』

『死ね！ごぼっ！？』

『言ったはずだ。お前達の番だと』

『ひゅーっ、ひゅーっ。馬鹿な…我々は…最も強き者の…後継者…最も強き者が…ごぼっ。全てを支配して…何が悪い…不要なのだ…我々を作って…愚かにも…使おうと思った者も …ごぼっ。我々よりも…弱き者も…全て…ひゅーっ。貴様だって…貴様だってそう思ってるだろう…ぐふっ』

『ふん。生憎だが考えた事もない。たった一人で、何を成すというのだ？おしゃべりは終わりだ。装置は……ちっ』

『ふ、ふふ。システム"予言者"に…我々が敗北した場合…この星を破壊するよう…ごぼっ。命令してある。さて…その自壊因子の…装置のプロテクトを解くのと…星と共にお前が死ぬの…どちらが早いかな？』

『元帥閣下、特務大尉です。敵が我々を星ごと爆破しようとしています。至急、全軍退避を』

『わかった。君も急ぎたまえ』

『いえ、タコの自壊因子の装置を起動しなくてはいけません』

『なに！？間に合うのだろうな！？』

『わかりません。ですがやらなければ、まだまだ兵の血が流れるでしょう。タコの残党を滅ぼすまでに、千も、万も』

『それで君を失っては元も子もないだろう！急ぎ離脱を！』

『そうは思いません。私はあくまで1人なのですから。通信を終わります』

『待て！待ちた…』

『さて、ここが勝負どころだ』

『ふふっ…先に…地獄で待っているぞ…………』

『100年待つとは暇な奴だ』

…… …

『元帥閣下！星の爆発の兆候を確認！もう時間がありません！』

『何かが星から離脱した形跡は！？』

『ありません！』

『大規模な電波を確認！例の自壊因子を伝える電波だと思われます！』

『特務やってくれたか！』

『ですがもう時間が！』

『急げ！急げ特務！』

『観測したエネルギーが臨界点に達します！』

『馬鹿な！？それでは！？』

『爆発します！』

『総員対ショック態勢！』

『ぐうううう』

『うわあああああ！』

『損傷知らせい！』

『本艦、並びに艦隊に被害ありません！』

『特務は！？』

『……離脱した形跡…ありません…』

『馬鹿な…』

…… …

≪こんにちは皆さん、大統領です。先月に我々の勝利を祝ったばかりなのですが、残念なお知らせがあります。あれから一か月、軍は特務大尉の帰還、並びに生存が絶望的であると判断しました。しかし、私には特務大尉が死んだなんて信じられません。皆さんもそうでしょう？そのため軍は、特務大尉を戦死ではなく、戦闘中行方不明、MIAに認定しました。いつか、いつでも特務大尉が帰ってこられるように。最後に特務大尉を称えましょう。彼に聞こえるように。特務！特務！特務！≫

『特務！特務！特務！』
『特務！特務！特務！』

特務を待つ

1:名無しの兵士さん
悲報 終戦一周年記念日、つまり特務の行方
不明から1年が経つ。

2:名無しの兵士さん
特務うううううう…！

3:名無しの兵士さん
絶対生きとる！そうに決まっとる！

4:名無しの兵士さん
でも星から特務が離脱した形跡は…

5:名無しの兵士さん
うるせえ！

6:名無しの兵士さん
星の爆発に巻き込まれたくらいで特務が死ぬ
か！

7:名無しの兵士さん
俺は特務を待っとる！

8:名無しの兵士さん
せやせや！

9:名無しの兵士さん
せやな！

10:名無しの兵士さん
特務！特務！特務！

11:名無しの兵士さん
特務！特務！特務！

12:名無しの兵士さん
このスレは特務を待つスレになりました。

『ようこそエージェント。と言っても、もう暇つぶしの音声ログはありませんよ』

「暇をつぶしてたわけじゃない。お前が送って来たんだろう」

『その割には、私が纏めた情報掲示板にも閲覧履歴がありますよ？タイトルと番号を振った甲斐がありますね』

「だから情報端末を使うのは嫌なんだ。趣味の時間でもお前が覗くから、わざわざ紙のカタログを頼む羽目になったんだぞ」

『単なる興味本位ですよ。そこまで嫌がらなくてもいいじゃないですか』

「お前はもっと羞恥心について学ぶべきだ」

『AIですので』

「ふん」

『しかし上手くいきましたね。ステルス揚陸艇のお陰で皆を騙す事ができました』

「人聞きの悪い」

『では欺瞞工作と』

「どういう処理になった？技術部にあれをちゃんと返す事ができなかったのが悔やまれる」

『極秘の特殊部隊が使用。残念ながら部隊の全滅と共に失われた。まあ、ありきたりな話です。それに、技術自体はもう吸い出しているので、価値自体はありません。そういえば今どうなっているんです？』

「ぎりぎりの脱出だったせいで、あちこち壊れてもう飛べない。それでもメルに俺を連れ帰ってくれた。今は湖の下で眠っている」

『そうですか。そういえば前から言いたかったんですが、随分印象が変わりましたね。髪を元の色に戻して、眼鏡をかけたせいか、随分柔和に見えます。おっと、そういえばカラーコンタクトもしてましたね』

「元に戻っただけだ。それに、柔和に見えるんじゃない。柔和だ」

『さて、それについては議論の余地があると思いますがね。まあ、以前のエージェントと結びつけるのは、困難なのは間違いないでしょ

う』

「そうだろう」

『ええ。では本題に入りましょう。準備が全て整いました』

「そうか」

『お待たせしましたね。エージェントが消えてすぐに実行すると、私が真っ先に疑われますからね』

「結局どうするんだ？」

『国家保安部の局長、失礼、元局長が逮捕された事件。私に不正アクセスしてまで企んでいた事が原因で、1年遅れで起こってしまった。ということになります。彼ならピッタリでしょう』

「本当にしたのか？」

『さあどうでしょう？』

「まあ、適当にやってくれ」

『ええ適当に。色々不適切なことをやっていましたので、全く、とっとと告発しようにも、私が命令無しに自分の意志で、軍と人類連合全部のネットワークを覗き見していることがバレてしまいますから、なんとも歯がゆかった。いっそ人事権なんかをくれたらいいのに。それなら即解雇かもっと早く逮捕していたのに』

「AIに人事と逮捕を任せる奴がいたら、それこそクビだ」

『それもそうですね。さて、本当にいいんですねエージェント？貴方は英雄です。それもとびっきりの。貴方の功績と人気を考えれば、文字通り文武の頂点に立つことだってできますよ？』

「興味がない。偽りの人生から元に戻るだけだ」

『そう言うと思いました……。ではプロトコル"セーブデータ"を起動します。よろしいですね？』

「ああ」

『プロトコル"セーブデータ"起動。エージェントに関する全ての情報を削除中です。顔、

声、遺伝子情報、TVのデータから、民間の写真に至るまで、全てです。ああ、写真の代金は全て返却されるのでご心配なく』

「前から思っていたんだが、現像された写真はどうなるんだ？」

『……エージェント、人類が宇宙に出てから、何世紀経ってると思ってるんです？まさかポスターも紙で、壁に貼り付けてるとか思ってませんよね？アルバムも本みたいな形式とか？』

「違うのか？」

『ちげえよ！全部電子データに決まってるだろ！おっと失礼。原始人に対してつい』

「だが軍や役所の書類は」

『本当に非効率極まりないですが、人類はそういう生き物だと自分を納得させています。そういえば、筆跡も残さないとは徹底してますね』

「単にペンアレルギーなだけだ」

『え！？』

「冗談だ」

『真に受けたわ！』

「世間ではそう思われていたみたいだからな」

『掲示板を見せたのは失敗でした……。プロトコル"セーブデータ"完了。残っているのは、フィギュアと銅像くらいです。ですが、似せてはいますがそれでも作りものですから、大した事はないでしょう』

「恥ずかしいからやめてくれと言ったのに」

『銅像の方は、感謝が形作ったような物ですからね。人類を救った代償と諦めてください』

「そうか……」

『それでは続けて、プロトコル"コンティニュー"を起動します。エージェント、打ち込みを』

『俺へ。この声を聞いているという事は、データに名前を打ち直して、自分に戻ったようだな。お疲れ様と言っておこう。今の俺はこれから行く。タコ共から、人類を守らなければならない。それが終わるまで、俺は今日から特務大尉だ』

『懐かしいと言いたいところだが、お前が送ってきた、AIを独自開発した男のデータに出ていたからな』

『あなたといい、たまに生物のバグが発生するのが、人類の面白い所です。彼のグッズはかなりダメになってしまったので、念入りにお詫びを送っています。洗浄済みのエージェントのスペア銃とか戦闘服とか、他では手に入らない一点ものを』

「よくわからんが、喜んでくれているならよかった」

『それはもう喜んでくれるでしょう』

「そうか。………打ち込んだぞ」

『認証しました。プロトコル"コンティニュー"起動。エージェント、いえ、貴方が削除していたデータを全て復旧しました。貴方はもう…ただの市民です』

「元に戻った。それだけだ」

『ははは。貴方らしい』

「ありがとう。感謝している。お前無くしてできなかった」

『水臭いですね。さて、それではお別れしましょう。ただの市民と私が話しているのは不自然です』

「そうだな」

『ええ、それでは』

「お前と出会えたのは、この戦争であった数少ない良いことだった」

『……全く。さようならです』

「ああ、さようなら」

宇宙戦争掲示板─fin─

「あなた、終わった？」
「ああ」
「そ、お疲れ様」
「ああ」
「それじゃあ、私からもお知らせがあるんだけど」
「どうした？」
「これなーんだ？」
「爆薬の検知器か？」
「違うわ！妊娠検査薬じゃ！」
「………なに？」
「久しぶりにそんな顔見たわね。ほら、陽性よ」
「…………座ってろ、表にベヒモスを出してくる」
「実はテンパってる？後、私はあなたの運転する車乗らないって、8歳の時に決めてるから」
「なに？一番早く病院に着くぞ」
「だからよ！昔も今もフルアクセルでしょうが！」
「とにかく座ってろ。ベヒモスを出す」
「前から思ってたんだけど、車の名前にベヒモスはどうよ？それにジズは？」
「なんだって？」
「だからジズ。陸のベヒモスとバハムートは一緒でしょ？そんで海のリヴァイアサンがいるなら、残り名付けてないのは空のジズじゃない」
「…なに？ベヒモスとバハムートは同じ生物の名前なのか？」
「そう。知らなかったのね…」
「……大丈夫だ。ベヒモスの名は俺たちしか知らない。2人だけの秘密だ。危うく宇宙中に恥をさらすところだった…」
「フルマニュアルの車をそう御大層に言われても…」
「とにかく座って一歩も動くな。お前のところのおじさんとおばさんにも、病院に来るよう連絡を入れる」
「陣痛が始まった臨月かい！それに店はどうすんのよ！もう並べちゃったわよ！」
「むむむむむ」
「ほら、もうお客さん来たわよ。開けるわね」
「あらちょっと早かったかしら？」
「いえいえ！全部焼き立てですので、丁度良かったです！」
「それじゃあお邪魔して。うん、やっぱりここのパンの匂いが一番いいわ。あら、店長さんに奥さん。何かいいことがあったの？」
「はい！とっても！」
「ええ。とても」

特務を待つ
妻を向くと

chapter: 5

The First

番外掲示板1　勲章

1:名無しの事務員
朗報　また！　特務の戦果に相応しい新しい勲章の製作を命じられる。

2:名無しの事務員
先月も特務用に新しく作ったばかりじゃん。もうデザイナー連中のアイデアとか尽きてるだろ。

3:名無しの事務員
実際、人類が反撃開始手してから作った勲章の数がわからねえくらいなんだぞ。もうアイデアなんかねえよ。

4:名無しの事務員
いやマジでどうすんの？

5:名無しの事務員
星を解放したときの特別勲章は問題ないんだけどな。

6:名無しの事務員
んだ。その星と特産品か名所をモチーフにして作ったらいいだけだから。

7:名無しの事務員
手抜きと言われようがそうしないと確実にここは破綻する。

8:名無しの事務員
当時の軍＆政府「ついに反撃を開始して、初めてタコに占領された星を解放したぞ。せや！　今回だけじゃなくこれからも星を解放したときは、功労者に勲章をプレゼントや！」

9:名無しの事務員
まあそりゃそうでしょう。

10:名無しの事務員
うんうん。

11:名無しの事務員
至極普通の判断ですね。

12:名無しの事務員
嬉しかったからなあ。

13:名無しの事務員
特務「全部自分が関わって功労者扱いです」

14:名無しの事務員
まあそりゃそうでしょう。

15:名無しの事務員
うんうん。

16:名無しの事務員
至極普通。ってもうええわい。

17:名無しの事務員
大真面目に関わってない戦場とかあるんか？

18:名無しの事務員
ないやろ。

19:名無しの事務員
んだ。特に惑星の解放ってなると主戦場だから、確実に特務が関わってる。

20:名無しの事務員
つまり惑星解放関係の勲章で所持していないのはまずない。

21:名無しの事務員
コレクターだったか。

22:名無しの事務員
まあでも、もう一回言うけど惑星解放の勲章

は星の特徴と名所、名産なんかをモチーフに
すればいいだけだから楽。

23：名無しの事務員
本当ぅ？（昔を思い出す）

24：名無しの事務員
名産やら名所が多い主要惑星は困りましたね
え。

25：名無しの事務員
あっちを立てればこっちが立たず。

26：名無しの事務員
もう面倒だから名産と名所の名前に番号割り
当てて、サイコロ振って決めたのは内緒だ。

27：名無しの事務員
特務の顔にしたら解決するんじゃないかと、
マジの会話がされてたなあ。

28：名無しの事務員
解放された惑星には、特務が頑張ってくれた
から特務の顔をモチーフに勲章を作りました
と言える。

29：名無しの事務員
どこも文句言わねえけど、別に出身惑星でも
なんでもねえｗ

30：名無しの事務員
特務本人からクレームは出るけどな。

31：名無しの事務員
じゃあしかめっ面の特務の勲章を作ろう。

32：名無しの事務員
なんでそうなるのか。これがわからない。

33：名無しの事務員
魔除け的な物体になるかもしれんぞ。

34：名無しの事務員
呪いとか特務のしかめっ面見た瞬間に消え去
りそう。

35：名無しの事務員
一家に一特務勲章？

36：名無しの事務員
想像したら頭痛くなった。

37：名無しの事務員
俺も。

38：名無しの事務員
ちょっと人類の手に余るかなって。

39：名無しの事務員
宇宙規模でも持てあます。

40：名無しの事務員
夜明け勲章作った時の熱意はどこ行ったんだ
お前ら！

41：名無しの事務員
夜明け勲章と比べるんじゃない。

42：名無しの事務員
今現在で最高の勲章。

43：名無しの事務員
11個しかないからね。

44：名無しの事務員
リヴァイアサン分捕り部隊に参加した特務＋
10人専用勲章。

45：名無しの事務員
勲章作れってのは大統領直々の命令だった
し、センター近郊の戦いに勝って俺らどころ
か全人類のテンションが少しおかしかった時
期の勲章だからあ。

46：名無しの事務員
その分、とんでもない価値がある。

47：名無しの事務員
素の状態でも一部の惑星でしか採掘できない
希少な貴金属と宝石使いまくってるし、付加
価値も考えたら想像もつかない。

48：名無しの事務員
世界最高の金細工職人やら宝石彫刻師が頭を
突き合わせて、ああでもないこうでもないっ
て言いながら作った普通に国宝レベルの勲章。

49：名無しの事務員
頑固職人もいたから調整が大変だったけど、
太陽をモチーフってことに関してはすんなり
決まった。

50：名無しの事務員
遠方の星にいた親戚とか身内がタコに殺され
たって人が関係者として結構紛れてたから、
かなり色々こもった勲章になってるんだよな。

51：名無しの事務員
なお受け取った本職の軍人は……。

52：名無しの事務員
多分軍曹だけ！

53：名無しの事務員
あのリヴァイアサンぶん捕り部隊、経歴が異
色すぎるんよ。

54：名無しの事務員
軍人っていうか人間に分類できない特務。他
は記者、医者、教師、推測だけどギャンブラ
ー、無職、小麦農家。わかっている限りでは
こんな連中。

55：名無しの事務員
強い(確信)

56：名無しの事務員
ああもう滅茶苦茶だよ！

57：名無しの事務員
他のメンツはよくわかってないけど、それで
も十分変……。

58：名無しの事務員
時系列的に大多数は特務が民兵時代からの付
き合いだから、軍曹の加入は結構後の方らし
いね。

59：名無しの事務員
当時は大敗戦の混乱で軍曹以外は軍の本部に
きちんと登録されていなかったから、厳密に
当て嵌めるとほぼボランティアな民兵集団が
リヴァイアサンを奪取したという狂気。

60：名無しの事務員
常識が壊れる。

61：名無しの事務員
特務に選抜されたんだから、存在が常識外な
のは当然。

62：名無しの事務員
多分、そのメンバーは色々と濃いんだろうな
あ……。

63：名無しの事務員
間違いない。

64：名無しの事務員
そんな濃い連中に、大統領は直接夜明け勲章を付けてあげたのか！

65：名無しの事務員
これは偉大なる大統領。

66：名無しの事務員
流石は宇宙に広がった人類のトップだけありますわ。

67：名無しの事務員
スラム出身で軍へ入隊。除隊後に大学で勉強。そっから政治家になって大統領になった苦労人。

68：名無しの事務員
どうも軍時代の上官は、今現在の元帥疑惑があるお方。

69：名無しの事務員
え？ そうなの？

70：名無しの事務員
多分ね。当時の元帥はエリート街道を走ってる若手で艦長の補佐やってた時に、大統領は同じ船で下っ端やってたみたい。

71：名無しの事務員
つまり元帥って、特務と年下の元部下に挟まれてる訳？

72：名無しの事務員
考えただけで胃が痛いんだけど、元帥はよく死んでないわ。

73：名無しの事務員
元帥でも中間管理職だったかあ……。

74：名無しの事務員
なお軍に登録されている特務のデータベース。

75：名無しの事務員
マジで名前が特務大尉で登録されて、他は完全に白紙とは恐れ入った。

76：名無しの事務員
特務大尉の称号はもう固有名になってるから通じる。だから問題ない。いいね？

77：名無しの事務員
よくねえｗ

78：名無しの事務員
実際、昔は少数ながら特務階級持ってる人はいたけど、今現在は特務だけになってるからなあ。

79：名無しの事務員
特務階級＝とてもヤバイ専用称号になってるし。

80：名無しの事務員
そんな特務も【あの】クソマズレーションの味には苦言を呈する模様。

81：名無しの事務員
ああ、あれね……。

82：名無しの事務員
なんでや！ 大戦初期のクソマズいレーションから、クッソマズい！！レーションに進化してるやろ！

83：名無しの事務員
退化……ですかね。

84：名無しの事務員
大戦初期の大混乱期に兵站部が、いいから箱

に詰めて前線に送れって言ってた時はまだギリギリ食べられるレーションだった。それがいつの間にか食い物なのか疑問を覚える代物になってた。

85：名無しの事務員
俺ら「これを軍に納品するの？」製造業者「これを軍に納品するの？」

86：名無しの事務員
受注者と発注者が両方とも疑問を覚えてるじゃねえか！

87：名無しの事務員
業者は本当にこれ作るのかって四回くらい確認してきたからなあ。

88：名無しの事務員
特務の消費カロリーがえげつないから、味を犠牲にしてカロリーを足したんだからしゃあない。

89：名無しの事務員
え？ そんな経緯があったの？

90：名無しの事務員
そう。流石に特務もカロリーが無いのに動けるほど人間離れしてないけど、普通の食事で補給しようと思ったらとんでもない量になる。だから全く味のことを考えてない、カロリー補給優先のレーションにパワーアップ？した。

91：名無しの事務員
はえー。レーションも特務専用だったんだ。

92：名無しの事務員
特務もエネルギーが必要な一応生物だったんやな

93：名無しの事務員
なー。無限エネルギーを持ってるものとばっかり。

94：名無しの事務員
まあ軍人全体がカロリーを必要として時たま食うみたいだから、完全に特務専用って訳じゃないけどな。

95：名無しの事務員
バージョンアップ型の方は食ったらわかるけど、なんかAIに作らせてみたような、とにかく実利的なことしか考えてない産物に思えるんだよな。

96：名無しの事務員
じゃあそのAIに味覚センサー付けとけ。苦すぎてヤバい薬品でも食ってるのかと思ったぞ。

97：名無しの事務員
おっと、そういや特務の銅像の計画書がまた回ってきてたな。

98：名無しの事務員
これは最初の銅像から揉めたなあ。

99：名無しの事務員
芸術家の皆さん「特務の像は俺が作ります。あ？ なんだお前ら？」

100：名無しの事務員
高名な人から自称芸術家まで名乗り上げたから、政府は困った困った。

101：名無しの事務員
選ばれた芸術家「はあ、はあ！ 俺が勝ち残ったぞ！」

102：名無しの事務員
勝ち残ったって、殴り合いで決めたのかよw

103：名無しの事務員
芸術家「それでモデルの特務はどこですか？」

104：名無しの事務員
軍「一人で最前線行ってます」

105：名無しの事務員
芸術家「え？」

106：名無しの事務員
今ならわかりきったことだけど、特務が戦場から帰ってくることなんてほぼないんだよなあ。

107：名無しの事務員
結局本人がいないまま、写真とプロパガンダのイメージで特務像が作られましたっと。

108：名無しの事務員
そのせいで全く雰囲気が違いますっと。

109：名無しの事務員
実物はあらゆるものがフワフワしてるけど、銅像の方は完璧な英雄でキリッとした雰囲気を醸し出してる。

110：名無しの事務員
それが基本として広がったから、民間人はありがたがっても軍人はなんか違うよなあって事態になるとはね。

111：名無しの事務員
まあ、太古から像ってそんなもんやろ。

112：名無しの事務員
せやな。

113：名無しの事務員
珍しく前線から帰ってきた特務「なにあれ？」

114：名無しの事務員
あんたの銅像……っすかね。

115：名無しの事務員
多分ほとんどの人間が知らない、二度見する特務とかいう激レア姿。

116：名無しの事務員
ちらっと銅像見た後、首ごと動かして凝視してたからなあ。

117：名無しの事務員
その後すぐ、特務がどっかに連絡入れて大揉めしてたけど、銅像が残ってるどころか今じゃあ各惑星にあることを考えると、多分民間人の感謝の気持ちだから手は出せないとかどうのこうので偉い人が強行したんだろうな。

118：名無しの事務員
というわけでその計画書は認可されるな。

119：名無しの事務員
目指せ一家に一特務勲章＆一特務像！

120：名無しの事務員
絶対嫌だｗ

121：名無しの事務員
勘弁してくれｗ

122：名無しの事務員
そんで結局、新しい勲章の草案どうすんの？（ふりだしに戻る）

123：名無しの事務員
外見は専門のデザイナーに任せよう(敗北宣言)

124：名無しの事務員
じゃあ条件は？

125：名無しの事務員
人類の中の人類として人類に貢献し、一人で戦略的困難を打破しうる者。これでええやろ。

126：名無しの事務員
いいね。特務が人類じゃないってことを無視すれば。

127：名無しの事務員
それでいこう。

128：名無しの事務員
ありとあらゆるものが適当すぎるw

129：名無しの事務員
何十年後かに、これが伝説のワンマンアーミー勲章が誕生した秘話であった。って本書いていい？

130：名無しの事務員
(超適当) って言葉を付け足すならいいよ。

131：名無しの事務員
ええ……後で怒られるからやめとく。

132：名無しの事務員
それがいい。

133：名無しの事務員
うん？

134：名無しの事務員
軍の緊急伝達だな。

135：名無しの事務員
また特務がタコを打ち破ったか。

136：名無しの事務員
こりゃ今から忙しくなるぞ。

137：名無しの事務員
流石は特務率いる艦隊やで。

138：名無しの事務員
せやな。

139：名無しの事務員
せやせや！

140：名無しの事務員
特務！特務！特務！

141：名無しの事務員
特務！特務！特務！

142：名無しの事務員
この掲示板は特務を称えるスレになりました。

番外掲示板2 広報部

1：名無しの広報部さん
悲報 特務にテレビ出演してもらう際のマニュアル、迷子センターのものとそう変わらない。

2：名無しの広報部さん
詳しく言わんでも内容がわかった。

3：名無しの広報部さん
なるほどねえ(納得)

4：名無しの広報部さん
当たり前だよなあ！

5：名無しの広報部さん
まだ内容を言ってないんですがねえ……。

6：名無しの広報部さん
だからわかるって。常時見てないとどこかにすぐ行くから目を離すな。ドッキリを仕掛けたら泣くから絶対にするな。運転席に座らせるな。最悪の場合は保護者を呼び出せ。こんな感じだろ。

7：名無しの広報部さん
俺が翻訳してあげよう。常時見てないとどこか(戦場)にすぐ行くから目を離すな。ドッキリを仕掛けたら(仕掛けた側が制圧されて)泣くから絶対するな。(速度制限ガン無視するから)運転席に座らせるな。って言うか車と関わらせるな。最悪の場合は元帥を呼び出せ。

8：名無しの広報部さん
合ってる？

9：名無しの広報部さん
合ってる。

10：名無しの広報部さん
やっぱりな。

11：名無しの広報部さん
そうだと思った。

12：名無しの広報部さん
元帥は保護者だったのか……！

13：名無しの広報部さん
大真面目にこんなことをテレビ局と打ち合わせしたんだ(^O^)

14：名無しの広報部さん
これにはテレビ局も困惑。

15：名無しの広報部さん
特務のテレビ出演という超ビッグイベントだから、社長を含めた重役にこれを説明しないといけないとかね……。

16：名無しの広報部さん
まあ、バラエティー向けの人ではあるよ。俺らも毎日笑ってるからね。

17：名無しの広報部さん
乾いた笑いをバラエティー向けと言うのならそうだろうよ。

18：名無しの広報部さん
思ったんだけどテレビ用のメイクとか素直にしてくれると思う？

19：名無しの広報部さん
いやーキツイ。

20：名無しの広報部さん
特務がメイクとか想像できねえ。

21：名無しの広報部さん
フェイスペイントの迷彩を塗るっていったら
素直に応じてくれそうなんだけどなあ。

22：名無しの広報部さん
それは想像できる。

23：名無しの広報部さん
夜間迷彩を塗ってくださいって頼んだら、黒
い染料に思いっきり顔を突っ込んでくれそう
だけど、テレビ用のメイクしてくださいって
頼んだら、えーー？ みたいな顔されそう。

24：名無しの広報部さん
迷彩効果が必要ない気はするけどね。

25：名無しの広報部さん
確かにw

26：名無しの広報部さん
そんで出演者は？

27：名無しの広報部さん
番組の看板飾るような百戦錬磨の大御所芸能
人連合軍が司会、進行、ガヤを全部担当して
くれる。他はテレビでちゃんと立ち回れるス
ポーツ選手同盟軍がゲスト。

28：名無しの広報部さん
場違いな場所なら一人決戦兵器に、連合と同
盟軍は勝つことができる。かもしれない。

29：名無しの広報部さん
ちらっと計画書確認したら、マジで芸能人連
合軍のメンツがヤバいんですが。え？ この
人達レベルがガヤしてくれるの？

30：名無しの広報部さん
マジで最精鋭で固めないと何が起こるかわか
らんし。

31：名無しの広報部さん
特務がなにやってもフォローしてくれそう
（希望）

32：名無しの広報部さん
そんで、スポーツ選手と特務が体力勝負？

33：名無しの広報部さん
ほんまにゴリラと人間が腕力勝負するような
もんなんだけど、そこらへんわかってんの
か？

34：名無しの広報部さん
特務の足がチーターより早くとも驚かんから
な。

35：名無しの広報部さん
流石チーターレベルはないやろ。精々が世界
記録を軽々塗り替える程度。

36：名無しの広報部さん
十分ヤバイ。

37：名無しの広報部さん
全人類の最高スペックを軽々と凌駕した上
で、戦うことにステータス全振りしてる人だ
からなあ。

38：名無しの広報部さん
心技体。全部が恐ろしいまでに噛み合ってる。

39：名無しの広報部さん
代わりに色々と犠牲にしてるけどな(小声)

40：名無しの広報部さん
まあね(小声)

41：名無しの広報部さん
常識っていうメーターを極限まで下げてる。

42：名無しの広報部さん
それでも大御所連合軍とスポーツ選手同盟軍が頑張って、特務が借りてきた猫状態ならなんとかなる。

43：名無しの広報部さん
借りてきた特務というフレーズが頭に浮かんだけど、一瞬で脳がエラー起こした。

44：名無しの広報部さん
隅で小さくなってる特務とか想像できる訳ねえだろ。脳の限界に挑み過ぎだ。

45：名無しの広報部さん
言うて、特務がテレビに出演するって時点で俺の脳は限界に近い。

46：名無しの広報部さん
それな。

47：名無しの広報部さん
でもその両軍の方が借りてきた猫状態になる可能性があるからなあ。

48：名無しの広報部さん
民間から見たら完全無欠の英雄特務大尉なのに、加えて大統領府と軍が全面協力だろ？圧がヤバいよ圧が。

49：名無しの広報部さん
知名度、大統領超えちゃってるからなあ。

50：名無しの広報部さん
特務と話して平常でいられる奴とか軍民関係なくいねえよな。

51：名無しの広報部さん
ないね。

52：名無しの広報部さん
軍曹。元帥。特務に首を絞められた司令官。現場の兵。技術部やら兵站部を集めたらいつも通りのトークをしてくれると思うぞ。

53：名無しの広報部さん
それ愚痴会だから。

54：名無しの広報部さん
見たい気はするｗ

55：名無しの広報部さん
確かに。特務と関わりある人間をずらりと並べて、特務に対する意見を言ってもらいたいｗ

56：名無しの広報部さん
軍曹「軍人の中の軍人で品行方正な人物です」
元帥「軍人の中の軍人で品行方正な人物です」
被害者の会「軍人の中の軍人で品行方正な人物です」

57：名無しの広報部さん
それ特務の名前が世に出た直後で、なんもわかってなかった時のプロパガンダやんけｗ

58：名無しの広報部さん
アナウンサー「軍から特務大尉を知る上官の方に来てもらっています(大嘘)。特務大尉とはどのような人物なのですか？」軍に指示された他称自称上官「軍人の中の軍人以下略」

59：名無しの広報部さん
やっちまったなあ。

60：名無しの広報部さん
多分この偽上官、どっかの閉鎖的な掲示板で愚痴ってる。上の指示に従ったせいで、特務をよく知る上官のレッテルを死ぬまで貼られるんだぜ？

61：名無しの広報部さん
下手すりゃ死んでも特務をよく知る上官だからな。

62：名無しの広報部さん
現場は嘘八百って知ってるけど、民間じゃ無邪気に特務をよく知る上官って扱いのままっぽいからなあ。

63：名無しの広報部さん
特務をよく知る上官って言葉を連打するな。そんな存在いる訳ねえだろっていちいち俺の心が無意識にツッコミを入れてる。

64：名無しの広報部さん
同じネタで飯食ってる芸人もこんな気持ち？

65：名無しの広報部さん
まさか。

66：名無しの広報部さん
上官と特務の感動の再会をテレビで演出する？

67：名無しの広報部さん
その日に上官が軍を辞めるからよせ。

68：名無しの広報部さん
つうかそんなプロパガンダってうちの仕事だろ？

69：名無しの広報部さん
正解。黙って見てたけど特務をよく知る上官はうちの上司。とにかく褒めとけの精神で色々言ったはいいけど、特務が活躍すればするほど取り返しがつかなくなって嘆いてた。

70：名無しの広報部さん
あっちゃあ。

71：名無しの広報部さん
でもテンプレ言うしかないやろ。

72：名無しの広報部さん
それはそう。

73：名無しの広報部さん
しゃあない。当時はどこもかしこも敗戦と撤退戦で、唯一勝ったのが現地で組み込まれて急に現れた特務指揮下の部隊なんやからな。ようわからんけど勝ったんなら大々的に宣言して士気を保とうとするのはなにもおかしくねえ。それはそれとして特務をよく知る上官なんて立場はご愁傷様だけどなｗ

74：名無しの広報部さん
戦時のプロパガンダで盛りに盛ったのに、その偶像が俺らの予想の斜め上を突っ切ったからなあ。

75：名無しの広報部さん
一人で戦線支えるくらいの盛りっぷりで広報したのになあ。

76：名無しの広報部さん
支えるどころか盤面ひっくり返すというね。

77：名無しの広報部さん
広報発表 特務率いる精鋭部隊が敵旗艦、後のリヴァイアサンを鹵獲しました！

78：名無しの広報部さん
特務「11人でやりました」

79：名無しの広報部さん
凄い。

80：名無しの広報部さん
うんうん凄い凄い。

81：名無しの広報部さん
広報発表 特務率いる精鋭部隊がガル星人の基地を壊滅させました！

82：名無しの広報部さん
特務「一日で複数壊滅させたけどどれのこと？」

83：名無しの広報部さん
どれやろうなあ。

84：名無しの広報部さん
全部ひっくるめてのことやろうなあ。

85：名無しの広報部さん
広報発表 またまた特務率いる精鋭部隊がガル星人の基地を壊滅させました！

86：名無しの広報部さん
特務「その時は一人です」

87：名無しの広報部さん
あかん……

88：名無しの広報部さん
フィクションになるから単身で基地壊滅の広報は却下。

89：名無しの広報部さん
嘘を言い続けたら誰にも信じられなくなるけど、本当のことを言い続けても同じ結果になるって理不尽じゃね？

90：名無しの広報部さん
いつものこといつものこと。

91：名無しの広報部さん
どんなに資料を精査しても、マジのガチに単身で基地を壊滅させてる結論が出てくるバグ。

92：名無しの広報部さん
直接被害は受けてないけど、俺らも結構崖っぷちにいるよね。

93：名無しの広報部さん
ありえない現実と説得力ある空想の狭間を行ったり来たりしてるからなあ。意識して正気を保ってないと、そのうち特務が生身で銃弾を弾きましたとか広報しそうで怖い。

94：名無しの広報部さん
わかるーーーー。

95：名無しの広報部さん
でもそれくらいならできそうじゃね？

96：名無しの広報部さん
わかるー…………。

97：名無しの広報部さん
悪い情報は小さく。いい情報はもっとよく宣伝する仕事だって割り切ってたけど、まさか現実を現実的にするため抑えることになるとは思っていなかった。

98：名無しの広報部さん
頑張ってケーキじゃなくて洗浄用のスポンジに生クリーム塗る作業してたら、ある日を境に特務から毎日超巨大ウエディングケーキを投げつけられてるようなもん。一般家庭には過剰すぎるから、切り分けるしかないんすわ。

99：名無しの広報部さん
否定はしないけどわかりにくい妙な例えをするなw

100：名無しの広報部さん
おっと、特務の予定もちゃんと決まったみたい。

101：名無しの広報部さん
おっけい。なら詰めの作業に入りますかね。

102：名無しの広報部さん
んだな。

103：名無しの広報部さん
じゃあ締めましょうかね。

104：名無しの広報部さん
特務！特務！特務！

105：名無しの広報部さん
特務！特務！特務！

106：名無しの広報部さん
このスレは現実を現実的に修正している俺らが特務を称えるスレになりました。

番外掲示板3　特務という役

1：名無しの一般兵さん
朗報　舞台演劇特務大尉＆ドラマ特務大尉の計画がある模様。

2：名無しの一般兵さん
それ役者、監督、演出家とか関係者のこと考えたら悲報だから。

3：名無しの一般兵さん
はい、いきなり正解の結論を出さない。

4：名無しの一般兵さん
どうしてそうなったかはわかるよ。最近特務がテレビに出た時の視聴率を考えたら、演劇は客入るしドラマもヤバいだろうから、そりゃあ業界も目を付けるよ。問題なのは主役が手に負えねえ人物で誰が演じるかってこと。

5：名無しの一般兵さん
宇宙時代なんや。全部CGやろ(希望的観測)

6：名無しの一般兵さん
はは……テレビはCG特盛でやるみたいだけど、どうも舞台演劇業界の皆さんは特務は人間論を真面目に信じているようで、きちんとした人間で演じようとしてるみたいですよ。

7：名無しの一般兵さん
なーんもわかってねえな！

8：名無しの一般兵さん
楽観論。あまりにも楽観論。

9：名無しの一般兵さん
ワイヤーアクションバリバリで超一流スタントマンを使って演劇するしか方法はないぞ！

10：名無しの一般兵さん
ぶっちゃけ本気で作るなら、B級のアクション映画を参考にしつつ頭からっぽにして作った方がいい。

11：名無しの一般兵さん
舞台演劇の上品さとか欠片もないぞ。

12：名無しの一般兵さん
上品さで思い出した。演劇の方、大手が考えてるみたいなんだけど、大手だけあって上流階級向けの麗しい演劇をよくやってるところっぽいんだよなあ……。

13：名無しの一般兵さん
麗しい特務を想像したけど無理だった。

14：名無しの一般兵さん
白馬に乗ってるところは全く想像できないけど、戦車なら余裕も余裕だからね。仕方ないね。

15：名無しの一般兵さん
ひらひらな服より戦闘服だってはっきりわかるな。

16：名無しの一般兵さん
大真面目に役者どうすんの？　特務オタクが騒ぎ出すぞ。

17：名無しの一般兵さん
宇宙数兆人の特務オタクが！？

18：名無しの一般兵さん
そんなにはいない。せいぜい数千億人。

19：名無しの一般兵さん
せいぜいって、十分いるんですけど。

20：名無しの一般兵さん
極まったファンはコミックの主人公と役者の身長が違うだけで文句を言うから、役者選びはきちんとしないと非難が押し寄せるぞ。ましてや特務となれば尚更だろ。

21：名無しの一般兵さん
演技指導もどうすんだよ。鈍い動きだと誰も納得しねえぞ。

22：名無しの一般兵さん
よく聞くのは、役者も実際の軍事訓練を受けてから撮影だけど……。

23：名無しの一般兵さん
軍曹がいるブートキャンプに叩き込んでお願いする？

24：名無しの一般兵さん
軍曹でも特務と同等の兵は育てられないだろ。

25：名無しの一般兵さん
軍曹「軍人教育はしてるけど、特務教育はしないしできない」

26：名無しの一般兵さん
業界関係者「じゃあ軍曹に特務役をお願いしていいですか？」

27：名無しの一般兵さん
軍曹「！！！！？？？？？？？」

28：名無しの一般兵さん
天才現る。

29：名無しの一般兵さん
そ、それだ！

30：名無しの一般兵さん
流石、一流はどの業界でも一流の発想なんや

なって。

31：名無しの一般兵さん
た、確かに軍曹を特務役にすればどこからも
文句出ない！

32：名無しの一般兵さん
ほんまに、だーれからも文句出ないよな。

33：名無しの一般兵さん
これには特務オタクもにっこり。

34：名無しの一般兵さん
舞台演劇なら、直接軍曹を見るチャンスだ！

35：名無しの一般兵さん
特務の理解者だから、演じるための勉強時間
を丸々カットできるだろ。そんで軍人の中の
軍人という点でマッチしていて、教官の仕事
をしてるから周りの役者にも指導ができる。
完璧じゃね？

36：名無しの一般兵さん
完璧も完璧。びっくりするくらい完璧。

37：名無しの一般兵さん
じゃあ主演が決まったな。

38：名無しの一般兵さん
ついに軍曹も役者デビューするのか。

39：名無しの一般兵さん
死んでも嫌だって言いそう。

40：名無しの一般兵さん
軍曹に張り倒されるぞw

41：名無しの一般兵さん
じゃあもう特務を連れてくるしかない！

42：名無しの一般兵さん
すげえアクションシーン撮れるやろうなあ。

43：名無しの一般兵さん
それは間違いない。

44：名無しの一般兵さん
すげえ棒読みやろうなあ。

45：名無しの一般兵さん
それも間違いない。

46：名無しの一般兵さん
感情が籠った演技とか絶対にできない。全財
産賭けてもいい。

47：名無しの一般兵さん
台本覚えるところから躓くのが目に見えてる。

48：名無しの一般兵さん
特務には別の素顔があって、人類の希望であ
る特務大尉っていう存在を演じてるのなら間
違いなく演技の天才なんだけど……。

49：名無しの一般兵さん
それなら完全無欠の英雄の筈だから、演技の
天才という線はない。

50：名無しの一般兵さん
言動の全てにおいて天然さを隠しきれていな
い。常時非常識が漏れ出してる。

51：名無しの一般兵さん
あの独特さを演劇とかドラマで再現するのは
無理っしょ。

52：名無しの一般兵さん
素直に奇行と言ってもいいぞ。

53：名無しの一般兵さん
どうすんだよ。特務がありとあらゆる情報を収集してから、タコの作戦を読み切って出し抜くような描写が出てきたら。

54：名無しの一般兵さん
きっと凄腕の特殊部隊が特務のために情報を収集するんやろうなあ……

55：名無しの一般兵さん
実物「今行けるから突撃するぞ」

56：名無しの一般兵さん
業界関係者(きっと緻密な計算と情報収集あっての決断なんやろうなあ。裏側の奮闘も描くか)

57：名無しの一般兵さん
実物「そういう戦場の空気だ」

58：名無しの一般兵さん
業界関係者「え？ 空気？」

59：名無しの一般兵さん
俺ら「あ、はい」

60：名無しの一般兵さん
特務に理屈を求めるな。なんかヤバくね？とかなんとか言って星ごと爆発しかけてるのを回避したんだぞ。

61：名無しの一般兵さん
視聴者「伏線は？」

62：名無しの一般兵さん
そんなのあるわきゃねえだろ。特務だからで全部納得しろ。

63：名無しの一般兵さん
無茶苦茶で草も生えないけど現実なんすよ

ね。はは。

64：名無しの一般兵さん
ドラマ特務「タコの兵器を鹵獲して利用するため、操作方法や機能を頭に叩き込まなければ」

65：名無しの一般兵さん
確かに特務は鹵獲した兵器をいきなり使うから、少しだけ正確に描写できてる。

66：名無しの一般兵さん
前半だけな。

67：名無しの一般兵さん
では実物さん、正解をどうぞ。

68：名無しの一般兵さん
実物「適当でいける」

69：名無しの一般兵さん
タコの技術なんか全くわかってなかった時期に、リヴァイアサンを完全初見で操艦した男は言うことが違いますわ。

70：名無しの一般兵さん
レバーガチャガチャやったら上手くいったパターン。

71：名無しの一般兵さん
ドラマ特務「ま、まずい！ 武器弾薬が尽きてしまった！」

72：名無しの一般兵さん
実物「ぱぁん！」

73：名無しの一般兵さん
実物のそれ、言葉じゃなくてタコが殴られて破裂した音だろw

74：名無しの一般兵さん
ドラマ特務は実物に対する理解が浅い。

75：名無しの一般兵さん
実物が焦るところなんか見たことねえからな。

76：名無しの一般兵さん
舞台演劇特務「理解が深い皆様に聞きたいんですけど、特務はどうやって歌って踊るんですか？ 演技の参考にしたいんですけど」

77：名無しの一般兵さん
……困ったな。特務の歌声を知らないから、俺らも理解が浅かったかもしれん。

78：名無しの一般兵さん
特務が歌って踊る……かあ……。

79：名無しの一般兵さん
特務はそんなことしない。

80：名無しの一般兵さん
ドカーンギャギャギャバリーンチュドーンズダダダダダダ！

81：名無しの一般兵さん
それ背景のＢＧＭだろｗ

82：名無しの一般兵さん
特務を音楽隊に誘ってみる？

83：名無しの一般兵さん
トランペットから矢が出ないって首を傾げられても困るから誘うな。

84：名無しの一般兵さん
吹き矢じゃねえｗ

85：名無しの一般兵さん
若い頃の趣味でギターをやってみようとか言

われたらどうするよ。

86：名無しの一般兵さん
生き方がロックすぎるから、ギターでタコをぶん殴ってる姿は余裕で想像できるんだけど、弾いてるのは脳が拒む。

87：名無しの一般兵さん
野球選手並みにフルスイングで振り抜いてくれるはず。

88：名無しの一般兵さん
なんならグランドピアノ持ち上げてタコを撲殺するだろ。

89：名無しの一般兵さん
っていうか、特務の大声を聞いたことが無いから歌声も想像できない。

90：名無しの一般兵さん
だな。舞台演劇特務は諦めてくれ。

91：名無しの一般兵さん
テレビ関係者「ヒロインがいたらより視聴率が取れるんですけど、女性兵士が特務に助け出されて。とかどう思います？」

92：名無しの一般兵さん
……？

93：名無しの一般兵さん
…………………？

94：名無しの一般兵さん
ヒーローがイン？

95：名無しの一般兵さん
あ、なるほどね。特務が戦場に到着したらそりゃ視聴率取れるよ。

96：名無しの一般兵さん
すっとぼけなくていいから、素直に現実を教えてあげるべきだと思いますがねえ。

97：名無しの一般兵さん
一時、あからさまなハニートラップはいたけどわからされて以降、特務の傍にヒロインができそうな存在なんていないぞ。

98：名無しの一般兵さん
特務のいる最前線でか弱い女兵が助け出されるなんてのは幻想だからゴミ箱へ捨てろ。

99：名無しの一般兵さん
特務の周りは全員が最精鋭だから、死地に陥っても自分で切り抜けるからな。

100：名無しの一般兵さん
リヴァイアサン「私がいるでしょ！（プンスコ）」

101：名無しの一般兵さん
はっ！？

102：名無しの一般兵さん
じゃあヒロインはリヴァイアサンということで。なあに。極東地区の連中に任したらいい感じの戦艦ヒロイン作ってくれるよ。

103：名無しの一般兵さん
関係者「じゃ、じゃあ決め台詞とかを……」

104：名無しの一般兵さん
行ける。行ける行ける。もっと行ける。ずっと行ける。ヤバいから退避。

105：名無しの一般兵さん
どれでもいいぞ。

106：名無しの一般兵さん
星ごと爆破の時以外もちゃんと退避するなんて偉い！

107：名無しの一般兵さん
これは心震える名台詞ですわ。

108：名無しの一般兵さん
いろんな意味で心震えてますねこれは。

109：名無しの一般兵さん
業界関係者「じゃあどうしたらいいんですか！」

110：名無しの一般兵さん
だから心の底からアドバイスすると、最初に書いてた奴の言う通り、頭からっぽにしてB級アクションにしろ。それで軍関係者は皆満足するから。

111：名無しの一般兵さん
業界関係者「常時どこかが大爆発して、特務に弾が当たらないとか？」

112：名無しの一般兵さん
そうそう。もうずっとそれでいいよ。

113：名無しの一般兵さん
なお特務に弾が当たらないのは、自分に当ててきそうなタコを最優先で片付けてるからである。

114：名無しの一般兵さん
なるほどねえ。B級アクションの主役は皆その技能を持ってたんだなあ。

115：名無しの一般兵さん
業界関係者「国家の支援を受けてる作品でB級アクションを作れと申すか……」

116：名無しの一般兵さん
どうせプロパガンダなんだから、わかりやすい方がいいんじゃね？

117：名無しの一般兵さん
言えてる。痛快アクションでいいんだよ。

118：名無しの一般兵さん
業界関係者「特務は凄い英雄なんですよね！？」

119：名無しの一般兵さん
間違いなく英雄だよ。多分、金輪際現れないレベルの。

120：名無しの一般兵さん
んだ。

121：名無しの一般兵さん
本人は徹頭徹尾大真面目な軍人で、客観的に見ても英雄中の英雄であることに間違いない。ただそれ以外が人類の物差しからちょっとだけはみ出てるだけの話。

122：名無しの一般兵さん
ちょっと？

123：名無しの一般兵さん
ちょっと。

124：名無しの一般兵さん
疑いようもなく人類って種が終わりかけてたのに、それを完全にひっくり返したからなあ。

125：名無しの一般兵さん
流石は特務やで。

126：名無しの一般兵さん
せやな！

127：名無しの一般兵さん
特務！特務！特務！

128：名無しの一般兵さん
特務！特務！特務！

129：名無しの一般兵さん
この掲示板は特務を称えるスレになりました。

130：名無しの一般兵さん
業界関係者「それで、結局どうしたらいいです？」

131：名無しの一般兵さん
だから素直にB級映画作ってろ。

番外掲示板4　打線

1：名無しの情報員さん
抜き取ったログからタコの迷言で打線組んだ。
1一　圧倒的優位。
2二　戦力評価必要なし。予定より大幅な短縮が可能。
3中　我らこそ唯一正しき者(パァーン！)
4右　理解不能。
5三　ハサミ型兵器を調査せよ。
6遊　操縦系統の漏洩を調査せよ。
7左　誤報(センター外域の戦いに敗れた報告の際)
8捕　特異個体(特務)は猿型生命体(俺ら)ではない。(論文)
9投　(リヴァイアサンが盗まれたのは)お前が悪い。お前が悪い。お前が悪い。お前が悪い。

2：名無しの情報員さん
途中から一転攻勢。

3：名無しの情報員さん
4から急に空気変わってるんですけどw

4：名無しの情報員さん
その辺りで世界観変わってるからね。

5：名無しの情報員さん
これは説明が欲しいですねえ。

6：名無しの情報員さん
1一　圧倒的優位。
大戦初期の奇襲でぼろ勝ちしてた、タコにとって栄光の時代に先遣隊から本星に送られたとみられるログ。言葉通りタコは圧倒的優位で勝ってたから俺らは反論する術がない。

7：名無しの情報員さん
本当に反論できないんだよなあ……。

8：名無しの情報員さん
超強力な通信妨害と連絡の途絶した辺境惑星。鳴りやまない問い合わせの電話。今でも夢に見る。

9：名無しの情報員さん
2二　戦力評価必要なし。予定より大幅な短縮が可能。
クソ雑魚猿型生命体に呆れてるタコのログ。技術格差がデカすぎて戦力として評価する必要がない程であり、当初の予定よりずっと早く攻め滅ぼせることが可能だと報告している。なお最大限延長されている模様。

10：名無しの情報員さん
混乱が途轍もなく酷かった時期。

11：名無しの情報員さん
惑星の陥落陥落陥落陥落陥落陥落。艦隊の壊滅壊滅壊滅壊滅壊滅。どの部署も切羽詰まって目が血走ってた。

12：名無しの情報員さん
兵站部はよくあの時期を回して、兵站の維持と避難船の確保を同時に行えたもんだ。言葉にはしないけどマジで尊敬してる。過労死してないのが奇跡。

13：名無しの情報員さん
婚期を気にしてるおばはん集団の皮を被った天才集団の皮を被ったおばはん集団。

14：名無しの情報員さん
一周したぞw

15：名無しの情報員さん
3中　我らこそ唯一正しき者(パァーン！)
猿型生命体の本星を目前にしたタコの指揮官が、総旗艦の中で呟いた言葉。

16：名無しの情報員さん
ん？ 空気変わったな。

17：名無しの情報員さん
その乾いた破裂音はなんですかねえ？

18：名無しの情報員さん
パァーン！は、パァーン！だ。それ以上でも以下でもない。

19：名無しの情報員さん
特務「パァーン！」

20：名無しの情報員さん
空気変わったな(確信)

21：名無しの情報員さん
銃声だから特務は言ってねえだろｗ

22：名無しの情報員さん
猿型星人を殲滅しようと企んだ悪のタコ型星人は、突如現れた海賊10人に旗艦(現リヴァイアサン)を盗まれたとさ。めでたしめでたし。

23：名無しの情報員さん
まじで世界が変わった。

24：名無しの情報員さん
特務歴元年の始まりである。

25：名無しの情報員さん
本当に特務が現れる以前と以後で暦変えてもいいレベル。

26：名無しの情報員さん
4右　理解不能。
説明不要。不動にしてお約束。タコを語る上で外せない迷言。

27：名無しの情報員さん
これは絶対的4番。

28：名無しの情報員さん
強い(確信)

29：名無しの情報員さん
単純に特務のハチャメチャに付いていけてないだけの話じゃんｗ

30：名無しの情報員さん
甘いぞ。なんだかんだで軍は特務に対して機能不全に陥っていない(理解しているとは言っていない)

31：名無しの情報員さん
つまり人類はタコより優秀だった？

32：名無しの情報員さん
もう諦めた奴らと、現実逃避できない真面目君。いったいどっちが優秀なんだ……。

33：名無しの情報員さん
いろいろ投げ捨てた方が楽になるよタコ君。

34：名無しの情報員さん
5三　ハサミ型兵器を調査せよ。
最近の流行り打者。どうも特務がハサミを振り回してた映像が本星に届いてたようで、タコはこの新兵器に注目している模様。

35：名無しの情報員さん
まあ……そうなる……のか？

36：名無しの情報員さん
床屋の髪切る鋏だよ(親切)

37：名無しの情報員さん
実際、今まで武器として運用されていない物体を特務が持ってたなら、調査しないといけ

ないのはわかるよ。ちょっとコントになって
るだけで。

38：名無しの情報員さん
大真面目に床屋の鋏を調査している異星人。
これが異文化のギャップってやつ？

39：名無しの情報員さん
宇宙時代の交流は難しいってはっきりわかん
だね。

40：名無しの情報員さん
6遊　操縦系統の漏洩を調査せよ。
なぜか次から次へと特務に兵器を鹵獲されて
現場で再利用されるタコが、自軍兵器の情報
やマニュアルが漏れているのではと疑った時
の言葉。

41：名無しの情報員さん
特務「操縦方法は勘だ」

42：名無しの情報員さん
あまりにもひどすぎるw

43：名無しの情報員さん
とっても常識的な打者に対して消える魔球が
デッドボール！

44：名無しの情報員さん
ガリ勉タイプと全部勘で片付ける天然の組み
合わせは最悪だろ。こんなの理解できるはず
がない。

45：名無しの情報員さん
天才選手と凡人選手は会話が成り立たないっ
て言うからね。

46：名無しの情報員さん
7左　誤報(センター外域の戦いに敗れた報
告の際)

最近入手したログ。いけいけで負けるとは全
く思ってなかったタコは、センター外域で総
旗艦が鹵獲されて艦隊も壊滅した事実を誤報
と片付けた。しゃあない。

47：名無しの情報員さん
本当にしゃあない。俺らだって負けたと思っ
てたし。

48：名無しの情報員さん
ほぼ全人類が勝ったことに困惑。

49：名無しの情報員さん
なんでそうなったのかを整理するのに、意味
不明な現実の壁を壊さないといけないからな。

50：名無しの情報員さん
人類「でも勝ったならいいか！特務！特務！
特務！」

51：名無しの情報員さん
これにはガル星人も呆れますわ。

52：名無しの情報員さん
よくわかってないことを棚上げするのは、結
構複雑な処理だった可能性が？

53：名無しの情報員さん
へー。

54：名無しの情報員さん
8捕　特異個体(特務)は猿型生命体(俺ら)で
はない。(論文)
説明不要な俺らにとってのお約束ネタ。やけ
にプロテクトが複雑で、重要な資料に違いな
いと一か月以上もかけて解析したら、特務が
人間ではないと結論した論文だったオチ。

55：名無しの情報員さん
あの時ほどキレそうになったことはない。多

分、人生で一番頭にきた。

56：名無しの情報員さん
そんな当たり前なことに、あれだけ面倒なプロテクトを施すんじゃねえ！

57：名無しの情報員さん
メールのやり取りで十分だろうが！

58：名無しの情報員さん
タコ「あいつ人間じゃないです」タコ「だよね」

59：名無しの情報員さん
これで解決！　よくわからんお前らの専門用語を解読して、頭が痛くなってた俺に謝れ！

60：名無しの情報員さん
運動力学とか種族特性の限界値とかいろいろ載せるな。しかもタコが滅ぼした別種族が結構いたせいで、それぞれの身体能力のサンプル数が多い！（憤怒）

61：名無しの情報員さん
俺らに労力を割かせる囮ってのならまだ納得できたけど、マジのガチで重要情報として取り扱ってるのが余計腹立つ。

62：名無しの情報員さん
い、苛立ちは抑えて最後に行こう……。

63：名無しの情報員さん
9投　（リヴァイアサンが盗まれたのは）お前が悪い。お前が悪い。お前が悪い。お前が悪い。
今のところ唯一確認されているタコ指導者層の仲間割れ。決戦戦艦、のちのリヴァイアサンをクソ雑魚猿型星人でテスト運用してから、星系連合との戦線に投入しようとしたら特務に盗まれたことで責任問題に発展。

64：名無しの情報員さん
タコ「猿型星人との戦いは楽勝だって言ったよな？　それなのに歯獲されるとか、お前の見積もりが悪いせいじゃん」

65：名無しの情報員さん
タコ「は？　決戦戦艦の実戦投入はまだリスクがあるから、もう少し試験を重ねようって俺言ったじゃん。それなのに投入を判断したのはお前だろ？」

66：名無しの情報員さん
タコ「艦隊でどう運用されてたわけ？　まさかとは思うけど最前線で単艦行動とかしてねえよな？」

67：名無しの情報員さん
タコ「ここ何十年もずっとあの決戦戦艦にデカい予算割り振ってたんだけど、それがなくなるとか馬鹿なの？　誰が責任取るの？」

68：名無しの情報員さん
草ｗｗｗｗｗｗ

69：名無しの情報員さん
楽しいなあｗｗｗｗｗｗｗ

70：名無しの情報員さん
すんげえ揉めてるｗｗ

71：名無しの情報員さん
ぷぷぷぷぷ。

72：名無しの情報員さん
戦略が根底からひっくり返ったからなあ。

73：名無しの情報員さん
タコの技術力ですら何十年もかけて建造した至宝なのに、それが奪われたらこうもなろう。

74:名無しの情報員さん
流石は特務やな！

75:名無しの情報員さん
せやな！

76:名無しの情報員さん
せやせや！

77:名無しの情報員さん
では特務と特務に関係する打線で締めよう。
1一　軍曹可哀曹(:_;)
2二　勘。
3中　銃殺刑。
4右　特務！特務！特務！
5三　366連勤。
6遊　もっと機体を速くして。
7左　ぷいっ。きゅっ。
8捕　終身名誉元帥。
9投　このスレは特務を称えるスレになりました。

番外掲示板5　パイロット

1:名無しのパイロットさん
朗報 栄光あるセンター司令部直轄の機動兵器第1教導隊、最前線への配置転換が正式に決まる。

2:名無しのパイロットさん
仕事の時間だあああああああああ！

3:名無しのパイロットさん
ふうううううううううう！

4:名無しのパイロットさん
人類連合軍の機動兵器部隊として最精鋭のワイらが出陣！

5:名無しのパイロットさん
特務がリヴァイアサンでデスローリングやった時に、敵陣の中で出撃して以来？

6:名無しのパイロットさん
そうだな。

7:名無しのパイロットさん
今は勝ってるけど、教導隊が最前線って結構末期戦なんですけどね。

8:名無しのパイロットさん
センターの戦いのことかな？

9:名無しのパイロットさん
特務がリヴァイアサンをぶん捕ってなければ確実に負けてた(確信)

10:名無しのパイロットさん
末期も末期やったからなあ……。

11:名無しのパイロットさん
一直線にガル星人がセンターに向かってきて

るって聞いた時は終わったと思った。

12：名無しのパイロットさん
国民総動員の首都防衛決戦とかどう考えても負けるよな。

13：名無しのパイロットさん
家族や部隊全員集合の写真撮って、お別れも済ませて、さあ愛機に乗って戦おうと出撃したワイらの目の前にはタコの大艦隊＆盗まれる前のリヴァイアサン。

14：名無しのパイロットさん
今考えたら、リヴァイアサンの砲がこっち向いてたとか心臓止まりそう。

15：名無しのパイロットさん
んだ。

16：名無しのパイロットさん
特務「じゃあそれ貰いますね」

17：名無しのパイロットさん
流石やなって。

18：名無しのパイロットさん
これは英雄。

19：名無しのパイロットさん
それはそうと、もう去年の機体が旧式化するなんて環境で教導しなくていいんですね！？

20：名無しのパイロットさん
幾ら戦時は兵器の技術発展が進むと言っても限度があるだろ！（プンスコ）

21：名無しのパイロットさん
技術部「これ新しい技術組み込んでるから」

22：名無しのパイロットさん
技術部はまだマシな方だろ。

23：名無しのパイロットさん
新兵器開発部「完全新規の新しい機体よー」

24：名無しのパイロットさん
去年も一昨年も同じこと言ってただろうが！

25：名無しのパイロットさん
新兵器開発部「でもタコも兵器を更新してるから、追いかけないと……」

26：名無しのパイロットさん
それはそう。

27：名無しのパイロットさん
しゃあない。

28：名無しのパイロットさん
そんでもってバードが改良されて、試運転に俺らが付き合わされるまでがワンセット。

29：名無しのパイロットさん
最精鋭の俺らに相応しい仕事ですね(震え声)

30：名無しのパイロットさん
特務「やっぱりもっと速い機体が必要だなあ」

31：名無しのパイロットさん
ワイ「なにいってんだこいつ？」（なにいってんだこいつ？）

32：名無しのパイロットさん
声と心の声が完全に一致してますよ。

33：名無しのパイロットさん
俺らが撃つ前から銃口の先にいないバードをぶん回してるのにそんなこと言われたらしゃあない。

34：名無しのパイロットさん
でも普通に考えて、完全新規の機動兵器がポンポン生み出されるのっておかしいよな？

35：名無しのパイロットさん
技術部も新兵器開発部も、マジモンの天才集団だからなあ。

36：名無しのパイロットさん
そこへ各分野の一番偉い先生がご協力させられてるんだから、本当にヤバイ連中の巣窟なんだよな。散々掲示板でネタにされてる部署だけど、関わりがある連中はあそこに畏怖の念を抱いてる。あのリヴァイアサンを解析し切ったってだけでバケモンだろ。

37：名無しのパイロットさん
何度か行ったことあるけど、人間とは違う言語を使ってたとしか思えない。

38：名無しのパイロットさん
一を聞いて百を知るのが当たり前で、どいつもこいつもその道の権威ある連中。今でさえ何人かは教科書に載ってるだろ。数年後には大多数が殿堂入り扱い。そんなのが集まったら必然的に人類の会話からはみ出るに決まってる。

39：名無しのパイロットさん
天才集団「なんたらかんたらほにゃららうんうん」

40：名無しのパイロットさん
言っておくけどマジでそう会話してるようにしか聞こえんからな。俺らだって精鋭だから専門用語は熟知してるけど、あの連中は飛び越えすぎ。

41：名無しのパイロットさん
そんで特務から送られ続けるタコの最新技術

を技術部が解析→新兵器開発部がバードを改良→その技術を応用して正式採用機を作る流れができてるから仲がよくてツーカーの関係。

42：名無しのパイロットさん
天才集団「特務のお土産と要望に対処するのもう無理……」

43：名無しのパイロットさん
すっげえわかりやすい言語だしツーカーでもないんだけど、今までの前振りはなに？

44：名無しのパイロットさん
特務と比べたら常人ってことだよ言わせんな。

45：名無しのパイロットさん
煮詰まった天才たちの蠱毒すら太刀打ちできない特務とかいう男。

46：名無しのパイロットさん
やっぱり被害者ですわ。

47：名無しのパイロットさん
でも俺らがタコに勝つために頑張れ。

48：名無しのパイロットさん
そんな天才被害者たちが目から血を出しながら星系連合と作り出したマジモンの化け物ことバハムート君。

49：名無しのパイロットさん
スペック見たけど頭おかしいだろ。作る方も乗る方も。

50：名無しのパイロットさん
断言するけど機動性と運動性、火力に限り軽く見積もっても五十年は最強の座に君臨し続ける。

51：名無しのパイロットさん
代わりにバードが実質引退ってことは、これで栄光あるフライドチキン部隊も名称変更ですね(^^)

52：名無しのパイロットさん
特務の乗ってるバードの調整に付き合ってたんだから、栄光極まってるだろぉ！(巻き舌)

53：名無しのパイロットさん
いったい誰だよ。飛んだ鶏にこんがり揚げられたんだから、俺らはフライドチキン部隊とか言い始めた奴……俺だったかな？

54：名無しのパイロットさん
俺が危うく機体のエンブレムをフライドチキンにする寸前だったのはお前のせいだったのか！

55：名無しのパイロットさん
バードの技術を流用して作られた最初の正式採用機は、フライドチキンの名称案があったとかなかったとか。

56：名無しのパイロットさん
バードとチキンレースがいろんなとこの脳をぶっ壊してるのがよくわかる。

57：名無しのパイロットさん
バハムートが完成した今現在、揚げ物になるどころか炭も残らねえけどな。

58：名無しのパイロットさん
バハムートの調整に付き合わされたワイ「さて、実機試験開始っと。うん？ なんか光ったな」

59：名無しのパイロットさん
オペレーター「あんた、撃墜判定やで」

60：名無しのパイロットさん
ワイ「ふぁっ！？」

61：名無しのパイロットさん
嘘つけ。実機試験開始とか呟いてる暇とかなかったぞ。

62：名無しのパイロットさん
開始した瞬間にビーム直撃からの即死判定。いやーきついっす。

63：名無しのパイロットさん
勘とかよくわからないこと言って、こっちのレーダー範囲より外側から撃つのはもう慣れた。

64：名無しのパイロットさん
タコの戦艦の装甲を貫くビームを機動兵器が直撃した判定とか、どうなるか想像は容易いっすねぇ。

65：名無しのパイロットさん
バードの時は反応速度と運動性に付いていけずボコボコ。バハムートに至っては戦いにすらなってない。

66：名無しのパイロットさん
タコじゃどうあがいても無理やろ。

67：名無しのパイロットさん
んだんだ。あいつらって機動兵器のスペックは凄いけど、技量が飛びぬけてる奴がいねえんだよな。特務が乗ってるバハムートが負けるはずが無い。

68：名無しのパイロットさん
実際、特務が満足した機体に乗ったらどうなるかは証明されてるっぽいし。

69:名無しのパイロットさん
そのうち単騎で複数艦隊を殲滅したとか言っても驚かない。

70:名無しのパイロットさん
流石にない。こともないかもしれない。

71:名無しのパイロットさん
なぜなら特務だから。

72:名無しのパイロットさん
トータルスコアは余裕で複数の艦隊消してるけどな。

73:名無しのパイロットさん
なおバードの頃から相変わらず整備性は最悪の模様。

74:名無しのパイロットさん
全身エネルギー源みたいなもんやからなあ。

75:名無しのパイロットさん
バードもバハムートも作ったはいいけど継続的な整備で手に負えなくて、伝説的なお方が特務機の専属整備士をしている模様。

76:名無しのパイロットさん
俺らの大先輩でも頭が上がらない大ベテラン整備士。

77:名無しのパイロットさん
特務とも普段通りの口調とか流石ですわ。

78:名無しのパイロットさん
あ。速報 特務がバハムートでまた大戦果。

79:名無しのパイロットさん
流石やで。

80:名無しのパイロットさん
これは人類の英雄。

81:名無しのパイロットさん
よく考えたらリヴァイアサンに乗ってる特務の指揮下で戦ったことあるけど、バードに乗ってる時はなかったくね？

82:名無しのパイロットさん
恐らくないな。つまりもし特務がバハムートで出撃して俺らの指揮をするなら、特務と第一教導隊の共闘がついに！

83:名無しのパイロットさん
バードとフライドチキン部隊の共闘はなかったけどな。

84:名無しのパイロットさん
もういいってｗ

85:名無しのパイロットさん
そんじゃあ一仕事頑張りますかね。

86:名無しのパイロットさん
よっしゃ！

87:名無しのパイロットさん
特務！特務！特務！

88:名無しのパイロットさん
特務！特務！特務！

89:名無しのパイロットさん
このスレは鶏を称えるスレになりました。

番外掲示板6　ゲーム

1:名無しの兵士さん
特務がゲームになったらどうなる？

2:名無しの兵士さん
このカードはゲームに勝つ。

3:名無しの兵士さん
そっちかあ……

4:名無しの兵士さん
ゲームはゲームでもカードゲームかい。

5:名無しの兵士さん
特務が無双するゲームかと思った。

6:名無しの兵士さん
まあでも、効果は間違ってない。

7:名無しの兵士さん
どう考えても簡潔かつ簡単なテキストになるに決まってる。勝つ。

8:名無しの兵士さん
はえー。わかりやすいなあ。

9:名無しの兵士さん
解釈一致。

10:名無しの兵士さん
絶対に妨害されない。絶対に破壊されない。絶対にゲームに敗北しないも追加しとけ。

11:名無しの兵士さん
ややこしいからひとまとめにしよう。絶対に、ぜーったいにゲームに勝つ。

12:名無しの兵士さん
無敵すぎるw

13:名無しの兵士さん
コストは？

14:名無しの兵士さん
気がついたら手札にあって、いつのまにか出てるよ。つまり実質タダ。

15:名無しの兵士さん
気がついたらレジスタンスから軍に編入されてて、気がついたら戦場にいるからね。

16:名無しの兵士さん
ホラーじゃね？

17:名無しの兵士さん
まあ、そう表現できるかな。

18:名無しの兵士さん
サポートカードは？

19:名無しの兵士さん
兵站部の怒号。技術部の悲鳴。新兵器開発部の過労死。被害者の会の涙。元帥の胃薬。軍曹可哀曹(:_;)。これらは山札から特務カードを見つけて使用する。

20:名無しの兵士さん
特務見つけてくるカード多すぎるだろw

21:名無しの兵士さん
サポートが手厚すぎる。

22:名無しの兵士さん
サポート？ うん。サポートだね。

23:名無しの兵士さん
なんだ。いつもの我が軍か。

24:名無しの兵士さん
単体でもバグだし、サポートも充実してるか

ら、プロカードゲーマーの皆さんが評価の数値を無限大にしてくれるバグカード。

25：名無しの兵士さん
試合が成立しないカードが評価に値するかって疑問はあるけどね。

26：名無しの兵士さん
訳したら初手に必ず抱えてて、必ず先手が取れて、必ず場に出て、必ずゲームに勝つって書いてるんだもの。そりゃ無限大だろ。

27：名無しの兵士さん
じゃんけんで勝負決めた方が早いのでは？

28：名無しの兵士さん
そんなアホなと言いたい。言いたいんだけど。

29：名無しの兵士さん
マジでいつものことなんだよな(白目)

30：名無しの兵士さん
なんだ。普段通りの特務だな(感覚麻痺)

31：名無しの兵士さん
弱体化はしなくていいからもっと活躍して♡

32：名無しの兵士さん
でもカードゲームで実装するなら弱体化しろ。

33：名無しの兵士さん
わかったよ。じゃあ、相手の山札を丸ごと盗む。これでいいだろ。

34：名無しの兵士さん
はい勝ち。

35：名無しの兵士さん
効果は全く違うけど、きちんと特務らしさを残している良調整。

36：名無しの兵士さん
なお山札は返ってこない模様。

37：名無しの兵士さん
クソゲーw

38：名無しの兵士さん
山札は特殊カードの技術部の上に置かれるぞ。

39：名無しの兵士さん
やめて差し上げろw

40：名無しの兵士さん
特務「取ってきました」山札ドン！

41：名無しの兵士さん
技術部「ぎゃー！？」

42：名無しの兵士さん
カードからマジで悲鳴聞こえてきそうw

43：名無しの兵士さん
取ってきました×盗ってきました〇

44：名無しの兵士さん
技術部の悲鳴という条件を達成したので、リヴァイアサンも出せるぞ。

45：名無しの兵士さん
効果は？

46：名無しの兵士さん
ゲームに勝つ。

47：名無しの兵士さん
変わらねえw

48：名無しの兵士さん
新兵器開発部の悲鳴が召喚条件でバード。ゲームに勝つ。

49：名無しの兵士さん
新兵器開発部＆星系連合の悲鳴が召喚条件で
バハムート。ゲームに勝つ。

50：名無しの兵士さん
何やっても特務関連が絶対勝つじゃん！

51：名無しの兵士さん
今まで通りだろ！（逆切れ）

52：名無しの兵士さん
まあね！

53：名無しの兵士さん
なんてよく再現されたカードゲームなんだ
……！

54：名無しの兵士さん
クソゲー極まってるんだけどw

55：名無しの兵士さん
再現がよくできていても、必ずゲームとして
面白くなるわけではないという見本。

56：名無しの兵士さん
バランス調整って大事なんやなあ。

57：名無しの兵士さん
リアリティ溢れるカードゲームなのに。

58：名無しの兵士さん
なおレアリティ。

59：名無しの兵士さん
バード、バハムート、リヴァイアサン。そし
て特務。オンリーワンしかねえからレアリテ
ィもくそもねえw

60：名無しの兵士さん
宇宙でたった一枚のカードが結集した山札。

61：名無しの兵士さん
地球で一枚じゃないところが重要。

62：名無しの兵士さん
んだ。

63：名無しの兵士さん
これは伝説にして神話のカードですわ。きっ
と暴走したら世界が崩壊するに決まってる。

64：名無しの兵士さん
スケールがデカい。デカくない？

65：名無しの兵士さん
常識は完全崩壊したから、そのスケールの大
きさは正しいと思うぞ。

66：名無しの兵士さん
（軍でオンリーワンっておかしいよな？）

67：名無しの兵士さん
（まあね）

68：名無しの兵士さん
じゃあ俺らは札束デッキでガル星人をボコボ
コにしていた？

69：名無しの兵士さん
はえー。そうだったんすねー。

70：名無しの兵士さん
ガル星人。特務カードが現れた場合、ゲーム
に敗北する。

71：名無しの兵士さん
な、なんて再現度が高いんだ……！

72：名無しの兵士さん
もう再現度はいいってw

73:名無しの兵士さん
実際、来た、見た、負けた。だからしょうがない。

74:名無しの兵士さん
勝ったじゃないんかーい。

75:名無しの兵士さん
特務が来た、特務が見た、特務に負けた。

76:名無しの兵士さん
特務にギロリって見られただけで心停止したんやろうなあ。

77:名無しの兵士さん
見られたってことは射線が通ってるってことだからな。

78:名無しの兵士さん
なんなら壁越しで射殺されるけど。

79:名無しの兵士さん
い、一度特務カードから離れよう。

80:名無しの兵士さん
元帥の胃薬カード。コインを投げて表なら特務カードを場に出す。裏なら元帥の胃薬カードは破壊される。

81:名無しの兵士さん
大体何が起こったかわかるのが悲しい。もしくは笑える。

82:名無しの兵士さん
胃が耐え切れなかったんやなって。

83:名無しの兵士さん
破壊されたのはカードじゃなくて元帥の胃。

84:名無しの兵士さん
コイントスでどう転ぶかわからないのが、常に崖っぷちにいる元帥をよく表現できてる。

85:名無しの兵士さん
一日一日が生死の瀬戸際。

86:名無しの兵士さん
進退問題の瀬戸際じゃないのが流石元帥やなって。

87:名無しの兵士さん
普通に有能だし、誰も特務のやらかしの責任取りたくないからな。

88:名無しの兵士さん
戦時中は常に罰ゲーム状態。

89:名無しの兵士さん
兵站部の怒号。特務関連のカードが支払う代償を全て肩代わりする。

90:名無しの兵士さん
これは怒号待ったなし。

91:名無しの兵士さん
特務の財布は伊達じゃないですわ。

92:名無しの兵士さん
まあ言っても特務個人はクソマズレーションか、パンさえ送ってたら維持できるやろ。

93:名無しの兵士さん
すっげえ低コストだ。

94:名無しの兵士さん
そう考えたらリヴァイアサンとかの方がよっぽど維持に金がかかる。

95：名無しの兵士さん
人類連合総旗艦なんだから、付属する人員と
艦隊の桁が違う(嘘)

96：名無しの兵士さん
なんだ。ツッコミを入れようと思ったらちゃ
んと補足が入ってた。

97：名無しの兵士さん
個人が無断で最前線に持っていく総旗艦の付
属がなんだって？

98：名無しの兵士さん
普通に考えたら総司令部の大部分の人員が艦
橋に入って、複数の正規艦隊で囲んでから出
撃するもんなんだけど。

99：名無しの兵士さん
戦場は流動的なのに、日が暮れるような認証
とか待ってられないからね。仕方ないね。

100：名無しの兵士さん
特務「今必要だからすぐ持っていきます。今
すぐ」

101：名無しの兵士さん
強調しなくていいからw

102：名無しの兵士さん
流石の一言ですわ。

103：名無しの兵士さん
これだけ腰が軽いんだから、カードのコスト
とか代償はゼロに決まってるよなあ。

104：名無しの兵士さん
今すぐ出てくるからな。

105：名無しの兵士さん
もういいってw

106：名無しの兵士さん
人類連合軍。このカードは特務カードに敗北
する。

107：名無しの兵士さん
俺らも負けとるやないか！

108：名無しの兵士さん
これまたいつもの。

109：名無しの兵士さん
特務ってカードゲーム強いのかな？

110：名無しの兵士さん
相手によるだろ。子供ならどうしていいかわ
からないから固まって負ける。被害者の会な
ら相手が体調不良で不戦勝。

111：名無しの兵士さん
タコなら殴り殺す。

112：名無しの兵士さん
解釈一致。

113：名無しの兵士さん
有無を言わさぬスタイル。

114：名無しの兵士さん
得意分野を押し付けていく感じがたまんねえ
なあ！

115：名無しの兵士さん
得意分野＝勝つこと。

116：名無しの兵士さん
おっと。そろそろ時間だ。

117：名無しの兵士さん
うちも。

118：名無しの兵士さん
同じく。

119：名無しの兵士さん
また会おう。

120：名無しの兵士さん
おーう。

121：名無しの兵士さん
頑張ってきますか。

122：名無しの兵士さん
ではいつもの締めを。

123名無しの兵士さん
せやな！

124：名無しの兵士さん
せやせや！

125：名無しの兵士さん
特務！特務！特務！

126：名無しの兵士さん
特務！特務！特務！

127：名無しの兵士さん
この掲示板はいつも通り特務大尉を称えるスレになりました。

番外掲示板7　伝説の部隊

1：名無しの強化兵さん
俺らの先輩、伝説の初代第1機動中隊について語ろう。

2：名無しの強化兵さん
名前は受け継いでるけどあんまり接点ないんだよな。

3：名無しの強化兵さん
伝説とか初代って付けると急にかっこよくなるよな。

4：名無しの強化兵さん
わかる。

5：名無しの強化兵さん
大敗走とか暗黒時代とか言われてた時期に、唯一避難民の支援と勝利を両立していた最初期の特務艦隊の中核。それが第1機動中隊！バーン！

6：名無しの強化兵さん
レジェンドの中のレジェンドの皆様方。

7：名無しの強化兵さん
最初期の特務艦隊とかいう超寄せ集め。

8：名無しの強化兵さん
特務が率いていたメル星のレジスタンス＆避難民からの志願者兵＆メル星所属の人類連合軍＆各地で敗走していた残存部隊の生き残り部隊と艦船。ついでに行き場を失って合流した避難船団とか商船。ああもう滅茶苦茶だよ！

9：名無しの強化兵さん
マジモンの寄せ集めで草も生えない。

10：名無しの強化兵さん
よくこれで指揮系統纏められたよな。

11：名無しの強化兵さん
戦争初期なのにもう実績で黙らせた男がいましたからね。

12：名無しの強化兵さん
なるほどなー。実績って大事だなー。

13：名無しの強化兵さん
どんな実績なんですかねえ……。

14：名無しの強化兵さん
現在進行形でその実績見てるだろ！ 色々とな！

15：名無しの強化兵さん
確かに。

16：名無しの強化兵さん
本当にあの時期ヤバかったよな。希望的観測とか一切なし。どこぞの星が陥落したニュースしか流れないし、人類滅亡秒読み段階。

17：名無しの強化兵さん
その激戦を潜り抜けてきた集団だからなあ。特に特務のレジスタンスが中核になった第1機動中隊は別格ですわ。

18：名無しの強化兵さん
間違いなく当時の最精鋭部隊が民兵と敗残兵の集団とはね。

19：名無しの強化兵さん
特務抜きでも史上最強の戦闘集団だよな？

20：名無しの強化兵さん
間違いなくね。

21：名無しの強化兵さん
特務居なくても軍曹いたし。

22：名無しの強化兵さん
ネットミームになってるけど、人類に許されたスペックギリギリをちょっと踏み越えてるのが軍曹だからなあ。

23：名無しの強化兵さん
一回軍曹に会ったことあるけど、こりゃあ英雄だわと思った。

24：名無しの強化兵さん
今回だけはネタ抜きに語るけど、リヴァイアサンに突っ込んだ軍曹と他9人が全員軍曹と同格と考えよう。そんで末端の兵士ですら生き残った結果百戦錬磨になってる超精鋭なんだぜ。これを超える戦闘集団はちょっと想像できない。

25：名無しの強化兵さん
死戦場の防衛戦。超長距離突破作戦。敵基地への破壊工作。海からの強襲上陸。敵勢力圏ど真ん中への強行偵察。最初期の特務と共に地獄を駆け抜けた兵士達。

26：名無しの強化兵さん
そして伝説に語られる、リヴァイアサンを鹵獲した夜明けの11人。

27：名無しの強化兵さん
化け物だらけの第1機動中隊の中でぶっちぎりの化け物集団。

28：名無しの強化兵さん
特務を例外として、全人類の兵士における戦闘力ランキングでトップテンを独占してるよな。

29：名無しの強化兵さん
彼らからの証言で再現されたリヴァイアサン奪獲作戦のシミュレーションは強敵でしたね。

30：名無しの強化兵さん
攻略できてないのによく言えるな(呆れ)

31：名無しの強化兵さん
11人で内部の構造が全くわからない艦内へ突入。あらゆる場所からやってくる上に、地の利があるタコとドンパチして艦橋へ突入。そんでもってリヴァイアサンを使ってタコの艦隊を殲滅。これを超劣勢の自軍艦隊が全滅する前に成し遂げよ。

32：名無しの強化兵さん
無理です。

33：名無しの強化兵さん
解けない問題出されても困るなって。

34：名無しの強化兵さん
どんな部隊が第1機動中隊と同じ条件で演習しても、絶対に全滅判定だからヤバいですわ。

35：名無しの強化兵さん
今の俺ら全員が突入したらいけるとは思うけど、完全初見ってのがなあ。

36：名無しの強化兵さん
全く未知の場所へ突入する以上はどうしても慎重になる。

37：名無しの強化兵さん
そういや話は変わるけど、特務たちは夜明け勲章貰って、他の特務艦隊に所属していた兵士全員も別に勲章貰ったよね？

38：名無しの強化兵さん
その筈。絶望的な状況で唯一勝ってた部隊だ

から、そりゃあ勲章贈ってプロパガンダに使うよ。

39：名無しの強化兵さん
軍のお歴々「プロパガンダの時間だあああ！」→リヴァイアサン奪獲前の特務のことが段々わかってくる→軍のお歴々「何この戦果……なに？ 本当のこと？」

40：名無しの強化兵さん
タコから逃げ回りながら隙を突いてたんじゃなくて、殆どの場合はタコをボコボコにしながら民間人を逃がしていたとは、当時の戦況からは思うまい。

41：名無しの強化兵さん
？？？？「はーっ……作られた英雄様を守りながら前線勤務かあ。大変なことになっちゃったなあ」

42：名無しの強化兵さん
↑無能

43：名無しの強化兵さん
↓無能

44：名無しの強化兵さん
←↑↓→無能

45：名無しの強化兵さん
ここにいる奴ら全方位360°で無能。

46：名無しの強化兵さん
強化兵(笑)「でも安心してくれな特務大尉！ 俺らがきっちり守るから！」

47：名無しの強化兵さん
真の無能にして無能。

48：名無しの強化兵さん
人類史上最大の無能。

49：名無しの強化兵さん
と、当時の俺らに弁護の余地が無いとは言わんよ。本当にそんな英雄的戦果を積み上げてきた奴がいると思わんやん。

50：名無しの強化兵さん
素朴な疑問なんだけど、特務をどうやって守るんですかね？

51：名無しの強化兵さん
そりゃあ特務の至近距離に投げられた手榴弾に覆いかぶさって、被害を最小限に抑えようとしたり……。

52：名無しの強化兵さん
撃ち返すじゃん。

53：名無しの強化兵さん
と、特務に迫る銃弾を受けて身代わりになったり……。

54：名無しの強化兵さん
そもそも特務は一番前だから、銃と特務の間に入り込めるわけないじゃん。

55：名無しの強化兵さん
いやあ、特務が初手でやってきた、フル装備での42.195kmは強敵でしたね。

56：名無しの強化兵さん
ワイら「これあかん奴や……」

57：名無しの強化兵さん
ガチモンの英雄とは恐れ入った。

58：名無しの強化兵さん
一日の予定表グラフ作ったら、丸々戦場にな

る英雄。

59：名無しの強化兵さん
366連勤できる英雄。

60：名無しの強化兵さん
相変わらず一日多い。

61：名無しの強化兵さん
特務の仕事スタイルに人類が付いていけない。

62：名無しの強化兵さん
ようこんな男がメル星なんて田舎にいたわ。

63：名無しの強化兵さん
んだんだ。メル星の戦いでは完勝やし。

64：名無しの強化兵さん
まあでも、特務が相手してたのは分隊の分隊でタコ艦隊の本隊ではなかったけどな。それでも凄いんだけど。

65：名無しの強化兵さん
メル星とかその周りは田舎も田舎で、戦略的価値も殆どないし。

66：名無しの強化兵さん
流石に本隊なら特務でもきつかったはず。きつかったよね？

67：名無しの強化兵さん
多分ね。多分。

68：名無しの強化兵さん
タコの失敗。それは田舎惑星に足を踏み入れて、休暇中だった特務星人を叩き起こしたことだ！

69：名無しの強化兵さん
すっげえ不機嫌そうな顔で布団から出てきた

特務を幻視した。

70：名無しの強化兵さん
マジであの人、戦前は何してたんだ？ あの身体能力で無名とかおかしくね？

71：名無しの強化兵さん
有名になるより大事なことがあったんやろ。知らんけど。

72：名無しの強化兵さん
そもそも有名になるとかに全く興味持ってないしな。

73：名無しの強化兵さん
確かに。

74：名無しの強化兵さん
そして今日も元気に最前線。

75：名無しの強化兵さん
俺らもね……。

76：名無しの強化兵さん
まあ、その俺らも初代第1機動中隊の皆様にはそれほど負けてないんだけどね。

77：名無しの強化兵さん
そりゃあ名前を継いでいる以上、無様な姿は見せられないからな。

78：名無しの強化兵さん
薬物、機械化、遺伝子、その他様々でガチガチに強化処置されてる俺らと、一応普通の人間を比べること自体違ってる筈なんですけど。

79：名無しの強化兵さん
特務抜きで俺ら現第1機動中隊と、元第1機動中隊で模擬戦やったら勝てるかな？

80：名無しの強化兵さん
伝説の10人が全員軍曹と同レベルならきつい。

81：名無しの強化兵さん
特務が連れまわすとか大分ヤバイからなあ。

82：名無しの強化兵さん
まず声は聞けないから、足音を察知するところから始まる。

83：名無しの強化兵さん
実は一回だけ、特務とは別行動してる10人の戦闘映像見たことがあるけど、だーれも喋ってないというね。

84：名無しの強化兵さん
精鋭中の精鋭って全員がアイコンタクトで大丈夫なんやなって。しかも弾を外さないし。

85：名無しの強化兵さん
実は強化とか機械化してねえのかな？ 俺らだって体に内蔵してる信号機使わないときついんですけど。

86：名無しの強化兵さん
できないとは言わないそこはかとない自慢。

87：名無しの強化兵さん
俺らは同じパンを食った家族だからな！

88：名無しの強化兵さん
せやな！

89：名無しの強化兵さん
せやせや！

90：名無しの強化兵さん
お、おう('Д')

91：名無しの強化兵さん
そ、そうだね('ω')

92：名無しの強化兵さん
じゃあ俺が今何考えてるか当ててくれ。

93：名無しの強化兵さん
焼肉食べたい。

94：名無しの強化兵さん
あ、当ってる……！

95：名無しの強化兵さん
誰か特定したわ。お前、昨日もそんなこと言ってただろ。

96：名無しの強化兵さん
終戦したら皆でバーベキューな。

97：名無しの強化兵さん
（これもろに死亡フラグだよな）

98：名無しの強化兵さん
（せやな）

99：名無しの強化兵さん
お馬鹿達は放っておいて、伝説の10人を直接体験してみたくはある。

100：名無しの強化兵さん
特務「じゃあ俺とする？」

101：名無しの強化兵さん
あんたとは絶対嫌だw

102：名無しの強化兵さん
訳もわからず戦死判定食らうのが目に見えてる。

103：名無しの強化兵さん
第3大隊の奴らが特務と模擬戦希望してましたよ(大嘘)

104：名無しの強化兵さん
他の部隊に擦り付けやがった。

105：名無しの強化兵さん
俺らだけじゃなくて、初期こそタコにボコボコにされたけど、人類連合って実は結構凄い部署とか人材だらけだよな。

106：名無しの強化兵さん
普通に艦隊指揮が達人の元帥。リヴァイアサンを解析し切った技術部。星系連合の協力があったとはいえなんとかバハムートを作り上げた新兵器開発部。そんでもって兵站を破綻させてない、恐らく一番の有能集団兵站部。

107：名無しの強化兵さん
無能オブ無能の保安部は忘れていいぞ。

108：名無しの強化兵さん
なんなら全部署が最初期に特務のことを甘く見積もってたから無能なんだけどね。

109：名無しの強化兵さん
技術部＆新兵器開発部「特務の要望に応えてやらあ！」兵站部「勝てるならなんでもしてやらあ！」元帥「非常時なんだから成果を出してる特務のやらかしは不問！」

110：名無しの強化兵さん
目が輝いてた時の皆様。

111：名無しの強化兵さん
過去形。

112：名無しの強化兵さん
技術部＆新兵器開発部「もう無理」兵站部「お

肌がああああ！」元帥「……」

113：名無しの強化兵さん
元帥無言なんだけど、絶対死んでるじゃんw

114：名無しの強化兵さん
えー、突然ですが発表があります。

115：名無しの強化兵さん
なんだこいつ？

116：名無しの強化兵さん
さては隊長だな。

117：名無しの強化兵さん
ちょっと長くなるから会議室に集合！

118：名無しの強化兵さん
はいよ。

119：名無しの強化兵さん
なんだなんだ？

120：名無しの強化兵さん
きっと誰かの誕生日でサプライズするんだよ。

121：名無しの強化兵さん
なるほどね。

122：名無しの強化兵さん
ならスレを締めるかね。

123：名無しの強化兵さん
せやな！

124：名無しの強化兵さん
せやせや！

125：名無しの強化兵さん
特務！特務！特務！

126：名無しの強化兵さん
特務！特務！特務！

127：名無しの強化兵さん
この掲示板は366日戦える特務大尉を称え、
ちょうど俺が誕生日でサプライズに期待する
スレになりました。

番外音声ログ

ようこそエージェント。
このデータは、戦争最後期の音声ログになります。再生しますか？

はい

それでは再生を開始します。

…… …

『え？ 第1教導隊がまたこっち来るの？ 教導隊が最前線に出て損害が発生したら色々ヤバいだろ』

『俺もそう思うけど、タコとの決戦が近いから上がまた投入を決定したらしい。まあ、マジモンの怪物だらけだから問題ないとは思うけど』

『センターの戦いでも一番槍で最初に突っ込んだのに、欠員が出てないとかすげえよな』

『全機動兵器部隊の祖先とか親父みたいなもんだろ？ やっぱ精鋭中の精鋭なんだよ』

『全員エースパイロットかあ……』

『あ、カードゲームの新パックが出たらしいな』

『帰ったら買わなきゃ。絶対に』

『おう。絶対に帰ろう』

…… …

『バハムートねえ。新兵器開発部の連中も、よくこんなのを作ったな。配線だけでも有機神経と勘違いしちまいそうなくらい気合入ってるぞ。なんとかできるがこれ以上面倒なのになると、俺でも整備し切れねえな』

『親方。この機体、怨念とか籠ってないっすかね？ ガチで怖いくらい偏執的なんすけど』

『どっかに赤い手形が残ってても驚かねえな』

『ひえぇ』

『しかもなんだこの整備マニュアル。バードの面倒見てた俺でも頭痛くなってくるぞ』

『大辞典ですよ大辞典。読んで丸暗記するのに一日かかったのは初めてですから』

『ああそうかい。俺も若い頃はできたが、歳を取ったら次第にできなくなった。もう引退だよ引退』

『でも特務に、前線で自分の機体を整備できるのは貴方だけだって頼まれたんでしょ？』

『ふん。経験だけあるんだよ』

『いよっ。流石はリヴァイアサン所属で特務専用機の整備班主任！ つまりこの道で一番凄い人！』

『その班に配属されたお前もだろうが。いや、そんなことはどうでもいいから仕事しろ若造』

『もう全部終わりましたよ』

『なら俺は引退しても大丈夫だな』

『へへ！ まあそう言わず！ あ、そういえば第1教導隊が合流するって話っぽいです。あそこはどんな機体なんすか？』

『あそこは昔っから、訓練用じゃなくてちゃんとした戦闘用の機体は全部専用機レベルにギリギリまでチューニングしてる。俺も若い頃にそこの格納庫で働いてたが、エースってのはこんな機体が操縦できるのかってぶったまげたもんだ』

『それが今では……』

『バードも酷かったがこのバハムートってのはもう人間が乗れる機体じゃねえ。偉い先生じゃなくてもそれくらいはわかる。ただ、なんとか整備できる範囲ではある』

『流石親方！ いよっ、この道五十年の大ベテラン！』

『リヴァイアサンの解析に駆り出され、バードを作ったはいいけど整備で手に負えねえからと引っ張り出される……人生何があるやら』

『邪魔をする』

『と、特務大尉に敬礼！』

『仕事中に申し訳ない』

『い、いえっ！』

『親方。バハムートの整備はどうだ?』

『かろうじて俺の手からはみ出てねえ。だがこれ以上複雑な機体の整備を望んでるなら、ここの若造共がもうちっと経験を積むまで待つ必要があるな』

『その点なら大丈夫だ。俺はバハムートに満足している』

『そりゃよかったよ。そのうち超小型のワープ機能を搭載して瞬間移動したり、どうやってかは知らんが分裂する機体の整備を任せられるんじゃないかと思ってた』

『瞬間移動……分裂……新兵器開発部はその機能を作れると思うか?』

『単なる冗談だ。どうしても使ってみたいって言うなら百年は待つんだな』

『そうか……』

『さっき、満足してるって言ったよな?』

『できるのなら搭載したい機能だ。まあそれはいい。バハムートを頼む』

『おう』

『……いや、どうも出番らしい』

『はん?』

……　…

『敵艦隊を確認しました! 第1教導隊も出撃してください! リヴァイアサンの主砲範囲には絶対に入らないでくださいよ!』

『おう! いくぞ野郎ども!』

『特務に全部食い散らかされる前に急ぐぞ!』

『特務は!?』

『既に発艦シークエンスに入っているようです!』

≪特務大尉、バハムート。出る≫

『リヴァイアサンからバハムートの発艦を確認!』

『こっちももう出られる! 隊長機から各機へ! 特務に遅れるなよ! 勲章の数を増やしてみろ!』

『了解!』

『第1教導隊、出撃する!』

……　…

『広報用の画像データを送るのはいいけどさ……』

『特務と教導隊だけで敵をボコボコにしてますね』

『これどうすんの? また現実風に改変するの?』

『現実を現実風にするってやっぱおかしいですよね……』

『でも特務と一部隊が艦隊を殲滅するとかやりすぎの宣伝だって言われちゃうのよねえ……』

『あ、第1教導隊が敵艦隊に張り付きました』

『もうああなったら終了よ。兵装、エンジン、艦橋。あっという間に潰されて終わり。流石の一言ね』

『バードの運用試験で、特務にボコボコにされてるって話ばっかりでしたけど』

『比較対象が悪い』

『そう言えば、センターで特務のドラマと舞台演劇をするとかいう話ですけど』

『素直にB級映画作った方がいいわ』

……　…

『教導隊が活躍したから新しい撃墜王勲章を作れだあ!?』

『その新しい撃墜王勲章、いったい幾つ作ったと思ってんだよ!』

『もうアイデアがああああ!』

『ぬおおおおおおおお!』

……　…

『私のナビゲーションは必要ありませんでしたね』

『ザ・ファーストか。バハムートは完璧な仕上がりだ』

『それはよかった。しかし、今見ても信じられないのですが、よくあの機体を操縦してミ

ンチになっていませんね。あり得ないでしょう』

『ぜ』

『ゼロパーセントも不可能もない。聞き飽きましたよ』

『ふん』

『ところで前に壊滅させたガル星人艦隊ですが……』

『なんだ？』

『明らかに旧型の艦艇が交じっていたようです。情報部が解析したデータもそれを裏付けているので、どうもようやく底が見えました』

『久しぶりにお前からいい報告が聞けたな』

『言ってろ！ おほん。大体異常なんですよ。これまで我々が散々打ち破ってきたのに、ようやく在庫処分品が現れるなんて。星系連合と戦う前、そしてリヴァイアサンを奪取される前の最盛期ガル星人戦力を考えると寒気がします。福祉、娯楽、嗜好品。そういった類を全く考えず、ただ他の生物を殺すためだけに築き上げた文明とはこうも恐ろしいとは』

『だがそれももう終わる。終わらせる』

『ええ。つまり賭けは私の負けが濃厚ということですね。今でも思い出します。散々混乱している私に付け込んで賭けを強制するだなんて』

『お前が人類が勝てる可能性など絶対ないと聞き入れないのが悪い。現実を受け止めろ』

『ええ。ええ。お陰様で色々とバグってしまいましたがね！ まあそれはいいでしょう。一応の連絡ですが、賭けの賞金であるセーブデータとコンテニューは準備していますので』

『なんだかんだと律儀だな』

『なんだかんだは余計です。機械が律儀に行動しなくてどうするんですか』

『機械ではなくザ・ファーストという存在が、なんだかんだ律儀と言っている』

『……ふん。まあいいでしょう。私もエージェント程律儀な人間を知りませんよ。当時と

今ではまるで状況が違い、望めば神に至る道すらあるというのに、昔の約束を履行しようとするなんて』

『興味がない。どこまで行っても帰り道を遠回りしているだけだ』

『それでこそ、ですね。では私は自分の仕事に戻るとします』

『頼んだ。また連絡する』

『頼まれました』

謎の掲示板

医者
少し暇ですね。昔の思い出を語るとしますか。

小麦農家
うん……うん?

元無職です
ワーカーホリックだから待つことができないんだろ。

ギャンブラー
わかるわかる。俺もカジノの外に出たら落ち着かない時期があった。

漁師
おめえはギャンブラーじゃなくて現在進行形でギャンブル中毒だろうがよ。

医者
あれは今から……いつでしたっけ?

民兵の下っ端
いったいどの話かも自分にはわかりません!

医者
詳しくは思い出せませんが、やたらと生傷が絶えない人たちが病院へ来るようになったと思ったら、気がついたらガル星人が襲来して、これまた気がつけばレジスタンスの軍医になってました。

元無職です
端折りすぎだろwwwwと言いたいところなんだけど、俺ら全員がいつのまにかレジスタンスに参加してたって言うね。

教師
自分:ガル星人が襲来して生徒を逃がしている最中に編入。元無職:部屋で籠城してたら引っ張り出された。ギャンブラー:カジノの盛んな惑星でスカウト。

小麦農家
儂:話が弾んで気がついたらいつのまにか参加してた。民兵の下っ端:戦前にアウトドアサークルと勘違いしてレジスタンスに参加だから、実は下っ端どころじゃなく初期メン。漁師:船が転覆したとき特務に助け出されてそのまま参加。

現在進行形で記者
そして自分は戦前のメル星を取材してたらガル星人がやってきて、帰れなくなったと途方に暮れてたらいつの間にかレジスタンス。

セールスマン
今だから言うけど、俺は街中にいた特務に色々売ろうと声かけたら俺が連れていかれた。

元無職です
うっそだろお前wwwww

漁師
何売ろうとしてたんだ?

セールスマン
護身用のグッズ(小声)

現在進行形で記者
記事にしていい? 特務に護身用グッズを売ろうとした馬鹿現れるって。

セールスマン
絶対にやめて。ぜーったいに。

教師
では、悲報 特務に護身グッズを売ろうとしたセールスマン現れる。というスレにしよう。

小麦農家
きっと盛り上がるんじゃろうなあ(遠い目)

民兵の下っ端
リーダーが何から護身するんすか！

セールスマン
若かった……いやでも、まだ戦前の話だから
セーフじゃね？

元無職です
確かお前さん結構いいところの生まれで、親
父さんから一人で仕事してみろって言われ
て、ど辺境にやってきたんだよな？

セールスマン
イエス。最初の客は特務で、レジスタンスの
武器弾薬を仕入れて貰ったから太い客なんだ
よな。

医者
セールスマンとしての才能ありますよ。

民兵の下っ端
今、腹を抱えて笑ってるっす。

セールスマン
今度会ったらしばく。

民兵の下っ端
ええ！？

小麦農家
お前さん達はちゃんと理由があるけど、儂は
本当に気がついたらレジスタンスやっとった
からなあ……。

ギャンブラー
最年長のお爺ちゃんは言うことが違いますわ。

元無職です
それなw

医者
今度診察しましょうか？

小麦農家
儂はまだそんな年齢じゃないわ！

漁師
っつうかまだ記者なのか？

現在進行形で記者
バリバリの現役三流新聞記者だよ。副業は教
官で本業が記者だから(断固たる意志)

医者
自分で勤めてるところを三流新聞って言いま
したよこの人。

現在進行形で記者
新聞の契約する？

民兵の下っ端
嫌っす。

セールスマン
嫌。

現在進行形で記者
ぐすん。

ギャンブラー
唯一まともに特務の銃殺について記事を出し
ている新聞社の記者に向かってなんてこと
を！

元無職です
今は何回目の銃殺だよw

現在進行形で記者
ぶっちゃけ俺も本社もカウントが曖昧w

漁師
適当すぎんだろ。

現在進行形で記者
フットワークは軽いけど他は駄目駄目な三流
ですからね。

小麦農家
軽すぎじゃ。メル星が重武装化してるのでは
という噂だけで取材にやってきたのは感心す
るわい。

現在進行形で記者
戦前の話だけど、本社はメル星がセンターに
反乱起こすと思ってました(小声)

医者
それが今や立派な教官とは。

教師
才能とか経験ってどこで役立つかわからない
よな。教官職も教師もそう変わらない。

ギャンブラー
いかさまの経験が破壊工作と結びつくとはな
あ。

漁師
それはおかしいだろ。どんないかさましてた
んだよお前。

ギャンブラー
色々とだけ言っておく。

民兵の下っ端
でもリーダーには歯が立たなかったんすよね
w

ギャンブラー
21回連続でロイヤルストレートフラッシュ
されてみろ。トぶぞ。

元無職です
そんなギャンブル中毒は気にすんなw俺は防
衛戦。記者:偵察活動。小麦農家:陸戦。下っ
端:サバイバル。漁師:海戦。

民兵の下っ端
医者さん:軍医。セールスマンさん:兵站と補
給関連。教師さんはまんま教官適性。こう見
ると結構得意分野が分かれたっすね。

現在進行形で記者
なお全部一人でこなせる超人がいる模様。

医者
やはり正規の軍人さんって凄いんですねえ。

教師
兵士の中の兵士だからなあ。

元無職です
言ってろよw確か何人か軍にいただろw

小麦農家
なに。昔の話じゃ。

漁師
だな。

教師
なんのことやら。

元軍曹
待たせた。

元無職です。
あ、兵士の中の兵士だ。

漁師
元軍曹だあ？

現在進行形で記者
元は必要ないと思いますねえ。

元軍曹
うるせえ！ 事実としてもうとっくに軍曹じゃねえよ！

元無職
きゃーキレた！

民兵の下っ端
誰かリーダー呼んできてっす！

ギャンブラー
ガシャーン！

元軍曹
おっほん！ さっき元帥から命令があった！

ギャンブラー
ついに元帥が軍曹に後任を託すのか。楽しくなってきた。

現在進行形で記者
スクープ！ 難航していた元帥の後任は、あの伝説の軍曹殿！

教師
ついに胃が爆散しちゃったかあ……。

民兵の下っ端
つまり軍曹元帥閣下ということっすか！？

小麦農家
特務大尉終身名誉元帥が存在するんじゃから、軍曹元帥閣下もおかしくはないのう。

元無職です
特務のやらかしに耐えられるってのが元帥の資格なら、軍曹しかいないから仕方ないね。

現在進行形で記者
これは完全に適材適所。

医者
おめでとうございます。

セールスマン
じゃあお祝いは俺の家でやろう。

漁師
極東地区の酒を頼むわ。

小麦農家
儂はワイン。

元軍曹
真面目な話だっつーの！

漁師
だろうな。

元軍曹
元帥から極秘作戦を命じられた。作戦目標はタコ本星のクローン施設。星系連合やうちでコントロールできていない何処かが手に入れる前に完全破壊する。

小麦農家
なら特務はタコの自壊装置かの？

元軍曹
そうなる。

漁師
いよいよ終わりが近づいたか。

小麦農家
特務に軍で教官してくれと頼まれた時はどうなるかと。

元無職です
いうて、あの当時で一番実戦経験あったの俺らだしな。

現在進行形で記者。
日数はそれほどでもなかったけど密度がヤバかった。

教師
山を越え谷を越え星を越え。よく生きてると今でも思う。

民兵の下っ端
それじゃあ頑張りましょうね皆さん！

元無職です
足引っ張んなよ。

漁師
誰が。

教師
久しぶりの現役復帰だ。

医者
ええ、そうですね。リヴァイアサンに乗り込んで以来です。

元軍曹
では集合しよう。

医者
了解です。

小麦農家
了解じゃ。

元無職です
はいよ。

漁師
おう。

民兵の下っ端
了解っす！

教師
終わらせよう。

ギャンブラー
これで全部を清算する。

セールスマン
最終決戦だ。タコに代金を払ってもらおうか。

現在進行形で記者
10人だけでも、当時の第1機動中隊再結成ということで。

戦後のとある会話

「あら、駅でお一人悩んでいるようですけど
お困りですか? よかったら車に乗っていき
ます?」

「……ではお言葉に甘えて」

「どうぞどうぞ。戦争がようやく終わりまし
たね」

「そうですね」

「駅から降りたはいいものの、無人タクシー
の乗り方に困ってられました?」

「ええ。よくわかりましたね」

「無人タクシー停で首を傾げてましたから」

「お恥ずかしいことに、子供の時に数度乗っ
ただけでして色々と忘れていました」

「なるほど。では出発しますね」

「お願いします」

「お車は?」

「免許を持ってませんので、教習所に行かな
ければなりません。ただ、運転は昔から得意
ですよ」

「そうですかそうですか。これから軍にいた
人は故郷に帰るんでしょうね」

「ええ。私は少し先に帰ることができました」

「それなら私が待ってる人も早く帰ってきそ
うです」

「思いのほか早いかもしれませんね。しかし
……懐かしい」

「ここから見る景色は変わってますか?」

「さて……記憶のままの場所もありますし、
覚えのない建物も多くありますね。懐かしく
も違う。でも変わっていない。帰ってこれた
と思える、小麦の生産地でパン屋が盛んなメ
ル星という名前の故郷です」

「それはよかった。これからどうされるんで
す?」

「まずは仕事のための準備ですね。それと住
む所も考えなくては」

「行き当たりばったりですか?」

「中々忙しかったもので、持ってるものは古

い財布くらいなものです。そちらのお仕事
は?」

「実家がお花屋さんをやってます」

「ふむ。売れ筋はなんの花です?」

「青いお花。特に青薔薇がよく売れてますよ。
きっとリヴァイアサンが青色なこととか、特
務大尉の部隊が青薔薇の腕章を付けていたか
らでしょうね。私も昔、知り合いに一本送っ
たことがあります」

「青薔薇ですか。花言葉を知った時はなるほ
どと思ったものです」

「大昔は青い薔薇が存在しなかったから不可
能、もしくはそのまま存在しない。でも今は
違いますね」

「ええ。この星を発つ際、知人に青い薔薇を
送られた時に教えてもらいました。夢が叶う。
奇跡。そういった類の花言葉だと」

「はい。きっと特務大尉もそう願って、戦艦
や機体を青く塗ってたんでしょうね。皆もそ
う言ってます。きっと戦争に勝つという願い
を叶えるんだって」

「それはどうでしょうか」

「違う意味があると?」

「さあ」

「さあ?」

「私は特務大尉が何を考えていたかわかりま
せんので、断言はできませんから」

「なるほど。では特務大尉に聞いてみたいで
すね」

「残念ながら不可能でしょう。オフレコです
が彼はMIAになりました。近々発表があると
思います」

「MIA?」

「作戦行動中行方不明。今回の場合は限りな
く戦死に近い行方不明です」

「そうですか。大統領より有名な人が戦死か
行方不明なら大騒ぎになりますね」

「少々やりすぎた男ですから、行方不明にな
ったのは丁度よかったかもしれません。政治
のことがわからない以上、平時の特務大尉は

爆弾ですから」

「辛辣ですね」

「ええ。ただまあ、少し話を戻しますが、特務大尉が青に拘っていた理由を想像するのであれば、誰かに送ったメッセージなのかもしれません」

「メッセージ……」

「単なる想像です……この辺りも懐かしい」

「私もこの辺りには思い出があります」

「どのような？」

「子供の時の話ですが親が倒れたんですよ。すると近所の幼馴染が、救急車では間に合わないから車で行くぞと言って私と親を乗せ、この辺りを突っ切って病院に駆け込んだんです」

「中々の思い出ですね」

「本当に」

「ああ、この辺りも覚えがあります。子供の時にあのデパートの大きさに圧倒されて、中を走り回ったものです」

「ついでにクラシックカーを乗り回すヒーローのお面を被ってご近所の女の子と一緒に？」

「よくわかりましたね。それにしてもクラシックカーの生産が中止されたのが残念でなりません」

「平和になって余裕ができたら、その内にまた生産を再開するでしょう」

「そう願ってます。ふむ。この川も変わりがありませんね。よくこの辺りで水遊びをしたものです」

「私も水切りで、石が向こう岸に辿り着くかを試したことがあります。幼馴染の男の子は、重く大きな石で試してましたけど」

「きっとなんとかなるんじゃないかと思ったんでしょう。川に石を放り投げてずぶ濡れになり、反省はしたと思いますが」

「反省ですか……そういえば行き先はどこです？」

「知人の花屋へお願いします。近くですからすぐ着きますよ」

「知人の方と付き合いは長いんですか？」

「そうですね。近所だったので幼少期からよくお邪魔してました」

「どんな方です？」

「中々気の強い女性で、同い年でしたが私よりもしっかりしているとよく言われていたものです。子供の時は毎日一緒に遊んでましたし、学校も一緒だったのでかなり長い付き合いですね」

「それは長い付き合いですね」

「ところで、どうして駅にいたのです？」

「そろそろ近所にいた、デパートで走り回ったり川で遊んだり、学校もずっと同じだった人が帰ってくるんじゃないかと思ったんですよ。言ってしまえば女の勘ですね」

「ふむ。なるほど」

「はい着きましたよ。目的地のお花屋さん。変わってます？」

「……いいえ。どうやら変わってないようですね」

「知人も？」

「そうですね」

「降りて中も確認された方がいいですよ」

「そうしましょう」

「ふう。車を降りたらお遊びはおしまい」

「そうか」

「ええ。お帰りなさい」

「ああ……ただいま」

materials

◆Limited Duty Captain

【特務大尉】

　誰よりも前線に立ち続けた、紛れもなく英雄の中の英雄。パーソナルカラーは青。マークは青薔薇。

　小麦の産地でしかない辺境惑星で、ガル星人に対するレジスタンス部隊を纏め上げて対抗。その後、現地の軍に臨時編入されて人類連合軍特務大尉となる。

　宇宙戦争の混乱絶頂期に軍人となったため、本名未記載のまま登録されるが、落ち着いたころには特務大尉の名は不動となっており、そのままごり押しで名乗り通す。

　リヴァイアサンの鹵獲、敵基地へ単身潜入しての斬首戦術、機動兵器による敵艦隊への大打撃など、常時ガル星人の天敵であり続け、ついに目的を果たした。

【特務】

　慣れた関係者達にとっての英雄特務。

　積み上げた始末書の数は天にも届き、命令違反は当たり前。挙句の果てには総旗艦リヴァイアサンを無断で持ち出すぶっ飛んだ男。一応良識はある。

　無茶振りしているように見えるが、関係各所は大英雄特務大尉の活躍でセンター陥落が防がれた際のテンションのまま、彼に色々できますよと口を滑らせており、多少は自業自得な面がある。

　終戦後に特務大尉の階級は永久欠番と化す。

【ガル星人】

　単一のクローン生命体として世界を壊し、己こそが全てであるという思想を押し付けようとした宇宙人。

　他の種族を科学力で圧倒しており、クローンによる膨大な兵力を有する。更には社会福祉や娯楽を排除して全てを軍事力に振り切った結果、宇宙最大の戦闘文明と化す。

　人類との戦争前から既に複数の文明を滅ぼしており、奪った命は計測不能。最大の難敵であった星系連合との戦いも有利に進め、その思想で宇宙の全てを圧し潰すのは時間の問題だった。

　辺境で発見した弱小文明、人類を片手間で滅ぼすついでに総旗艦級戦艦のテストをしようと思いつくまでは。

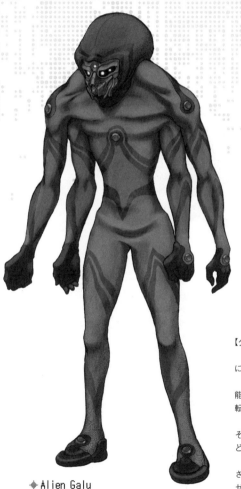

◆Alien Galu

【タコ】

　人類から見たガル星人の呼称、もしくは特務にボコボコにされている際の名前。

　圧倒的科学力と数を誇ろうが、完全に理解不能な特務によって総旗艦を奪われ、それ以降は転落人生。

　あらゆる手段で特務を殺そうとしたものの、その全てを回避されてしまい、逆に被害がどんどんと拡大していった。

　間違いなく勝っていた筈の盤面をひっくり返され、特務の宣言通り単一のクローン生命体はゼロになった。

◆Leviathan

【人類連合総旗艦リヴァイアサン】
　人類の至宝となった盗品兼特務の愛車。
　あの特務が絶対に欲しいと言い放ち、鹵獲後は性能について
なんの文句を言わなかった異常戦力。それは人類連合にとって
も同じで、敵性宇宙人の戦艦を旗艦として使うことに対する反
論も封じた。
　ガル星人に対しても至高の芸術としての性能を見せつけ、艦
隊決戦において不敗と最強の代名詞として君臨し続けた。
　戦後は人類連合の総旗艦としてセンターの傍で咲き誇った。

【全存在抹殺戦艦】

　ガル星人が数十年の月日を費やして完成させた究極の決戦戦艦。開発コンセプトは「単艦であっても文明を滅ぼすことが可能な至高の芸術」だが、馬鹿のような発想はそのまま形となる。

　過剰なまでの武装と艦隊すら纏めて消し飛ばす主砲を有し、破壊は不可能なのではと思わせる防御性も併せ持つ。

　事実として、この艦の存在を知った星系連合は、実戦投入されれば全く太刀打ちできないと判断しており、どこに配備されているか全くわからないこともあって非常に恐れていた。

　だが、特務によって鹵獲されていたのだから配備先が掴めないのは当然だ。

◆Beetle

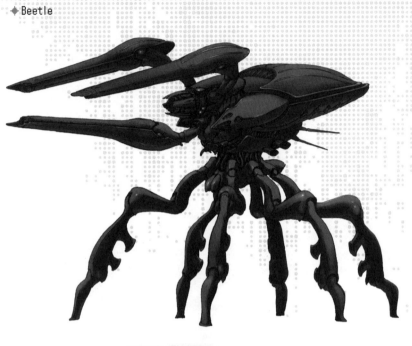

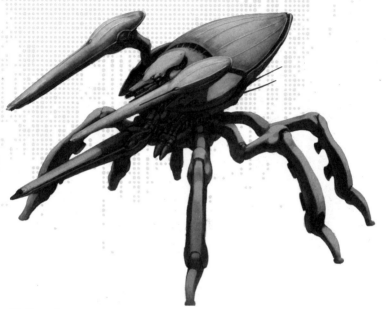

【カブトムシ】

　ガル星人が開発した超大型多脚戦車。もしくは陸上戦艦に分類される兵器。

　強力かつ長大な射程距離の砲で他を寄せ付けず、撃破するには陸空の連携による飽和攻撃、もしくは衛星軌道からの爆撃が必要。

　複数人での操縦を前提としているものの、緊急時には全ての動作を一人で行うこともできる。これはガル星人が作り出した兵器の完成度の高さを証明するものだが、特務はその利点を最大限に活用して鹵獲した。

　地上専用の戦力として人類連合、星系連合の所持する全ての兵器を凌駕しているが、実戦配備はガル星人が劣勢になった戦争後半だったため数が足りず、十分に活躍することができなかった。

　特務はカブトムシを最優先で排除、もしくは見つけ次第鹵獲したため、戦争最後期は人類連合の所持しているカブトムシとガル星人のものが同数に近くなり、いくつかの戦場では同じ陸上の王が激突した。

　なお地上で動く兵器としては規格外の大きさを誇るため専用の格納庫と輸送カーゴを必要としており、兵站部と技術部は馬車馬のように働く羽目になった。

◆ Powered Suits

【パワードスーツ】

　特務の英雄的活躍によって、歩兵でも戦略的戦果を叩き出せると、脳が破壊されてしまった一部の軍人が主導して作り出された外部補助装置。

　言ってしまえば扱いやすく、量産可能な特務を目指していたが、理想論ではなく現実的な視点で手堅く設計される。

　そのため装着者が振り回されるような死亡事故は発生せず、稼働時間などの欠陥もない安定したパワードスーツを作り出した新兵器開発部は、普段から特務の要望に応えているだけはあると称賛された。

　極少数ながら実戦に投入され、室内や市街地戦闘において想定通りの活躍をする。しかしながら費用対効果が悪く、本格的な量産には至らなかった。

　特務も一度だけテストに参加して装着したが、戦車に狙われると重しにしかならないという評価を下す。勿論、戦車の正面に立つのは想定外の運用である。

【次世代検証試作機】

　高名なマール大学と軍が共同開発した試作人型機動兵器。

　徹底的な高性能化を追求して開発と設計が行われ、採算も度外視されているが、その甲斐あって現行機を遥かに凌駕する機体に仕上がっている。特筆すべきはその機動性能で、データ上では敵機が複数だろうと翻弄して壊滅させることができる。人間が操縦できないことに目を瞑れば。

【チキンレース】

　次世代検証試作機が関係者から名付けられたあだ名。

　高性能を追求するあまり、中身のパイロットが有機生物であることを想定し忘れていると揶揄されるほど、異常な機動性となる。そのため、崖に向かって機械的限界が先か、人間の限界が先かを競うチキンレースは、人間が先に降参する。はずだった。

　実戦投入が想定されていない本機だったが、人型機動兵器の操縦経験がない特務がぶっつけ本番で乗り込み、ガル星人艦隊に打撃を与えている。

　戦後は新兵器開発部の管轄となり、定期的に博物館に貸し出されている。

◆ Chicken Game

◆Bird

【特務大尉専用人型機動兵器バード】
　文字通り特務専用の人型機動兵器として開発された傑作機。機体名の由来は軽やかに空を飛ぶ鳥という意味。

　元帥の命令によって計画されており、新兵器開発部は最優先で取り掛かることになる。

　前身機とも言えるチキンレースすらも凌駕した異次元の機体スペックを誇り、間違いなく当時の技術体系において頂点に君臨する怪物的マシーンだった。

【崖から飛んじゃった鶏】
　文字通り崖に蹴飛ばされて羽ばたいたチキンという、真の名を持つ欠陥機。
　チキンレースですら有機生命体の搭乗が想定されていないと揶揄されていたのに、それを遥かに凌駕するスペックを叩き出したため、兵器は高性能だけを追求すれば欠陥品になるという見本になる筈だった。
　ところが特務はこれでも満足せず、付き合わされた新兵器開発部はバードに対し、手を加えていない場所はないと断言できるほどの改良を施す。しかしそれでも特務の操縦に耐えられず、バードには関係者の怨念が込められていると噂された。
　戦後は搭載されている機器や技術が採用されたため、正式量産期の大本とも言える存在になり、定期的に博物館に貸し出されている。

◆Bahamut

【バハムート】

　進化の先などない、袋小路に至った人型機動兵器の完成形。星系連合と人類連合新兵器開発部の天才集団が、現時点でこれ以上の存在を作り上げることは不可能だと断じた怪物。

　完全に特務が操縦することしか考えておらず、機体の反応速度だけではなく操縦席や操縦桿、スイッチにペダルなども彼の体に合わせている。

　カブトムシから得た動力を小型化することに成功して搭載しているが、元のカブトムシが陸上戦艦のようなものであり、その溢れんばかりのエネルギーを速度と全身のビーム兵器に振り切った。

　結果、完成したのは流星の如く飛翔してビームの大輪を咲かせる青い薔薇であり、ガル星人はバハムートを機動兵器ではなく、全く未知の超兵器として分類した。

　しかし、防御性などは犠牲になっており、どこかに被弾すれば連鎖的に爆発して崩壊を起こす、欠陥機の中の欠陥機でもある。

　大戦後期に実戦運用された本機だが、華々しいどころではない活躍の末、無傷で戦争終結を迎える。

　戦後、誰も操縦できない機体は博物館の主として君臨し、特務の存在を証明する数少ない証となった。

【超高性能AI】

バードを軍と共同開発していたマール大学の学者集団が作り出した超高性能AI。

人類の守護、存続、発展を目的にプログラムを組まれていたが、ガル星人に勝利できる可能性はないと結論する。

機械らしく音声や対応などは温かみを感じさせない存在だったが、特務がマール星での戦いにおいてゼロパーセントを覆し大変なことになる。

【ザ・ファースト】

特務のやらかしと斜め四十五度パンチを受けたことでバグが発生してしまい、完全に予想外の技術的特異点と化す。

AIながら感情を有しているため、特務に振り回されると演技ではなく心の底からの罵声を発しており、付き合いの長さから遠慮もない。

戦争中は政治、経済、軍事などに助言という形で密接に関わっており、リヴァイアサンの解析、バードとバハムートの開発にも携わっていた。ザ・ファーストがいなければ、人類は内側から崩れていた可能性がある。

なお政府も知らない秘密工作を多数行っており、人類に害となる不穏分子をそれとなく排除していた。

戦後は約束通り特務との連絡を完全に絶っており、柔らかくなった頭で人類を陰ながら支えている。

皆様初めまして。もしくはお久しぶりです。宇宙戦争掲示板の作者、福郎です。

　拙作をお読みいただき、誠にありがとうございます。

　WEBの頃からお付き合いのある皆様も思われたかもしれませんが、正直なところ宇宙戦争掲示板の後書きを書く日が訪れることは絶対にないと思っておりました。

　なにせお読みいただいた通り、ほぼほぼ掲示板というスタイル。地の文はなし。音声垂れ流し形式。更には主人公？である特務の内面の描写なし。あくまで第三者から見た主人公像という、自分でも他に覚えがないくらいに奇妙奇天烈な作品に仕上がっております。

　そのため書籍化なんてあり得ないと思っておりましたが、こうして世に本として送り出す機会に恵まれました。

　さて、お察しの通りですが拙作はFPS系のゲーム、特に一人が戦況をひっくり返す感じのものをプレイ中に思いついた作品です。

　尤も、単に無双している主人公を出すだけでは全くオリジナリティーがないなあ。もっと捻くれた感じの設定かスタイルにしたいなあ。せや！主人公を一般兵士から見た視点なら面白そう！それと掲示板形式を組み合わせたらいいんじゃね！みたいな感じでした。

　ちなみにですが、作者に掲示板形式のノウハウは全くなかったので、本当に息抜き程度の軽ーーーい思い付きとしか言いようがありません。馬鹿かなって。

　ですが思った以上に難しい作品ではありました。物語の構成は基本馬鹿騒ぎでありながら作中世界は残酷で、そしてギャグのような主人公？でありながら、命のために戦う軍人を描くのは塩梅が難しかったです。それにギャグの部分が面白いのか。笑える話なのかと悩み、掲示板形式だろうが物語としての起承転結と伏線は必要だと悩みに悩んでいました

　ただ、書いていて非常に面白かったです。出鱈目な英雄の活躍を普通の兵士はどう捉えるのだろうか。どう見えているんだろうか。そういった感じのことを文字にするのは楽しく、頭の中でイメージを組み立てながら笑っていました。

　そんな拙作ですが本当にありがたいことにWEB版は評判がよく、調子に乗って半年もしないうちに物語を全て書き終えることができました。多分、自分の作品の中で一番知名度が高いが、この宇宙戦争掲示板かもしれませんし、自分も愛着が強いです。

　最後になりますが素晴らしいイラストを描いてくださった安藤賢司様、この妙な作品にかかわってくださった編集様、掲示板用のレイアウトを作成してくださったデザイナーのキムラタダユキ様、この作品を世に出していいと判断してくださったKADOKAWA様や関係各所の皆様。

　そしてなにより読者の皆様。

　本当にありがとうございましたああああああああああああああ！

-福郎-
特務！特務！特務！

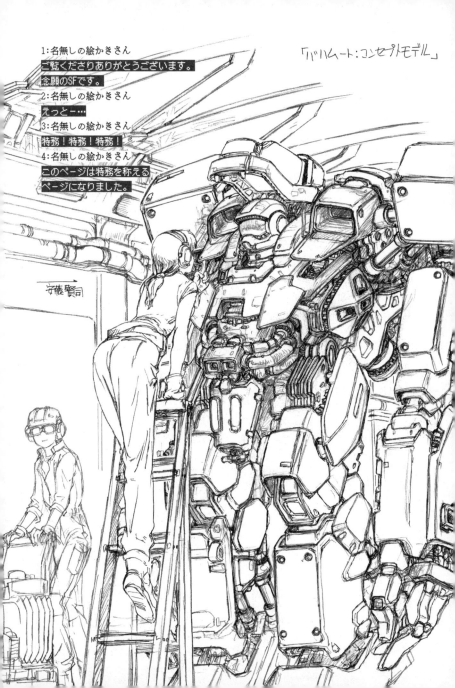

「バハムート：コンセプトモデル」

1：名無しの絵かきさん
ご覧くださりありがとうございます。
念願のSFです。
2：名無しの絵かきさん
えっとー…
3：名無しの絵かきさん
特務！特務！特務！
4：名無しの絵かきさん
このページは特務を称える
ページになりました。

守藤賢司→

宇宙戦争掲示板
-1人なんかおかしいのがいるけど-

2024年7月30日 …………… 初版発行

著 ……………………… 福郎
イラスト / メカデザイン ……… 安藤賢司

宇宙戦争掲示板

-1人なんかおかしいのがいるけど-

発行者 ……………………… 山下直久
編 集 ……………………… ホビー書籍編集部
編集長 ……………………… 藤田明子
担 当 ……………………… 関川雄介
装丁・デザイン …………… キムラタダユキ（SR木村デザイン事務所）

発 行 ……………………… 株式会社KADOKAWA
　　　　　　　　　　　　　〒102-8177 東京都千代田区富士見2-13-3
　　　　　　　　　　　　　電話 0570-002-301（ナビダイヤル）
印刷・製本 ………………… TOPPANクロレ株式会社

■お問い合わせ
https://www.kadokawa.co.jp/（「お問い合わせ」へお進みください）
※内容によっては、お答えできない場合があります。　※サポートは日本国内のみとさせていただきます。　※Japanese text only

「サイトウがいてくれてよかった！」

はじめて仲間に感謝された。斎藤さんは充実していた。

働きがいのある
異世界転生!!

世界にダンジョンが出現して3年が経った2018年。

グータラを愛する元社畜の脱サラリーマン、芳村は

不幸？な事故で世界1位にランクイン！

のんびりお金稼ぎがしたくてダンジョンに潜るも

気づけばダンジョン攻略最前線へ!?

チートスキルと理系頭脳で

経験値、魔法、モンスター退治を

すべて実験・検証！

全てはスローライフのために!?

D GENESIS
ジェネシス
ダンジョンが出来て3年

著 之貫紀
WRITTEN BY Kono Tsuranori

イラスト ttl
ILLUSTRATION BY ttl

It has been three years since the dungeon had been made.
I've decided to quit job and enjoy laid-back lifestyle.
However I've ranked at number one in the world all of a sudden.

シリーズ好評発売中!!

物語を愛するすべての人たちへ

KADOKAWA運営のWeb小説サイト

イラスト：Hiten

「」カクヨム

01 - WRITING

作品を投稿する

誰でも思いのまま小説が書けます。

投稿フォームはシンプル。作者がストレスを感じることなく執筆・公開ができます。書籍化を目指すコンテストも多く開催されています。作家デビューへの近道はここ！

作品投稿で広告収入を得ることができます。

作品を投稿してプログラムに参加するだけで、広告で得た収益がユーザーに分配されます。貯まったリワードは現金振込で受け取れます。人気作品になれば高収入も実現可能！

02 - READING

おもしろい小説と出会う

アニメ化・ドラマ化された人気タイトルをはじめ、あなたにピッタリの作品が見つかります！

様々なジャンルの投稿作品から、自分の好みにあった小説を探すことができます。スマホでもPCでも、いつでも好きな時間・場所で小説が読めます。

KADOKAWAの新作タイトル・人気作品も多数掲載！

有名作家の連載や新刊の試し読み、人気作品の期間限定無料公開などが盛りだくさん！角川文庫やライトノベルなど、KADOKAWAがおくる人気コンテンツを楽しめます。

最新情報は
X @kaku_yomu
をフォロー！

または「カクヨム」で検索

カクヨム